"谢小姐白小词好。"

民国二十六年，客轮徐徐离港，她心中的沪友便牲此尽了。

XUZHIFU

戏袍与洋装让回忆熠熠生辉,
那是惊艳了她们彼此岁月的衣香鬓影。

肆意天真 世家千金
许稚芙

一　盛夏银狐皮 ———————→ 007

二　梅雨亦风雨 ———————→ 042

三　苔藓绿丝绒 ———————→ 093

四　漫长的凛冬 ———————→ 142

五　我心如此镜 ———————→ 208

尾声·沪夏已尽 ————————————→ 266

番外一·暗房春秋 ————————————→ 275

番外二·晚玉花期 ————————————→ 285

那年的夏天异常燥热，后来的夏天冷得无情。
她送她一面嵌满螺钿的手镜，
她带着没织完的绒线衫远渡南洋，梦断孤岛。

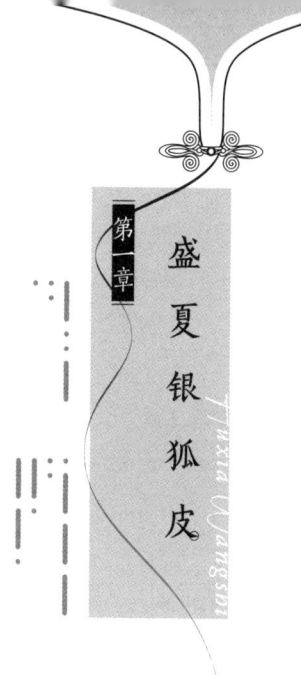

第一章 盛夏银狐皮

溽暑正盛,沪市滩犹如巨大的蒸笼,阵阵热浪翻涌,凡人多些的地方必是老大的汗臭味,熏得鼻子直呛。

谢公馆坐落于福开森路,单幢洋楼不知是哪位洋师傅的手笔,建得冬暖夏凉的。黄妈匆匆从外面赶回,关上门的瞬间乍觉一股凉爽,忙将怀里裹得里三层外三层的包袱放到矮柜上,掏出帕子揩额间的汗。

恰巧女佣端着碗冰过的绿豆汤路过,显然是要送进去解暑的,黄妈算是谢公馆的老仆,一边将蹭上汗渍的帕子塞回口袋,一边向那女佣勾了勾手。

女佣将托盘递了过去,解放双手后小心看一眼紧闭的房门,旋即指了下黄妈头顶上方悬着的门廊灯,凭空翻了个白眼,黄妈便明了了。

外边传得有模有样,灯具大王家那位风流多情的倪二少爷刚把未婚妻气回了绍市,想必正打电话来大献殷勤。

黄妈努嘴示意她下去,悄声推开门进了一楼的书房。

偌大的书房内，棕红色的地板前日刚打过蜡，映入眼帘的便是只织锦缎拖鞋，显然是被甩到这儿来的，人仰马翻，昭示着这只鞋的主人眼下心情并不算好。

谢婉君倚在长沙发的一侧，身着长及脚踝的府绸飞袖旗袍，露出两条白花花的手臂，双腿掩映在开衩之间，右脚尖虚虚挂着另一只拖鞋，要掉不掉的。涂着猩红蔻丹的手正抓着电话听筒，定睛一看才注意到食指和中指间还衔着支香烟，烟灰已经积出很长一截了，她却全无察觉，浓艳的面庞微蹙起眉头，敷衍地嗯啊两声回应电话那头殷切的男子。

黄妈默默绕开身前的拖鞋，大步上前先把绿豆汤放到茶几上，顺手捧起烟灰盘递到谢婉君近前，只见那水葱似的双指一松，黄妈手里的烟灰盘便像供奉了香火般，携着一缕袅袅的烟篆重新被放回茶几上。

黄妈又退回门口捡起拖鞋，一并摘下了谢婉君脚尖上挂着的，重新凑回一双，整齐码在沙发旁。

这么一会儿的工夫，电话那头的倪二少爷大抵是终于唠叨累了，谢婉君忙做挂断陈词，脆生的声音在这燥热的夏日里显得格外清爽："说到底都怪天公不作美，我又素来是怕晒的……改日，任是下刀子雨我也去见你，还得谢你上次便宜我那批电灯的恩呢，就这么说定了。"

话落，谢婉君全当听不见那边问"改日是哪日"，干脆把听筒撂了回去，蹙着的眉头也终于舒展开来。

就这么倚在沙发上，长臂一捞端起绿豆汤，冰凉解暑，见黄妈还立在一旁，谢婉君同她随口抱怨起来："他那未婚妻也忒软弱了些，架不住他三言两语便哭哭啼啼地回了老家，倒叫他又来骚扰起我。他这么个花天酒地的公子哥儿倒是不足为惧，可倪家我是开罪不起的，关系闹僵了总归不好，搅得人心烦……"

正说着，谢婉君杏眼一扫，不过瞥黄妈一眼就看出了端倪，乍问道："有事？"

黄妈点一点头,慎重答道:"东北来信了。"

瓷勺清脆落入碗底,这下连喝绿豆汤的心思都没了。

"上个月不是送了钱回去?怎么这么快又来信?还是在路上耽搁了?"

黄妈解释道:"钱必是送到了的,这回是托人送来了个大包袱,裹得里三层外三层的,不知卖的什么关子。"

"你可拆开瞧了?"

"还不曾拆,瞧着有些脏,就先放在外面了。"

谢婉君忙起身踩上拖鞋,趿拉着往书房外走:"走,瞧瞧去。"

因不知里面装的是什么东西,谢婉君亲自动手,有些小心地一层层剥开包裹,先是无数张牛皮纸,最外层的还带着一路奔波的脏污,纸剥尽了,露出黑色的粗布,虽是黑的,却看得出布匹干净,用它的黑容纳一些,小心承载着最里面的珍宝。

内里的触感是更加软糯的,给人一种鲜活生物的联想,黑布缠了太多圈,谢婉君动作利落,还是拆了半晌,令她不禁想起少时窥伺姑姥姥解裹脚布的光景。

黑布卸尽,乍露出一抹雪色的银白,出现在此时的沪市显得过分的不合时宜,黄妈在谢公馆谋差已近五年,自认见过不少世面,还是忍不住惊呼出声:"呀,竟是张银狐狸皮。"

凭这毛色,在东北雪原中也是罕见的,剥皮的师傅手艺精湛,最重要的是,这只倒霉的银狐必不是被猎枪捕中,而是被活捉,否则断然不会这般干净,一丝血腥都不见。

谢婉君眼中泛起喜色,旋即又忍不住哀从中来,许久没作声。

黄妈见状极有眼色地收拾好地上的狼藉,谢婉君抄起柔软的银狐皮又进了房间。黄妈专程洗了遍手,再进到书房,银狐皮被随意铺在沙

发上，谢婉君端臂靠在八斗柜旁，已经又点了支香烟，却不见吸，只是捏在指尖，人怔怔出着神，任烟灰摇摇欲坠。

黄妈心中有些跃跃欲试，不敢出声打搅，只带着憨笑看谢婉君，谢婉君不曾看黄妈，却从那抹视线感知到殷切，发出爽朗的轻笑："想摸就摸啊，杵着做什么，物件儿不就是被拿来摸的。"

黄妈这才慎重地上了手，便是她刚当娘时摸婴孩的脸也没这般小心翼翼，生怕碰坏了似的："大小姐可想好做什么了？这么完整的一张皮，做件大衣都成了。"

"不做大衣。"

谢婉君本没思量这件事，听黄妈说起，顷刻间打定了主意。当年东北沦陷，她匆匆收拾行李逃到沪市，安置妥当后已经是冬天了，东南近海，这一片的冬天阴冷潮湿，风往脖子里钻，叫她分外怀念起东北家中的狐皮毛领来，只不过那是张红狐狸皮裁的，也不如这张成色好。身在异乡，大抵是思家的情绪作祟，她想得抓心挠肝，于是乎下了如是决定。

"裁开做两条毛领，一条加在我那件丝绒斗篷上，一条单独戴，剩下的么，做条披肩。你摸够了便收起来，直接送去秦记。"

好好儿的一张整皮偏要裁开，黄妈眼中明显闪过一丝可惜，抚着皮毛的动作更加怜爱了，可主人家已做了决定，她一个下人自然无权置喙，只能答应。

不想一转身看到谢婉君双眸发潮，好似泛着泪光，黄妈表情讪讪的，暗自嘀咕。她是个见识浅薄的妇人，大半辈子没出过弄堂外的石库门，只知道谢婉君原是东北世家的小姐，可是东北哪个谢家、谢家又是做什么的，她是全不知情的。成了这谢公馆的忠仆后得知，谢婉君隔三岔五向东北送钱，出手极为阔绰，倒像养活着一帮打秋风的穷亲戚，如今看来并不尽然。

黄妈低声开口，虽不明个中细情，却有些为那素未谋面的族亲说好

话:"怕是冬天猎好的银狐皮,这东北被东瀛鬼子占着,送出来也不容易,竟已夏天了……"

谢婉君眨眼的工夫,泪光已经浑然不见了,随手捞过烟灰盘子,把那未吸的香烟狠狠揿灭,带着恨似的:"送这无用的劳什子,给我打温情牌,想必是怕我没良心地丢下他们不管,算盘响着呢。赶紧拿下去,白花花的,放在这儿刺眼。"

黄妈忙捧起银狐皮退了出去,佯装看不到她靠在柜子旁僵硬的身躯,明明是燥热炎夏,她却像被冰封了。

走出书房,黄妈眯眼看了下皇历,前日秦记裁缝铺来过电话,定了今日送裁好的夏装旗袍来,不禁念叨着还真是巧了,又觉这银狐皮来得妙,宛如捧着什么天赐的吉兆似的,仔细着重新包回那块又长又宽的黑布里。

她手头的活计并不多,悠闲地到处晃荡,尽力找些事打发时间,心中则思忖着,也不知待会儿来的是秦师傅还是学徒,秦师傅能来最好了。可转念一想,外面这么热的天,秦师傅怎么会想不开亲自跑这一趟?定是那个冒失的年轻学徒,如此想着,只觉得这点儿念想也没了,等待的殷切烟消云散。

秦记裁缝铺位于租界的霞飞路,比起周围琳琅的商铺,秦记这片店面着实不大起眼,匾额都已经褪得发灰了,题字也是旧式的字体,门前更缺乏吸人眼球的广告牌,显得有些冷清。

原来的老板名唤秦制衣,是个跛脚的瘦小男子,其实他本名秦知一,因制衣的手艺极为精湛,久而久之就被传了这么个诨名,在沪市的太太小姐之中名声颇好,尤擅旗袍,工期要提前数月甚至半年预约。

前年春天秦制衣因病去世,继承秦记的是他的侄女秦水凝。迄今为止沪上的女裁缝一只手都数得过来,便是新冒头的洋裁缝也都是些金发碧眼的男人，女裁缝难免不受信任，故而秦制衣去世后，秦记的客源流失了不少，太太小姐们纷纷转投他人。

秦水凝对此有些过分淡然，浑不在意地照旧开店，大抵唯有仍在她这儿裁衣的主顾才知情，譬如谢婉君，今日送来的那件旗袍，已是两个月前定的夏装，工期依旧要等，没比过去短多久。

更何况那秦制衣又不是戛然咽气的，早在去世前一年，他便已然是硬撑着守在店里，成衣皆出自秦水凝之手，识货的人一看做工便知，与过去全然无差，可有些人更看重名望，秦记虽然口碑颇丰，总归是太老的一间店，不时髦了。

学徒小朱顶着炎夏跑了趟谢公馆，他时年十六，正是毛躁的年纪，素来为黄妈不喜，丢三落四的纰漏便不说了，每每进了谢公馆一双眼必提溜着四处打量，很是不礼貌。这时黄妈就会毫不客气地赏他个白眼，压低声音狠狠地呵斥："再看，再看剜了你的眼，这辈子都别想裁衣裳了。"

今日他送上包好的旗袍，黄妈见最外层的纸上染了汗渍，眉头蹙得老高，赶紧拆开取出旗袍，否则是断不敢盛到谢婉君面前的。

"谢小姐可在家？最好试上一试，尺寸若不满意我正好拿回去改。"省得改日还得再跑一趟，瞧着日头火辣辣的架势，近几日怕是难见阴凉。

小朱照例说上这么一句，脸上还露出浑不在意的笑，那副态度激恼了黄妈，取出来的旗袍也抖乱了，她又仔细地重新叠好，严肃问道："可是你给熨的？瞧瞧这里，还挂着褶呢。"

"黄阿妈，料子就是这样的嘛……"

他还狡辩，黄妈正要厉声驳斥，猝不及防挨了扎，低叫出声，旋即拧着眉毛把手里的旗袍翻了一遍，最终在前后片腰间的衔接处取下了枚丝针。她恨不得捏着那枚针刺到小朱的眼睛里，提起另一只手掐上他的

腰，小朱低叫着躲，她则更加来劲。

"这是什么？你瞧瞧这是什么？我们大小姐待你不薄，你做事这般马虎，是要扎死她不成？看我怎么跟秦师傅告状……"

小朱急得跟黄妈直比嘘的手势，黄妈这才迟钝地意识到动静闹得有些大，谢婉君已经被吵了出来，斜倚在门前端臂打量，面色难辨喜怒。黄妈捻着针递上前要告状，小朱则开口道歉，两股话撞到一起，谢婉君一个字也没听清，

"我当什么火烧房子的事儿，原来就是根针。"她根本没正眼瞧黄妈，而是看向那件新裁的旗袍，"这是我上次送去的东瀛丝绸？太过素净了些，没我想的那般好看，陈老板惯是爱唬人，夸得天上有地下无的，当我是没见过世面的毛丫头呢。"

她先是将话茬四两拨千斤地掀了过去，黄妈有些不忿却也不敢贸然插嘴，小朱则暗自侥幸地松口气，当这件事就这么过去了，谢婉君这才把眼神扫向他，携着斥责与抚慰，语气也是五分柔与五分狠："你还真是个不长记性的，针的事儿我就不追究你了，可赏钱你也甭想拿了，赶紧回去，免得我改了主意同你发火。"

说完她便将那件旗袍甩在了门廊边的柜子上，试是更不可能了，人也转身回了书房。黄妈剜小朱一眼，旋即取来银狐皮，百般告诫他千万仔细，又叮嘱了谢婉君的要求，便把人轰走了。

小朱顶着正盛的日头回去，虽没讨到赏钱，心中也不怨怪谢婉君，想到她笑着嗔怪自己的柔声细语，他还像是得了什么好儿似的，脚程也快了不少。

本以为这么热的天店里无人，小朱雀跃地跳进门，却见秦水凝正在给试旗袍的郝太太改尺寸，旁边坐着等待的马太太，两人喋喋不休地交谈议论，满口沪语，小朱是本地人，听得明明白白，本想同秦水凝提起谢

公馆，见状立马收了口，埋头理起衣服。

秦水凝来沪市也有些年头，虽没到精通沪市话的程度，听个大意是不费事的，可她只摆出一副充耳不闻的样子，认真盯着郝太太身上的旗袍，间或细声开口问一句是否合适。但凡开店迎客的行当，少不了听些绯闻轶事，今日甲太太说了乙太太的坏话，明日乙太太又说了甲太太的丑闻，早已见怪不怪。

眼下这二人议论正盛的主角，就是谢婉君。

"倪二少爷把未婚妻气回了老家，这两日传得沸沸扬扬的，你知道的。"

"谢公馆的电话都要被倪二少爷打烂了，哪个不知，若不是被困在家里，想必踏破的就是谢公馆的门槛了。"

"你说那位谢氏婉君到底是个什么来头？这个名字可真是与她本人不相符，要改掉的。"

"说是东北来的大小姐，我还跟人打听过，可没听说过叫谢婉君的小姐，她这副头脑倒是灵的，知道男人们吃哪一套，个个都被她耍得团团转，倪二少爷正输在年轻。"

"我家老郝同她在一张桌子上吃过饭，言道是能喝倒三个男人的海量，你瞧瞧，神通大着呢。"

"她年纪已然不小，说不准在东北时已配过婚了，否则哪个女人会杀到男人的应酬场里去，那个词可是不好听的，叫什么？交际花。"

"哪个想不开敢娶她？你瞧她那副强势的面相，说不准克夫的，没等进门丈夫就死翘翘了……"

郝太太说得正盛，却猛地嗫了声，秦水凝半弯着腰给她整侧襟的盘扣，丝毫不见波澜，她以为秦水凝没听清，夸张地同坐着的马太太比了个拍胸的动作。

小朱在不远处转着眼睛，突然抻起脖子看向橱窗外面，打破店内诡

异的沉默:"郝太太,您家的洋车已停在路边了,正等着呢。"

秦水凝这才直起僵硬的身板,等那郝太太换下要改的旗袍,神色淡然地将之送出门。

郝太太显然未受刚刚失言影响,又恳切地提醒起马太太来:"你听我的,可要叫你家老马离谢小姐远些,离近了魂都要被吸走的……"

秦水凝听得真真的,嘴角滑过一闪而过的淡笑,无人窥见,她对着远去的两位阔太太的背影道一句"再会",知晓不会收到回应,果断关上了门。

小朱见车子已经开走了,忍不住替秦水凝叫屈:"这郝太太和马太太也真是的,阿姐鬓边还别着白花,叔昀哥的事情她们也是知情的,议论谢小姐扯这些做什么,更何况,说谢小姐也是不对的。"

"我倒是觉得她们可怜。"

"她们可怜什么?成日里不是逛街便是打牌,这也叫可怜的话,我也想做个可怜人。"小朱反驳得头头是道,最后得出结论,"阿姐,你就是心太淡。"

"那是用见识短为代价换的。刚刚郝太太提醒马太太,小心丈夫被谢小姐勾了去,你是否见过马先生真容?不能细看的,对自己的眼睛是一种残忍。"

"她们也不想想谢小姐怎么可能看上马先生那个猪头三!"

秦水凝悠悠点头附和,手上拨动算盘的动作全无停顿,一心二用得极其妥帖:"你一个孩子都懂的道理,她们怎么想不明白?所以可怜。"

"非说她们可怜的话,谢小姐岂不是更可怜,无端端地被人说是非。"

"有你帮她说话,她便不算可怜。"她不愿多说谢婉君,淡淡答道。

"这是什么道理?郝太太那话说得太不中听,否则也不至于连带阿

姐，触了阿姐的伤心事。"

秦水凝缓缓将双眼从账本上挪开，看向熨西服的小朱，不免觉得他今日勤快不少，捕捉到了一丝不寻常。小朱并没有拜她为师，而是在秦制衣临终那一年拜的秦制衣，本事不曾学到，师父已经撒手人寰了。正巧秦水凝缺个打杂跑腿的学徒，便将他留下，他倒是想再拜秦水凝，秦水凝没答应，故而始终唤的是"阿姐"。

她遽然开口，审讯似的："到谢公馆去是又闯什么祸了？谢小姐生得一张佛口，给你洒了宝瓶里的甘露，叫你不仅变得勤勉，还要句句为她说话。"

小朱本打算敷衍过去，含糊说道："没有啊，阿姐，今天跟我回家去吃饭罢，小妹过生辰，姆妈定要加菜，我半个月前就开始盼着今天这顿了。"

秦水凝冷脸盯着他，眼神暗放冷箭，小朱硬着头皮送上那张银狐皮，仍想着化解："说是张皮毛，谢小姐要做毛领和披肩，阿姐快打开来瞧瞧，也不知皮料够不够。"

"上次谢公馆的黄妈外出采买，路过专程来见我，同我告你的状，你当那谢小姐如表面一般和颜悦色，即便她当真包容你，你当这是件好事？素昧平生的，凭什么待你好？"

秦水凝一边拆包裹严实的黑布，重复谢婉君不久前的动作，一边娓娓道来。她声音轻细，即便是问句语气也是平的，无形给小朱施了压，只觉她不怒自威，再不敢隐瞒，一五一十地说了。

眼下这种大太阳天最容易肝火躁动，秦水凝却忍得极好，甚至让人疑心她根本没恼，只静静地看着小朱，小朱却觉得什么情绪都感觉到了，惭愧地低了头。

"谢小姐宽宏，素来是不与我计较的，下次，下次我一定小心，送去之前再仔细检查一番。"

银狐皮露出了真面目，秦水凝也不禁在心中赞美，真是件漂亮东西，旋即与黄妈所想大致相同，完整的一块皮却要裁开做毛领和披肩，委实算是暴殄天物了。

　　"你既说她宽宏，便继续错下去好了，等某天丝针当真扎上了她的腰，看她还会不会对你宽宏。"

　　小朱彻底亏心，摸着鼻子嘀咕道："谢小姐在咱们这儿做了好几年的衣裳了，阿姐怎么同她还是全然不熟，甚至不大待见谢小姐呢？"

　　食指拨多了一颗珠子，秦水凝略顿了一下，重新把那颗珠子归位，淡定答道："是不熟稔，至于旁的，便是你多想了。"

　　此话若是谢婉君听到，她生着一双勘破世情的佛眼，必会毫不留情地戳穿秦水凝的假话，这不当晚二人就撞上了。

　　四雅戏院外，压轴戏即将谢幕，门口正是人潮涌动之时，谢婉君遇上熟面孔，少不了被绊住脚步，吹着燠热的风寒暄，半天不肯往里面挪步子。

　　她可谓眼观六路，远远瞥见秦水凝坐的黄包车停在五步开外，忙挤出人堆，从未那般殷切地同秦水凝遥声问安："秦师傅，秦师傅！"

　　这会子戏院门口确实吵闹，不少跑腿商贩的吆喝声此起彼伏，可谢婉君坚信秦水凝下车的动作顿了一瞬，那必是听见她的呼唤了，人却像是聋了一般，闷头往戏院里钻，仿佛有人要抢座位似的。

　　谢婉君拧眉定在原地，捏紧了手里的包袋，刚刚寒暄的几个相识已经又压了过来，拱手邀她入内，她紧抿的嘴唇忽然挑起，笑容漏了出来，摇曳生姿地踏进戏院，上楼梯时不忘打量楼下的座位，不曾捕捉到秦水凝的身影——那便必是坐在二楼的包厢，且还约了人的，否则哪有独自坐包厢的道理。

　　四雅戏院是老早建的一座新式戏院，上次的风光都要数十年前了，有名角儿到沪,完完整整地唱了一个夏天,否则这四雅戏院早就破产了。如今物是人非,大舞台兴起,若非地理位置优越,近邻沪市外滩,也不至于叫谢婉君遇上这么多熟人。

戏院面积不大不小,谢婉君同秦水凝一南一北两间包厢,视线对上后,看不清彼此脸上细致的神色,只觉尴尬。

谢婉君左手撑着下巴,指根的鸽子蛋钻戒亮过台上花旦的头面,刺着秦水凝的眼,只见她饶有兴致地抬起右手遥遥同秦水凝挥了挥,算作问好,秦水凝自知避无可避,冷淡地颔了下首,便算作回应了。

秦水凝感觉得到,那抹视线炽热,即便看不真切,也还关心着这边的动向,叫人坐立不安。她正想起身离去,却还是晚了,必都被谢婉君瞧见。

谢婉君看到个穿灰长衫的男子进了秦水凝的包厢,嘴角的笑意更深,只觉台上的大轴戏还没上演,远处包厢里的戏已经开场了。

适时戏院经理亲自捧着茶点入内,谢婉君这才收回视线,承了经理亲自斟的一盏茶,听他言道:"谢小姐,许小姐刚致过电,说是来不了了,叫您关照着楼月。"

江楼月今日唱大轴,不可多得的,谢婉君心中清楚,故意同戏院经理打趣:"这最后一句是你自个儿加上的罢?生怕我忘记给彩头呢。"

逗得那经理笑出满脸皱纹,摆手同谢婉君客套:"谢小姐这话说的,您是常客,哪次来不是亲自给您送茶……"

待到戏院经理离开包厢,戏已开锣了,今日这出大轴是《搜孤救孤》,江楼月并不当红,唱回大轴也是给人作配,此时并未登场。谢婉君捻起块芙蓉糕,抿了一口便放下了,转眼看向斜对面的包厢,竟只剩下秦水凝一人,那灰长衫的男子不知去了何处,且迟迟不见回来,倒是令她愈发好奇了。

秦水凝深知自己被当戏看了去,她已见过要见的人,此时大可以起

身离去，想到那位多年的大主顾，她虽素来不喜应酬往来，只觉还是应当去问候一声。如此想着，戏也不看了，秦水凝抄起包袋离席，专程绕到谢婉君的包厢，竟扑了个空。

戏刚开演，走廊里空荡荡的，秦水凝四处张望一圈，捕捉到那抹昳丽的背影，凡经她手的成衣，她必是心中有数的，确定那就是谢婉君。可谢婉君不知是怎么了，略弓着背，手撑墙壁，缓缓挪动脚步，衬着那身纹样繁复的旗袍，俨然一只谨慎的花猫，一溜烟儿钻进了盥洗室。

秦水凝不愿多管闲事，可脚却不听使唤地跟了过去，回味过来已经立在门外了。房门紧锁，眼下看客都盯着台上的好戏，这一处冷落得无人问津，静而诡谲。秦水凝抬手拍门，看似关切的话语却少了些温度，冷冷问里面的人："谢小姐，您可在里面？"

谢婉君没答，她便又拍了两下，心想再问一次，若是仍无人应，她便立马离去，最多好心地知会一声戏院的伙计来撞门救人。

"谢小姐？我……"

盥洗室的门骤然从里面拽开，谢婉君靠着门框，佯装无碍似的同她搭腔："秦师傅？戏院门口您装瞧不见我，眼下又找到洗手间来，真是怪哉。"

"谢小姐多想了，戏院门口确实没注意到您。"

她绝不与谢婉君逗口舌之快，整个沪市滩还没几个人能从谢婉君口头上讨到好处。

秦水凝不着痕迹地打量谢婉君，走廊的灯黑魆魆的，盥洗室内的灯又亮得刺眼，明暗交汇，闪得谢婉君一张脸白得惨淡，尤其在那宛如焊死般的红唇映衬下，简直是尊美艳的女鬼。

谢婉君仍不自知，还想着戳秦水凝的软处，掌回主动权："是么，听闻秦师傅新丧了丈夫，瞧这样子已经好了？那位先生叫什么来着，姜叔昀？见过报的，潘家路闹间谍，姜先生为流弹所伤，真是可惜了……"

秦水凝知晓谢婉君在点自己，傍晚打烊时，小朱仍不忘邀她到家里吃饭，秦水凝拒绝了，说要去戏院听戏，小朱脸上的惊愕难以掩饰，又像带着丝埋怨似的，姜叔昀是她新婚的丈夫，没等举行婚礼，就出了这码子厄事，如今头七未过，她还有心看戏，又被谢婉君瞧见同另一个男子私会，委实有些解释不清。

她干脆不解释，坦率又冷漠地答道："去者已去，活人的日子还不过了么？"

谢婉君像是听到什么天大的笑话，拍掌发笑："我同秦师傅想到一块儿去了，所以说秦师傅何必装瞧不见我？难道是觉得我谢婉君口风不够严？"

这话倒是又被扯回去了，秦水凝深知，但凡谢婉君想抓住的事儿是绕不开的，既然眼下战况不妙，最好的应对便是鸣金收兵，秦水凝赔了个笑，道别得极其生硬："谢小姐说笑，我还有事，恕不奉陪。"

她毫不留情地转身，生怕谢婉君再开口挽留，可直到走远近十步，背后悄无声息，反倒叫人起疑。秦水凝又转回了头，未见谢婉君的身影，只剩下盥洗室半开的房门仍在原地摇晃，仿佛设下陷阱，诱君深入。

想起刚刚灯光下那张惨白的脸，手心里攥着的帕子也还挂着水，无力绞干似的，秦水凝板着一张脸挪了回去，猛然将门彻底推开，只见谢婉君跌坐在地上，背靠冰冷的瓷砖，没执帕子的手狠狠按着肋下的胃，眉心紧锁，秦水凝便猜到是怎么回事了。

常在应酬场上拼杀的人，总是欠缺一颗好胃。

她是断不能坐视不理的，果断伸手将人撑了起来，谢婉君同样惊讶于她折返回来的举动，本想装没毛病的样子，颤抖的声音却将自己出卖得彻底："你回来做什么……"

两双高跟鞋一前一后踏出盥洗室的瓷板地面，踩上走廊的木质地板，发出吱嘎声响，秦水凝闷头不语，致力于将谢婉君搀回包厢，谢婉君顿觉尴尬，素来是别人倚靠着她，东北还有整个谢家要她拉扯，她已经多少年没体会过仰仗别人的感觉了？

这种感觉不好，朝不保夕的，不如靠自己。

谢婉君尽力收回压在秦水凝身上的重量，指尖都在使劲，恨不得挠进戏院的墙面，身子也直躲："老毛病了，你不必理我，要不了一会儿就好。"

秦水凝忍了良久，折腾得后脖颈发了一层又一层的汗，漫长的走廊竟未过半，谢婉君还在躲，像有多嫌弃她似的。终是忍无可忍，秦水凝骤然停步，丢开糊在自己后脖颈的手臂，她从来不涂香水，如今沾染了谢婉君身上的，馥郁的晚香玉胡乱蔓延，徒惹人心烦。

"我确实不该理你，丢你在脏兮兮的茅厕里过夜好了。"秦水凝冷声说道。

谢婉君胃疾一犯，跟失了爪牙的野兽似的，白着一张脸靠住墙壁，眼神也不如片刻前锋利，终是因病柔化了。她不开口，惺然看了秦水凝一眼，大抵也是装不下去场面了，扶着墙壁往前挪步，受气似的。

秦水凝让她两步，恨她倔强，想过干脆一走了之，还是秉着送佛送到西的老话，上前霸道地搂住她的腰，奋力带着她向前挪步。

两人生得差不多高，细究起来大抵谢婉君略高半寸，她的鞋跟又高，加起来就高出一寸了，正好够将手臂轻松搭在秦水凝的肩上。

秦水凝察觉到谢婉君手臂的动作，依旧不作声，闷头往北面的包厢去。

她不说话，谢婉君又觉掌握了主动权，喑哑开腔："你怎么不说话？可是在心里骂我呢？"

秦水凝觉得这后半句话颇为幼稚，冷哼一声，不留情面道："说什么？问谢大小姐为何勾我的肩？你自己矫情便算了，我不愿同你在这儿耗费时间。"

谢婉君老脸一烫，咬牙按下了反驳的话，学起她来板着一张脸，终于回到了包厢，两人俱已是一身汗了。

那厢江楼月登了场，戏正演到，程婴为保住赵氏孤儿，决意交出亲子顶替，程妻不准，提刀要挟，程婴斥责程妻不识大体，程妻嘤嘤垂泪……

谢婉君耐着疼痛抓过手袋，从中取出一把精致的苏绣折扇，本想递给秦水凝扇风的，秦水凝却以为她在翻包拿药，当她已无大碍，掀开包厢的门帘就走。

谢婉君一番好意付诸东流，啪嗒一声把扇子甩到了桌上，她素来没有服药的习惯，近些年西药盛行，说是见效极快，可她一向赞同"是药三分毒"的老话，胃疾需得养，她又是个劳碌命，养也养不得，只能叫它疼够了消停下来，强熬罢了。

第一章·盛夏银狐皮

秦水凝本是要离开的，刚步下一节台阶，就被个伙计拦了下来，伙计手里端着个扣盖子的瓷碗，上下打量一遍秦水凝便认准了人，机灵言道："秦小姐，您的小馄饨到了，正要给您送进包厢呢。"

"我不曾订馄饨。"秦水凝蹙眉反驳。

乔家栅的商贩将生意做到了戏院门口，只要钱给到位，便是亲自到包厢去喂您吃都成。

"是一位穿灰长衫的先生给您订的，是您……"

伙计斟酌着用词，不知道该说什么，秦水凝忙接话："哦，是我兄长。"

为免不必要的麻烦，秦水凝伸手去接馄饨，且顷刻之间她已想好这碗馄饨的去处，必不会糟蹋。伙计缩手不愿给她，殷勤道："不劳您亲自

动手，我给您送到包厢去。"

秦水凝没能拒绝。

谢婉君听不进去戏，佝偻着身子伏在桌面上，这么热的天，红松桌面却凉得凛人，将要被她给焐热了。她不禁怪罪起那爽约的许二小姐来，若是她自己来听戏，定会带上黄妈或者女佣，何以至于落得这番孤立无援的田地。

身后的门帘被掀开，谢婉君丝毫没有察觉，伙计把馄饨放下，惊讶叫道："谢小姐！您这是怎么了？"

谢婉君立刻挺直了腰板，带笑看向那伙计，正要问这吃食的来历，戏院的经理才不会这么大方，那瞬间好似福至心灵，谢婉君骤然转身看向门口，一贯挂着的假笑也僵在了脸上。

秦水凝帮端着托盘的伙计掀开门帘，人仍旧立在那儿，像是位过分温婉貌美的女招待。

谢婉君这才打量起她来，她穿了件五分袖的荔肉色旗袍，素得过分，领间的花扣却是费了心思的，手腕上挂着只竹节布包，如今沪市滩流行烫鬈发，她却是没烫的，青丝在脑后挽成髻，老旧又古板，鬓边别着的白绢花倒是缀得灵巧，同她是极相宜的。

明明生得一副柔面相，眼尾的痣更称得上个我见犹怜，偏偏说话做事冷冰冰的，过去绝不是父母的贴心女儿。

"我吃过了，馄饨匀给你，扔了可惜。"秦水凝同她说。

谢婉君眨眼回神，那伙计还杵在原地，招秦水凝冷眼，谢婉君暗怪她不解风情，主动给了赏钱，伙计这才肯走，秦水凝也反应了过来，看向谢婉君的眼神明显带着责怪。

"我本要自己端上来，他偏帮我，竟是为了讨赏，谢大小姐还真大方。"

馄饨的香气从不够严实的盖子下面钻出，这几日天热，谢婉君本就

023

没食欲，酒局却是照赴，每每回家必要吐得肠胃空空，今日除去那两口绿豆汤，她还粒米未进，闻着味道不免起了食欲。

可她一贯将人情世故看得比天还大，耐着胃疼招呼秦水凝，主动给她斟茶："秦师傅，请坐。"

伸手不打笑脸人，秦水凝顺势坐下，却不看谢婉君，而是看台上的戏。

谢婉君将馄饨挪到面前，问道："多少钱？我付给你。"

"不必了，我并未出钱。"

"哦，那位灰长衫的先生出的？"

秦水凝顿觉坐不下去了，谢婉君看出她的去意，伸手将人按住，在她眼放冷箭之前收了回去："我也算是秦记的老主顾了，在你那儿裁了有三四年的衣裳？你陪我小坐片刻，看会儿戏，总要的罢？"

"已近五年。"秦水凝素来严谨，纠正道。

"好好好，五年便五年。"谢婉君笑道，掀开那碗馄饨上的盖子，香气扑鼻而来，见她紧盯着戏台，颇有些讨嫌地说道，"这出戏不好看的，小时候一看就要哭，觉得那程婴颇具大义，现在看不得了，只觉得程妻可怜。"

秦水凝不理会她，大抵觉得她废话颇多，又像是等她吃馄饨堵住自己的嘴似的。

谢婉君先是舀起勺馄饨汤，饮下暖胃，却下意识皱起了眉头，直爽问道："没放醋？"

秦水凝转头一看，凭空从那表情里读出了大小姐脾气，馄饨又不是她做的，放没放醋关她何事？更何况，"谁吃馄饨还放醋？"

"我。"谢婉君理直气壮地答，"清汤寡水的，没味道，你也是北方人，就不觉得他们沪市人口味太清淡了些？"

秦水凝一个冷眼扫过来，分外提防，是了，她怎会忘记，谢婉君是知

道她来路的。

谢婉君将就着吃起馄饨,对秦水凝的冷眼全当看不见,风凉接道:"秦师傅素不愿来我谢公馆,避着嫌的,旁人又岂会知晓,咱们可是有着一起出渝关的交情,秦师傅不会也忘记了罢?"

当年东北面临沦陷,谢婉君南下赴沪,没等出渝关便碰上了秦水凝,那才是二人初见。

秦水凝是搭了谢婉君的车马出关的,甚至与她坐同一列火车到的沪市,后来才各奔东西,算起来早欠了谢婉君的人情。本以为谢婉君是个深居简出的富家小姐,为避战乱南下寻亲,谁能想到此人是那么个高调的做派,秦水凝简直避之不及。前几年秦制衣还在,谢婉君虽在秦记裁衣服,也未必要她亲自应付,秦制衣去后,她依然能躲则躲,即便不得不见,也是绝不肯说半句闲话。

若是眼风能够杀人,谢婉君必已被千刀万剐了,可她却悠哉用着馄饨,胃暖了起来,疼痛也渐渐缓解,仿佛蒲松龄笔下的女鬼吸足了阳气,又能祸乱人间了。她深谙人情世故之理,秦水凝其人,独来独往,神秘寡居,想必是过分看重隐私的,不像她谢婉君,张口闭口少不了攀关系,隐私早已是身外之物,贱得不值一文。

谢婉君撂下瓷匙,捧场地附和着叫好声鼓掌,响声散了,她才在秦水凝的注视下幽幽开口:"秦师傅怕什么?不是跟你说了,我口风严的,还是说秦师傅有什么不可告人之事?"她一个人就能撑起一台戏,又否决起自己来,"我多嘴了,不问了,不问了。"

秦水凝霍然起身,抄起竹节布包,显然决意要走,谢婉君挽留:"秦师傅?这戏看一半儿就走了?不吉利的,再坐会儿罢。"

她断不可能听谢婉君的话,尤其眼下确定,谢大小姐已经大好,舌战群儒也不在话下。

"谢小姐还是多操心自己，口重伤胃。"

秦水凝大抵意在嘲讽，却低估了谢婉君的脸皮之厚，她杵着下颌目送秦水凝离去，脆声回道："多谢秦师傅挂怀，我这心都跟着暖了呢。"

秦水凝用力扯开门帘，鞋跟砸在地板上，力道再重些，布帘想必要被她扯断，地板也要凿出窟窿。

周围彻底没了人，谢婉君脸上的笑容才彻底瓦解，木然地搅着碗里的馄饨，仿佛滋味已经不再了。

翌日清早，秦水凝先行到店开门迎客，又是望不到头的闷热天气。

小朱本来是睡在店里的，身兼了安保的职责，虽然他经常出去鬼混到深夜，秦水凝全当不知，不闯祸端就好。昨晚他回家里去吃饭，说是小妹过寿，必要在家里睡下，她这个人严谨惯了，唯恐误了开门的时辰，故而才早些赶到。

近几日上午都没什么人，更别说大清早太阳刚出来的时候了，秦水凝独自在店内，翻了遍预定的单子，看到末尾，想起那张过分漂亮的银狐皮。昨日小朱急着回家吃团圆饭，她也想着去戏院见人的事儿，竟给忘了，忙添了上去，该写主顾名字的地方她毫不犹豫，照例写了"谢公馆"三字，硬笔写出的蝇头小楷，看起来娟秀，带着丝小家子气。

当年她初初丧父，母亲为了生计，迫不得已决定改嫁，陪嫁唯有她这个拖油瓶，自然不被欢迎。她虽是独女，因父亲投军，早早便明事理地帮母亲操持家务，见此情状，便极识趣地主动提出到沪市投奔叔父，也就是开裁缝铺的秦制衣，并中断了学业。

正巧赶上东北起了战事，逃难的人流不要命似的涌出渝关，乱如炼狱，遍地饿殍之间，她遇上谢婉君。

彼时秦记裁缝铺在沪市滩可谓是家喻户晓，安置妥当的谢婉君自然也要来做衣裳，已是四年多以前的事情了，回忆起来是要费些脑力

的，秦水凝记性好，记得谢婉君在秦记裁的第一件衣裳是件冬天穿的大衣。

红色的，极正的红呢绒，摆在店里无人问津的料子，一则价格高昂，二则太过挑人。秦制衣亲自操刀，她给打的下手，那时谢婉君还没这么大的架子，或许也是初次在秦记裁衣的缘故，极守时辰地前来试衣裳，又似督查，腰身改小半寸，还算满意。

后来，谢公馆的生意便没断过。

秦制衣去世后，谢婉君大抵吃准了她办事更加严谨，但凡寻到稀罕料子，一概送来，钱款甚至都不必她去谢公馆收取，谢婉君公司里的账房定期亲自来结，大抵顺便将常去馆子的账也给平了，秦记不过是顺便而已。

照她送来的料子储备，这张银狐皮怕是要排到明年去了，谢大小姐倒是贵人事忙，全不放在心上，秦水凝暗自下了打算，得往谢公馆打通电话，且她的尺寸也好些日子没量了，小朱真是不堪大用。

说曹操，曹操到，小朱吹着口哨进店，将秦水凝从回忆的漩涡中捞出。

秦水凝放下预定簿，捡起围裙系在腰间，围裙的口袋里装着勤用到的工具，软尺挂在脖上，俨然已经打算开始干活儿，日复一日罢了。

小朱的魂儿像是还没醒，提着笤帚原地画圈，这也算是一种做工——磨洋工。他见始终没有来客，愈加懒散，还要拉着默不作声在那儿裁版式的秦水凝一起说闲话："阿姐，你昨晚听戏，去的哪个戏院？黄金？天蟾？还是四雅？"

秦水凝抄着铜裁尺，那是秦记的镇店之宝，从秦制衣手里传下来的，她虽厌恶诸如继承香灯之类的延续，秦制衣将衣钵交给她这个姑娘也是迫于无奈，可若将铜裁尺传给小朱，还不如送给收恭桶的当个搅屎棍。

"有话直说。"秦水凝回道，仍将心思放在案台上。

"昨晚四雅戏院热闹。"小朱忙将吃早点时听来的闲话说给秦水凝听，手里的笤帚也不动了，"邵兰声大轴唱《搜孤救孤》，满堂叫好，谢了足有三次幕。"

邵兰声是最近沪上正当红的名角儿，唱老生的，也就是昨晚台上的程婴。秦水凝并非不懂戏，却也算不上行家，加之被事情牵绊着，压根儿没往心里去，连那邵兰声的扮相都没记住。

小朱继续说道："好些太太是极捧他的，可昨晚最大的彩头是谢小姐给的，满满一串金珠，跟定情信物似的，都说是下聘，谢小姐大抵看上了邵老板，否则不至于搞出这么大的场面。据说那些原本捧邵老板的太太们很是不乐意，今晚邵老板的戏，怕是要削尖了脑袋攀比彩头……"

听到"谢小姐"三字，秦水凝这才抬起头，短短片刻工夫，颈肩关节已经僵硬了。看来昨夜她还是走得早了，错过这么大个热闹，可她并非小朱，不是爱看热闹的性子，眼下听闻，只觉得荒谬。

她其实很想同小朱说，你口中豪掷千金、逞尽风头的人，正在昨晚狼狈地倒在了戏院的盥洗室里。可背后说人是非总归不好，其次这话她在心中念上一遍，自己也觉得不妥，任谁也难将这两件事放在同一个人的身上。

于是乎小朱只看到，秦水凝直起腰板揉了揉肩颈，又抄起裁尺继续忙活，像是没听到他说的这桩事似的。小朱正要开口，想将这个话题聊下去，秦水凝看穿他的心思，端起先生的腔调来，冷声说道："半月前命你着手做的长袍，至今连片布都没瞧见，再这样下去，我恐怕要叫你姆妈来领人，秦记这间小庙容不下一尊大佛。"

小朱忙将笤帚立到墙角，擦了擦手开始寻他不知丢在何处的围裙，店内终于安静下来，只剩下剪刀划过布片的沙沙声。

谢公馆的餐厅已被冷落许久，天气热的缘故，谢婉君多日没什么食欲，晚上的那顿多是别人请的，到外面吃。今日人总算出现，穿着件长得曳地的晨袍，独坐在偌大的餐桌前，瓷勺反复搅弄着碗里的清粥，大抵觉得难以下咽。

电话铃响起时，谢婉君正催黄妈拿盐罐来，粥吃得委实没什么滋味，黄妈倚老卖老地说她几句，姑娘家常吃咸口，要长胡子的。谢婉君闻言笑得前仰后合，朗声说东北的姑娘岂不个个都是男人婆。

女佣将电话捧过来，谢婉君暂且按下话头，捡起话筒接听，那头并非秦记，而是许公馆的许二小姐，芳名许稚芙。

许稚芙很是礼貌，再度向谢婉君为昨晚的爽约致歉："哥哥看到了戏票，偏说夜里不安全，到底将我扣在了家里，婉君姐，实在对不住。"

谢婉君浑不在意，爽快答她："无妨，要看戏的是你，没看上的也是你，有什么可对不住我的。"

许稚芙压低了声音，像是将谢婉君纳入了一同捣蛋的同伙："我并未同哥哥说约的是你，他那人素来刻板，我怕影响到你们的关系，叫他排斥起你来，简直罪过了。"

她看不到谢婉君的表情，只听谢婉君语气带笑，很是无奈般："你还真是善良，叫你哥哥知道又何妨？说不定他见我在，反倒放心，就准你出来了，这下被你搞的，我成了助长邪风的同伙，反而添了罪名。"

许稚芙忙说："非也非也，你还是不了解我哥哥这个人……电话里说不清楚，我想当面与你聊，婉君姐，你今日可有空？我到谢公馆拜会如何？"

谢婉君没理由拒绝，果断应了下来，挂断电话后扭头知会黄妈："待会儿许二小姐要来，坐洋车穿洋服的，千万别怠慢了。"

黄妈点头答应，多嘴问了句："哪家许二小姐？"

她是年纪大了，专爱瞎打听，谢婉君白她一眼，抓过已经盛上桌的盐罐往粥里倒："还能是哪个许二小姐？前些日子刚宴过她哥哥许世藁，生意还没谈成，倒从天而降个便宜妹妹，我已成带娃娃的奶娘了。"

罐口倾得太斜，盐洒多了，谢婉君搅了搅瓷勺子，硬着头皮下咽，终是剩了个碗底，丢下后上楼盥洗更衣去了。

许家兄妹俩早早没了父母，许稚芙是被许世藁拉扯大的，那许世藁看着老实，一到生意事上精明得很，否则谢婉君不至于软硬兼施了这么久还无成效，那许稚芙都快视她为无血缘的亲姐了。

至于许稚芙，蜜罐里泡大的，虽没了父母，许世藁也从未叫她受过委屈，呵护得过分仔细，许二小姐难免单纯。大抵许世藁深谙这个道理，只让她在沪市读了个洋人办的女中，前些年最是流行送家里的女孩出国读书，借考取文凭来充纳家世，许世藁却丝毫没有动心，言称舍不得妹妹，不愿尝相思之苦，许稚芙深信不疑，感动得哭红了眼，中学读罢后并未继续学业，如今想必是打算趁着年轻多玩乐几年。

谢婉君打听许家人时听到这些，眉头拧成麻花，不禁纳罕起来这"蠢二小姐"是个什么活宝，当真见了后发现，确实是天然无害的，叫她想起还在东北老家时跟着兄弟姊妹进山打猎，总会误伤几只过分娇气的山兔，毫无兽性，为枪弹伤得血淋淋的，发出罕见的呜咽……

车子划过水门汀的声音叫谢婉君回过神来，扯开卧室的窗帘一看，许稚芙已经下车了，她又拎起香水瓶，喷了两下，这才打扮齐全下了楼，笑着迎许稚芙。

许稚芙不知怎么着，仿佛不高兴似的，板着一张脸坐上沙发，塔夫绸的洋裙堆叠着，像外国长片里的公主。

她到底单纯，架不住谢婉君几句挑逗就泄了口风，委屈地质问谢婉君："昨晚爽约是我的不对，可婉君姐你答应帮我照料楼月，彩头怎么落在了邵兰声身上？"

第一章 · 盛夏银狐皮

所谓的照料，照料一个戏子，指的就是给彩头。昨日谢婉君从许公馆出来前答应了许稚芙，比起许二小姐养在深闺，谢婉君的关系网要活络多了，故而许稚芙希望谢婉君出面，捧一捧江楼月，后来她爽约，打电话到四雅戏院还不忘提醒，谢婉君怎能会忘，必是办到了的。

"合着许二小姐上门来是同我兴师问罪的？"听到许稚芙的质问，谢婉君尚不至于恼火，只是笑容也冷淡了下来，如实将昨夜的情状说清，自然隐去了胃疾发作的那段，"你说与那江楼月少时相识，金珠结缘，我从你许公馆出来天已要黑，跑遍沪市外滩附近的金楼凑出串金珠，送她这个戏份不到一刻钟的配角儿，与那邵兰声有何干系？"

"什么金珠结缘，婉君姐，你又胡说。"

许稚芙有些羞赧地垂头，又扑闪着双眼偷看谢婉君的表情，觉得不像在装假，愈发疑惑了。她赶忙从手袋里掏出份戏报，谢婉君接过来看，一见头版大字标题，扑哧笑出了声。

标题写道：邵兰声搜孤救孤言大义，谢婉君豪掷金珠择夫婿。

"婉君姐，你还笑得出来。"

"我笑自己又有何妨？"她把报纸丢到茶几上，懒得细看，旋即拉着许稚芙起身，"甭坐了，跟你婉君姐一同砸了那四雅戏院去。黄妈，备车！"

黄妈正在听电话，闻声捂紧了听筒，扬声回道："好的，大小姐，电话您可有空听？"

许稚芙当真以为谢婉君要砸四雅戏院，死命拽住她的手臂打退堂鼓："婉君姐，要不了这么严重，你别激动，要惹来巡捕房的。"

谢婉君见她那副单纯可怜又带着慌乱的表情，笑眯了眼，忍不住伸手捏她的脸颊，许稚芙挪开脑袋躲闪，手又不肯松开，生怕谢婉君化身脱缰的野马，眨眼工夫就能杀到四雅戏院。

"瞧把你怕的，不是你来找我兴师问罪？只是去讨个公道，不动粗的。"谢婉君四顾找不到手袋,伸头一看黄妈还杵在电话旁,不禁怪她分不清轻重缓急,若那头真是十万火急的事情,她早叫起来了,"不是重要的事就叫对面晚些打来,我现下要出门,你再磨蹭,我难道去恳求许小姐施舍借车,匀我个座位?"

黄妈这才匆匆拒了电话那头,叫她晚些打来,称谢小姐不在家的。

谢婉君已从一楼的书房里找到手袋,揽着许稚芙往外面走,命许公馆的车子先回去,晚些时候必会毫发无损地将许小姐送还,许稚芙坐上谢家的车子,气势汹汹地奔着四雅戏院去。

那通电话正是从秦记裁缝铺打来的,秦水凝亲自致电,为的是裁衣事宜。即便黄妈捂了听筒,谢婉君的声音还是漏了过去,她听出是谢婉君的声音了,只不过没听清到底在说什么。

明明人在家里,就这么搪塞着她,秦水凝早已习惯看人冷眼,见怪不怪,平静挂断了电话,在单子上备注道:廿五年,五月卅日,致电未通!

这感叹号也不知是谁发明的,分外好用,秦水凝记单子时习惯用感叹号来作为提醒,眼下画了一个还嫌不够,又像发泄心中不满似的,顺手在后面多加两个,旋即啪的一声合上了簿子,挪去案台前忙活了。

她打电话去谢公馆,一则为了预约量尺的时间,倘若谢婉君有空,便亲自来秦记,否则她便派小朱上门;二则为那张银狐皮,这可比往常送来的衣料贵重多了,中间通过黄妈还有小朱传话,总归不稳当,裁错了就出大事,更何况谢婉君在秦记堆积了那么多料子,这块银狐皮是否需要向前排上一排也需商榷,否则今年冬天是赶不上穿了……

琐事委实不少,谢大小姐贵人事多,全无精力操持这些,可她是为人服务的,放在合同上便是乙方,比不得谢婉君那般自在放肆,只能老老实实地晚些再打过去,甚至明日也要继续,上赶着追着才能罢休呢。

第一章 · 盛夏银狐皮

原以为今日免除了同谢婉君会面的必要,不想谢大小姐竟主动找上门来了,小朱最爱巴结谢婉君,被迷得甘愿赴汤蹈火也在所不辞,看到谢家的车子停在路边,立马叫了一声就出去迎接。

　　"阿姐!谢小姐来了!是谢小姐!"

　　店里本来静悄悄的,秦水凝正埋头钉扣子,吓得一惊,忙缩回被针扎的手,唯恐流血污了衣料。她紧紧捏着指头止血,习以为常了,起身通过透明的橱窗向外望,看到那熟悉的妖冶身影,走到何处何处便如舞台似的,右眼皮突突直跳——左眼跳财,右眼跳灾,非吉兆也。

　　谢婉君带着许稚芙前去四雅戏院讨说法,平日里单一个谢婉君已经足够让经理难以招架,遑论再加上个许二小姐,哪个都得罪不得。至于今日传得沸沸扬扬之事,经理也给了说法,可谓是滴水不漏,与谢婉君猜测的差别不大。

　　她想的是,江楼月扮程婴之妻这么个小角色,谢幕时都快被挤到九龙口之外了,本是无人在意的,也不足在意。她送的那串金珠算得上昨夜最大的彩头,不好给到江楼月身上,岂不是将邵兰声的风头都给抢了?便是邵兰声好脾气,他那些票房们也是要闹的。

　　戏院经理显然知情,却也得在谢婉君和许稚芙面前装不知情,将错处全给了昨日替谢婉君送彩头的伙计,当即将人给开了,以示问责,又送了谢婉君一沓赠票,好声好气地哄着,并即刻派人将金珠送还给江楼月。

　　谢婉君没再追究,按住了仍有疑议的许稚芙,最后说道:"别当我不晓得你们那些歪心思,踩在我身上捧邵兰声,我自会命人去报馆同那撰稿之人追责,你们戏院也难逃干系。就明日,我必会差人早早地再买上一份戏报,张经理,我要瞧见你们的致歉。否则——"

　　她捻着那沓赠票打他的肩膀:"凡我谢婉君相熟之人,必不会再踏足你们四雅戏院,你大可以试试,对他们来说到底是看戏要紧,还是生意要紧。"

张经理是半个不字不敢说的，一面答应着，一面弯腰拱手，亲自送她们两个上车。车子开走后谢婉君将那沓赠票全部笑纳，塞进包里，许稚芙长舒一口大气，细声说道："婉君姐，我刚刚还以为你要将这些票全都丢在他脸上呢。"

谢婉君笑道："丢了做什么？都是人情，我得往出送呢。"

司机小佟问接下来去哪儿，谢婉君瞄一眼许稚芙的神色，她是笼子里的金丝雀，出来了一时半刻是不肯回的，谢婉君则是暂时来解放她的人，拍板下定决策："上次在你家里，许老板不是讲你的洋服太多了？正好顺道带你裁身旗袍罢。小佟，去霞飞路秦记。"

小朱给开的车门，极贴心地用手垫着门顶，将谢婉君和许稚芙迎了进去，谢婉君正同许稚芙说话，小朱识趣地没插嘴。

许稚芙都看出那张经理是随便开除了个伙计推卸责任，谢婉君怎会不知，她俨然一副姐姐开导小妹的架势，给许稚芙讲这其中的道理："在外与人处事，皆要注重'情面'二字，我岂会不知道那伙计无辜，昨夜我亲口同他说，金珠是送江楼月的，他难道听不懂人话？只是要给张经理留分薄面，人际往来，最忌讳的就是个寻根究底了。"

"可那伙计……"

"你放心好了，那伙计必会拿到优渥的封口费，不会白白背这个黑锅。张经理可精明着呢，定然比你这个小妮子懂得多，我给他一分薄面，他也得登报将我的脸面给找补回来，如此才叫'往来'二字，姑且算扯平了。"

两人前后脚进了秦记裁缝铺，谢婉君仍在侃侃而谈，秦水凝听了个话尾，心中不禁闪过一丝嫌弃，不齿谢婉君这套圆滑的做派。

待谢婉君话讲完了，她才礼貌开口问好："谢小姐。"

谢婉君闻声将视线从许稚芙身上挪向秦水凝，四目相对，一瞬间竟还是尴尬，旋即不约而同地错开——想必二人都忆起了昨夜的原委。她掩饰得极好，立刻泰然地介绍起许稚芙来："这位是许小姐，我带她来裁两身旗袍，一概记在我的账上。"

秦水凝淡淡应声，看向许稚芙，不着痕迹地打量着，已在心中盘算起许的身量来："许小姐，您好。"

她故意不介绍秦水凝，叫许稚芙误把秦水凝当作学徒，抑或这间秦记裁缝铺的秦师傅的女儿，暂且来帮忙的。许稚芙笑着算作回应，看向谢婉君频繁眨眼，大抵觉得那尚未露面的秦师傅架子真大，气氛尴尬了数秒，谢婉君扑哧笑出了声，同许稚芙言道："你面前的就是秦师傅了。"

许稚芙立马红了脸，虚虚推了谢婉君一下，嗔怪道："婉君姐，你故意的，真讨厌。"

秦水凝表面赔笑，心里则点头赞同，确实讨厌。

小朱见气氛缓和，总算有自己插嘴的余地，笑嘻嘻地同谢婉君说："谢小姐，阿姐不久前才给谢公馆了个电话，想着前去给您量尺，黄妈说您没在家，结果您竟亲自来了店里，真是巧了。"

秦水凝当即甩小朱一枚冷眼，怪他话多，谢婉君兴致盎然地"哦"了一声，差不多同黄妈磨蹭的那通电话对上了号，黄妈是喜欢秦水凝的，大抵觉得她稳妥，这正是小朱全不具备的，故而接到秦水凝的电话迟迟不愿挂断也属正常。

她先同许稚芙说："看来就是咱们要出门时的那通电话，恰巧错过了呢。"旋即又看向秦水凝，语气有些冷嘲热讽，"秦师傅打算亲自去给我量尺？小朱，你定是听错了，秦师傅这般忙，谢公馆还排不上号，让秦师傅亲自服务。"

秦水凝知道谢婉君是在讽刺她不肯登谢公馆的门，碍于眼下谢大小姐是客的身份，还带了许二小姐，她断不可能像昨夜戏院偶遇那般对待。可她确实不如谢婉君道行高深，便是对方指着鼻子骂娘，谢婉君也能笑着打圆场。

于是乎她只能扯出个假笑，眼睛里朝谢婉君放飞刀的气势是藏不住的，谢婉君用手里拿来扇风的扇子挡住脸，笑得极为得意，小朱则下意识帮秦水凝说话："阿姐忙的，确实很忙……"

许稚芙看不明白那二人之间的暗里较劲，只觉得女裁缝稀奇，问秦水凝："秦师傅当真是这家裁缝铺的老板？"

"是的呀。"她轻声答许稚芙，面对这样天真的姑娘总是难掩心软的，接着摘下挂在脖子上的软尺，同许稚芙征求，"许小姐，先量个尺寸罢。"

谢婉君旁观她同许稚芙搭话，嘴角始终挂笑，一想到她自己说话总是冷冰冰，不愿继续站在她们旁边自讨无趣，于是接过了许稚芙的珍珠手包，连同自己的一并交给小朱，转身去看起样式和布料了。

连日炎热的缘故，商铺客少，秦水凝忙于赶工，本该去进料子也耽搁了。谢婉君眼光挑剔得很，见到所剩无几的料子显然失望，问过小朱知道了缘由，便说："我送来的料子也存了不少罢？全都拿出来，瞧瞧有没有能入许小姐眼的。"

她这个甩手掌柜好似到了年底终于要清货了一般，小朱行动起来还是手脚麻利的，不断从内室把料子抱出来。谢婉君看着自己送来的料子觉得顺眼多了，喜笑颜开的，挥手招呼许稚芙过来，掸开料子往人身上比画。

"这个花色倒是时髦，底子老气了些。"

"我怎么还送过这么鲜嫩的颜色？稚芙，倒是衬你，暂且选中备着。"

"你怎么净是挑些大印花的？平白把你显老十岁，你要做我姐姐不成？"

"这匹是洋素绸,花色瞧着也还顺眼,夏天穿正合适了……"

许稚芙好歹是个从不曾受委屈的大小姐,几次拿起的布料都被谢婉君毫不客气地给否了,由头不是老气就是难看,简直半分情面都不给许稚芙留,可许稚芙竟也不恼,只是话越来越少,仿佛听凭谢婉君摆弄。

秦水凝陪在一旁,终究忍不住开口,还算柔和地打断了谢婉君的话,提点道:"不如让许小姐自己选,毕竟是她要裁旗袍。"

谢婉君挑花了眼,一时间没注意到许稚芙的变化,见秦水凝回护起许稚芙来,当即笑出了声,那架势倒有些与秦水凝针锋相对:"我还不是为她好?料子看着是一回事儿,裁出来穿在身上又是一回事儿,她本就觉得旗袍老气,不适合小姑娘穿的,到时候秦师傅你点灯熬油地做好了,她又嫌难看不肯穿,岂不是白费了大伙的心思?"

秦水凝听她说起话来跟连珠炮似的,自知不该恋战,至于她话里的意思,秦水凝也不敢苟同,认为还是应当遵循许稚芙的意思,谁敢说衣柜里的衣裳件件都喜欢穿呢?总要有几件受冷落的。

小朱见这二人好像全然不能好好交谈,凡有意见必然相左,只能干着急,他一个学徒若是太多话了,离被逐出去也不远了,眼下只能寄希望于许小姐打个圆场。

许稚芙抓着料子许久没开口,谢婉君将手搭上她的肩头,难掩强势地问道:"稚芙,我为你选的难道你不喜欢么?"

秦水凝发觉左眼皮又开始跳了,心想照她这种问法,有几个人会答"不喜欢",威逼之下,说不出口的。

不想许稚芙骤然落泪,谢婉君"哎哟"一声,抽出帕子按上许稚芙的脸,声音是生疏的温柔,甚至惊讶更多:"好生生的怎么哭了?"

许稚芙不过一时触动,并没有几滴泪,立刻便擦干了,她先同秦水凝说:"秦师傅,我知道你心善,可婉君姐也没恶意。婉君姐,我就是有些感触,只觉得你又像姐姐,又像娘亲。"

小朱躲在一边偷乐，秦水凝不了解情状，加上本就寡言，见状自然不再多说，谢婉君则气得伸指戳她的头："我的小姑奶奶，你可别给我抬辈分，我没你这么大的闺女。"

其实谢婉君心如明镜，许稚芙连亲娘的模样都没记住，全靠家里的相片吊着，那许世蕖到底是个男人，怎么呵护这个小妹也总有照顾不到的地方，她的手帕交又都是娇滴滴的名媛淑女，她缺的是什么谢婉君可再清楚不过了。

许稚芙伸手翻着料子，撒娇似的同谢婉君说："婉君姐带我去戏院讨说法，便是我哥哥也没做到这份上呢，他总是要教育我的，要我从中反思自己……"

谢婉君隔空甩给许世蕖个白眼，答道："那是他古板，他这个人若是不那么迂腐，我同他的生意早就谈成了。"

秦水凝心道，怕是这句才是重中之重呢。

许稚芙说："我虽不了解生意上的事，可听哥哥同人打电话，说是并非全无意愿，只是过去与那韩先生有过节，婉君姐是代表着韩先生一起来谋合作的，哥哥自然不愿。"

这傻姑娘承了谢婉君的好，绞尽脑汁地想出些消息透露给谢婉君，一五一十地全说了。旁人的事秦水凝绝不置喙，只能暗暗叹息，心疼这许小姐被利用了还不知。

谢婉君得了消息，笑得跟朵花儿似的，夸赞许稚芙道："你是我亲姑奶奶，说到裉节儿上了。"

简直满口胡言。

许稚芙红着脸问："我不会说了什么不该说的罢？"

不论该说的还是不该说的，她也都说完了。

谢婉君笑道："无妨，我是要帮你哥哥跟那韩先生握手言和，生意人多个朋友总比多个敌人好，你说是不是这个道理？"

许稚芙点头赞同,已然视谢婉君如亲姐,万分信任了。

至于料子,她最后还是定了谢婉君选的,谢婉君言明要做无腰省、全开襟的,许稚芙分明不懂,也点头答应,就此下了订单。

秦水凝在簿子上一一记下,心想谢婉君的宝瓶里装着的何止是甘露,简直是迷汤。

适时秦记裁缝铺门口又停了辆洋车,小朱并不眼熟,还以为来了新客,司机推门而入,竟是许世藁派来接许稚芙回家的。

兄令难违,许稚芙恋恋不舍地同谢婉君道别,谢婉君正打算亲自送她出门,一并也回去了,秦水凝开口提醒:"谢小姐,您也该量个尺了。"

许稚芙便说:"婉君姐,不必送了,回去我让哥哥请你来家里用饭。"

谢婉君暂且留在了秦记,听秦水凝说要量尺,她下意识看向小朱,前几回的尺寸都是小朱上门量的,秦记她确实有阵子没来了。

小朱也以为这是自己的活计,没等凑上前来,秦水凝已将脖子上挂着的软尺摘下来了,这倒是出乎谢婉君的预料,她站直身板,秦水凝攥着软尺比上了她的肩膀,虽说熟能生巧,老裁缝量尺可比蜻蜓点水,眨眼工夫便好,秦水凝却像个初出茅庐的学徒,仔仔细细地比量着,确定之后还要用笔记下来,严谨得有些笨拙。

一时无声,秦水凝半低着头,软尺绕上谢婉君的腰,骤地收紧,谢婉君正觉得痒,软尺已经松开了,下挪到臀部,谢婉君偏头不再看她,随口问道:"腰身粗了还是细了?"

秦水凝冷淡答道:"细了半寸。"

昨日刚犯过胃疾,怎会不消瘦。

谢婉君是好了伤疤忘了疼的那一类人,永远不知疲倦,压根没想到昨晚胃疾发作上去,还没心肝地笑:"连日吃酒,竟然还瘦了。"

秦水凝没理会她,料她也不记得自己的腰围,记下的比量到的多加了半寸，便仍是上次的数，尺寸便量完了。

"谢小姐，再同您确定一番那张银狐皮的处置。"秦水凝客套言道。

"小朱连这两句话都传不明白了？"谢婉君轻松同小朱打趣，跟在自己家似的。

"谢小姐哪里话，您这张皮子贵重得很，阿姐谨慎罢了。"小朱接道。

谢婉君认真回道："做两条细毛领和一条披肩，大小可够？"

她原打算将一条毛领缝在她最中意的那件斗篷上，今日带了许稚芙来，便改了想法，打算送给许稚芙一条，白色纯洁，许稚芙比她更合适这个颜色。想到这里，不由得愈发怀念起老家的红狐毛领来，正是知道无法失而复得，才屡次回想，但也仅此而已了。

秦水凝一抬头见谢婉君双目出神，不知道她在想什么，却从她的眼神中看出了哀愁。

思乡的哀愁远比情爱的哀愁更加动人。秦水凝眨了眨眼，很快挪开目光，答道："够了，如果有余料再给您致电告知。"

谢婉君点头答应，秦水凝又问："披肩里衬的颜色可有要求？"

若无要求，自然要选贴近皮料的颜色。

"红色的。"谢婉君毫不犹豫地答道。

秦水凝语塞半晌，提醒道："红色亮眼，做里衬会喧宾夺主。"

"我难道还会被件衣裳抢走风头？"

她的愁也只不过是暂时的，眼下已经烟消云散了，秦水凝点头回应，埋头在簿子上记下，一切全部遵循客人的想法，身为裁缝也不过是提醒建议而已，不采纳就算了。

谢婉君撑臂立在柜台对面："秦师傅，这张皮料劳烦你给加个急，秋冬装我是不缺的，去年在你这儿裁的还有新的没穿，夏装也不必了，先将这单生意给做了罢。"

第一章 · 盛夏银狐皮

秦水凝记完了预订簿,冷不防与谢婉君对上视线,一个炽热,一个冷漠:"夏季还长,谢小姐已想着回北边过冬了?"

谢婉君先是一愣,旋即熟练地展颜发笑:"这我倒是要学一学秦师傅了,北边有什么好,全然不愿提及的,更别说'想'字一说了,秦师傅恐怕就是那西天取经的孙猴子,石头缝里蹦出来的,孑然一身无牵无挂。"

秦水凝不好像昨晚那般对她,碍于身份,只用冷眼扫她,旋即挪向看热闹的小朱,吓得小朱立刻闷头找起活干,手忙脚乱的。

"小朱,我的包呢?"她显然要走了,接了小朱递过的包,忽然又问秦水凝,"秦师傅,这毛领和披肩我何时能取?"

"秋末。"

刚说过夏季还长,工期一下子被拖到了秋末,任是谢婉君习于伪装也被气得咬紧了牙根,假笑讥嘲:"秦师傅是打算从磨针开始么?"

"谢小姐说笑,您说我是孙悟空,那我便给您盗定海神针来缝线,总要些工夫的。"

这两个人过去不常见面是有原因的,一旦撞上总是不能好好说话,今日至此,不欢而散。

第二章 梅雨亦风雨

再度碰上是在严太太家里,已是半月后了。

严太太有些日子没组牌局,这日太阳都下山了才往各家打电话,总算凑成一桌。电话打到谢公馆的时候,谢婉君刚好在家,她能得闲不容易,不必赴酒局,安安静静地在家里吃些家常菜,素菜居多,汤羹养胃。一听是严太太邀约,三缺一,谢婉君心中觉得疲累,表面上没展露出分毫,当即叫黄妈答应下来,换身衣裳人模人样地坐车出去了。

严先生是在政府谋职务的,官衔还不低,严太太作为枕边人,总会知道些风声,白来的消息渠道谢婉君怎会错过,另两位牌搭子分别是家中开棉花厂的李太太和荣安百货的潘二太太。

几个人看似在打牌,嘴里念叨的仍是生意经,李太太并非深闺妇人,手里有些祖产傍身,经李先生牵线搭桥也有了事做,她自称赚钱倒是其次,主要是为了打发时间,折腾罢了。

正说起她前些日子亏的一笔大财,问到在座的几位可有亲戚家的孩子要读书,千万得送到她投的高级中学去:"这不是去年颁布新令,全国都要搞教育、办学堂,我观望了足足有半年,瞧着势头不错,恰巧有人找我投资,就追了一笔,谁料到一下子出现了那么些小学堂,简直将我们挤得没有活路了。"

潘二太太接道:"我也有耳闻,政策一出,大大小小的学校跟雨后春笋似的,看来李太太你还是下手晚了些。"

"我总要谨慎些嘛。"说起这件事来她就心烦,胡乱丢了张二筒,谢婉君便和牌了,她又迁怒身边打扇的女佣,"哎哟,你轻点儿,将谢小姐身旁的烟灰都吹到我身上了。"

严太太笑着打圆场:"听闻北方那边破落的城隍庙拾掇拾掇都能建座学堂,沪市早晚要到这般地步,至于你的学校,寻常人家是读不起的,还不如尽早止损,或是转投些价钱亲民的私塾。"

"那些私塾个个简陋得很,先生都不知是从哪个村庄里抓来的,据说还有前朝的酸秀才,胡子都要拖地,我那些老师可都是从国外聘回,怎能相比?资助他们,怕是照样要赔得底掉。"

严太太见谢婉君始终不语,实在不像她平日里的做派,主动问道:"婉君怎么不讲话?难道跟李太太似的,也赔了钱?"

谢婉君抿嘴低笑,不愿多说似的:"我哪懂什么教育?不如李太太书香世家出身,斯斯文文的,这条财路可是注定与我无缘了。"

她断不可能实话实说,李太太口中极其鄙夷的私塾学堂,正是她投的,营收虽不算多,却极其稳定,只要不打仗,就是一笔源源不断的小财,李太太赔了钱,她又如何说自己是赚的那一个,岂不是打李太太的脸。

瞧着李太太仍旧半点笑模样都没有,严太太开口宽慰道:"我听老严说,棉花的价格可是又涨了,你该高兴还来不及,何必钻这些牛角尖,亏掉的就叫它过去罢。"

李太太长叹一口气,端起手边的燕窝吃了两口,潘二太太转着眼

第二章 | 梅雨亦风雨

珠直瞟谢婉君，借机打听："谢小姐最近在忙什么？可是有阵子没一起打牌了，小潘前几天还说在沪市饭店碰见了你，在同韩先生谈生意，必是大买卖了。"

谢婉君岂会看不穿她的心思，脸上挂着和气的假笑："这话说的，看来潘二太太最近没少打牌，竟不邀我，严太太许久没组牌局，今日手痒，可是立马就给我打电话了呢。"

那潘二太太是个笨货，家里的事情一团乱麻还没理清，反倒学上了年纪的阿公阿婆那般，专爱坐在巷口瞎打听，为人处世她又不擅长，听谢婉君如是回答，当即笑容僵在了脸上，与李太太对视，接不下去。

严太太不着痕迹地扫了一圈，故意放走了张牌，李太太立马眼中放光，还当牌面有了转机："碰。"

严太太又去看谢婉君，柔声说道："早听说你生意不好做，沪市的码头都被那些流氓占着，他们有同乡会维护，说白了不就是打手。你同那韩寿亭处好关系倒也应当，否则货物进不来，更别说周转了。"

韩寿亭便是如今沪市滩叱咤风云的流氓大亨，手中掌控沪市最大的同乡会弘社，人人多会尊称一声"韩先生"，严太太身为政府官员的内眷，提起此人自然带着鄙夷。

那韩公馆与严府都在福煦路上，幸亏一东一西隔得远，谢婉君见状不敢多提韩寿亭，在座的属严太太最聪明了，即便是装的，也会说些真正替她着想的话，让人心里舒服。于是她长叹一声，装出烦恼的样子："可不是，银根吃紧，生意不好做。上个月我不是去了趟港岛？谈了笔进口西方料子的生意，高端货，码头那边是谈拢了的，只差个长期合作的买主，这些日子就忙着这件事呢。"

李太太闻到肉味儿，比碰牌眼光还亮，又不肯相信似的："当真是舶来货？别是港岛的厂子做出来的，运进来诓我们本地人。若质量当真够硬,你带两匹样子到我家去……"

谢婉君淡笑着又和了牌,四双柔黄码在桌面上洗牌,待到洗牌声消下来她才答李太太的话:"李先生的棉花厂日进斗金,钱都数不过来,如何看得上我这些蝇头小利。不瞒你们说,这件事已是谈拢了的,同许世蕖许先生,他收了这批货。"

"许世蕖?"严太太嚼着这个名字,理牌的动作都停了下来,"祥晟绸布庄的那个许世蕖?极年轻的,父母亡故,带着个妹妹?"

谢婉君点了点头:"也是不容易,腿都要叫我跑断了。"许世蕖和韩寿亭有过节的事儿她自然不能说,只能含糊讲道,"许先生见我有韩先生助力,大抵是不信任他们弘社,所以才费了些工夫。"

许世蕖虽然年轻,论起身家来,可是比李太太家里富裕得多。故而李太太听她搬出了许世蕖的名头,立刻就失了积极,闷声打牌,还要暗骂手气真差,全是臭牌。

那潘二太太则根本听不出谢婉君话里的意思,整个房间里包括旁边服侍的阿妈女佣,恐怕只有严太太能懂。

严太太摸了两张牌的工夫,抿笑接道:"这几年局势还算可以,虽然偶有波动,大体还是向好的,老严他们早就看不下去这些满街横行的流氓,怕是要不了多久就会惩治他们了。"

听了严太太的话,谢婉君却笑不出来了,即便那时丝毫不知,停了三年的战火正蓄势待发,所谓的"局势向好"她也是半点儿都感觉不到。山河破碎,失陷的国土就丢了不管了,她的族亲都还在东北,那里却已经成了另一个国了,真是可笑。

她猛吸一口即将烧尽的香烟,烟篆向上飘进了眼睛里,呛出一股泪意,生怕丢了颜面,她连忙用手挡住眼睛,揿灭了烟蒂,夸张叫道:"哎呀,这给我呛的。"

"怎么还呛到了?呛眼睛里了?"严太太伸手抓起她的烟盒看了

第二章 梅雨亦风雨

一眼,随后将自己的烟压在了上面,"吃我的,你那个太烈,男人才受得住。"

严太太这么两句话之间,谢婉君已将眼泪擦干,甚至没有弄花脸上的妆,李太太瞧她那副无坚不摧的样子,凉飕飕说道:"严太太这话就是瞧不起谢小姐了,谢小姐与我们几个不同,是亲自上阵与男人一起闯十里洋场的,怎就受不住男人的香烟了?"

谢婉君全当听不懂李太太话里的嘲讽,当作无伤大雅的揶揄一一笑纳:"李太太捧杀我了不是?我是天煞孤星的命,哪像你们有人疼,不自己闯还能怎么着呢?"

李太太没了话,干笑两声回应,又打出一张二万,她今晚就是给人放炮的命,谢婉君扫一眼手中的牌面,只当没看到那张二万,这个节骨眼上若再和牌,同李太太的梁子怕是就结下了。

潘二太太边抓牌边说:"我倒还想同谢小姐取取经,那韩先生的酒桌也不是谁人都能上的,谢小姐可有计谋?也教教我们家小潘。"

荣安百货潘家的名头虽响,上一代的家主却是娶了好几房姨太太,潘二少爷夹在中间,上比不过潘大少爷能干,下比不过几个弟弟讨潘老爷子喜欢,委实尴尬。如今潘大少爷已接手了荣安百货,潘二少爷和潘二太太的日子不好过,潘太太的头衔中间塞进了个"二",身份也是大打折扣了。

谢婉君心想潘二少爷那个四体不勤、五谷不分的蠢材,潘二太太与他简直是"不是一家人,不进一家门",烂泥就别做梦扶上墙了。又想到仍在纠缠她的倪二少爷,让人头疼,许稚芙竟也被称许二小姐,她被这么些家里的老二围绕,刚刚那张二万没胡真是先见,胡了就彻底被"二"给黏上了。

其实她忘记了,她上面不也有个哥哥,父母一儿一女,算起来她也是个二小姐,只不过谢家到她这一辈女丁兴旺,她是堂妹们的长姐,自小被叫"大小姐"叫大的,久而久之也就当自己是老大了。

谢婉君爽快回答潘二太太,毫不遮掩一般:"要不怎么说你们都是有福气的人,我如何上韩先生的酒桌?自然是喝出来的,潘二少爷浅量,真是免遭这罪了,叫我羡慕还来不及。"

话音一落,严公馆的女佣带了人进来,早已到门口了,听谢婉君讲完话才开口:"太太,秦师傅来了。"

那瞬间谢婉君眼中闪过的惊讶做不得假,立即扭头看向门口,站在女佣后面的可不正是秦水凝。想必那姜叔昀先生的头七已过,她鬓边的白绢花摘下了,头发松松挽在颈后,缠着条素丝巾,惯是些小心思,手腕上挂着包袋,怀中捧着给严太太裁的新旗袍。

无论如何也没想到会在这儿见到她,谢婉君暗道:巧了。

严太太仿佛能够看穿人心似的,起身说道:"并非巧合,晌午接到秦师傅电话,说要来家里送旗袍,我便专程叫她晚些过来,恰巧手也痒了,叫你们来打牌,顺便帮我看看呢。"

年初谢婉君去港岛前曾参加了个商界的酒会,严太太也在,当时她穿了条秦记那儿裁的鱼尾旗袍,跟洋裙似的,华丽极了,严太太当即同她打听出自谁手,也要裁一件,事情过去太久,她险些都要忘了。

李太太见状纳罕道:"女裁缝呀?新奇的,严太太你何时觅得的新师傅,我竟不认识。"

"是婉君介绍给我的。"严太太拆开旗袍打算试穿,顺手抓住秦水凝,"秦师傅帮我打,我到隔壁房间换一下。"

自进了这间烟熏火燎的麻将房秦水凝就没说过话,话全让她们给说了,见严太太要她上牌桌,她连忙摆了摆手:"严太太,我牌技差得很,打不了的。"

严太太下意识看向谢婉君,谢婉君自然不能等严太太开口,主动

第二章 梅雨亦风雨

接道:"你先过来顶上,赢了算碧城姐姐的,输了算我的。"

严太太芳名汪碧城,她与严太太熟络后,私下里素来是这么叫的。

一屋子的人眼神都盯了过来,秦水凝即便再不愿也不能不识抬举,当即上前坐下了,严太太这才放心,给她介绍了下哪个是李太太,哪个是潘二太太,话落便出了屋子,试旗袍去了。

这厢重新组成牌局的四个人各怀心事,李太太和潘二太太不着痕迹地打量这个稀奇的女裁缝,觉得谢婉君与这女裁缝也不大熟稔的样子,全不交流的,搞得屋子里冷清了下来,只剩下叫牌声。

谢婉君确实没理会秦水凝,严太太的座位在她下家,如今秦水凝就成了她的下家,她甚至连个眼神都不给,俨然一门心思打牌。

潘二太太说:"谢小姐与秦师傅倒也不熟嘛。"

谢婉君一笑置之,懒得理会一般,她说不接话便不接了,秦水凝却不得不接:"谢小姐公事繁忙,衣服都是直接送到府上,私交不深的。"

李太太人善,提醒道:"秦师傅可会打北方麻将?我们这是北方打法,没有花牌。"

秦水凝笑着点头:"多谢李太太提醒,我还当是自己没抓到。"

她下意识用余光瞟了一眼谢婉君,那素未谋面的李太太都出言提醒她了,谢婉君却一个字都没说,真就打算待她输了之后大方掏钱?

谢婉君像是察觉到了,扭头看过来,秦水凝已挪开了。

结果就听到潘二太太说:"哟,谢小姐突然笑什么,牌就那么好?"

谢婉君答道:"哪儿的话,秦师傅是新手,才容易摸好牌,你们提防着她。"

秦水凝闻言差点冷笑出声,觉得她很是可恶。

殊不知谢大小姐是牌桌上的常胜将军,能抓又能算,今晚打这么久,她赢得最多,严太太其次。眼下瞧着不声不响的,既不吃也不碰,搞得李太太频繁瞟她,看不懂她葫芦里卖的什么药。

站在谢婉君身后打扇的女佣看得眉头直皱,只觉得谢小姐这把牌打得极烂,绝对有失水准,她又如何猜得到谢婉君心里在想什么。

谢婉君装模作样地碰了个白板,又随便放出一张,借机瞄秦水凝,她才是真正的不吃不碰,任君打出什么牌都岿然不动,谢婉君心如明镜,暗下判定,猜她要和的八成是"七小对",怕是早已听牌,正钓着最后一张呢。

"严太太可真够慢的。"李太太嘀咕了句,想必是一手烂牌,指望着严太太当救星挽救她于水火。

潘二太太又吃了牌,始终不见人叫和,谢婉君笑着继续往出放,急得身后的女佣都小声提醒:"谢小姐……"

潘二太太忙叫道:"该打嘴的,谢小姐这个牌桌上的霸王还要你教?给我们留条活路罢。"

秦水凝这才看清苗头,合着是在藏拙呢,正想着,又到了谢婉君抓牌,只见她淡定丢出一张东风,随即手离了牌桌,去拿香烟。

顷刻之间,女佣手脚麻利地擦亮了洋火,帮忙把烟点上,秦水凝正要道"胡了",却在开口前猛然意识到什么,乍然扭头看向谢婉君,她隐在缭绕的烟雾间,掌控全局也。

那句"胡了"到底没说出口,秦水凝毫不犹豫地伸手抓牌,谢婉君吸烟的动作紧跟着停了,秦水凝看着整齐成对的牌面,面色冷漠地随便拆了个对子,丢出去张幺鸡。

李太太骤然拍掌:"哎哟!清一色,我还以为和不成了,看来秦师傅旺我。"

她又邀大家看她漂亮的牌面,隔壁屋子对镜子整理衣裳的严太太都听见了,赶紧推门出来,远远叫道:"我也来瞧瞧,李太太这一声叫得我都吓了一跳。"

谢婉君揿灭了没吸两口的烟,不去凑李太太的热闹,而是将秦水

第二章 | 梅雨亦风雨

凝的牌给拨倒了,可不正是胡东风,成对的幺鸡被她故意给拆了。

两相对视,秦水凝的视线不过短暂从谢婉君身上拂过,起身时故意推乱了自己的牌,打算看严太太旗袍试得怎么样了。谢婉君气极反笑,李太太点了一晚上的炮,她随便拆了个对子,六分之一的概率,就叫李太太胡了个清一色,可见她说自己牌技差并非推辞,怕是笨得和李太太不分上下。

李太太憋屈了整晚,因这把清一色而喜笑颜开,同潘二太太陆续起身,围着穿上新旗袍的严太太转。

严太太由着秦水凝帮忙抻了抻衣角,很是满意地说道:"尺寸正合适,都不必再改了。"

秦水凝点了点头:"广东进过来的莨纱绸,轻薄透气的料子,待过些日子入了梅,穿着刚好。"

话落她就被那二位太太挤离了严太太身边,秦水凝断不会自讨无趣地再凑上去,安静立在一旁,还要留心严太太说的话,以防又有要求。

耳边尽是李太太一惊一乍的声音,潘二太太声音也尖细,附和着,两人直道做工考究,相约也要去秦记裁旗袍,不知几分真心,恐怕迎合严太太更多。

牌桌附近的两人都不讲话,秦水凝侧身看过去,谢婉君正靠在椅背上,本该是放松的动作,却觉她仍旧端着姿态似的,双手捧着一盏冷茶,昂起头来盯着墙上的洋挂钟,背影看着分外萧森。

那一刻秦水凝不知怎么的,忽然想起,初见她时,她的身材还是丰腴的,典型的衣服架子,没有一寸肉长错地方。兵荒马乱的逃难路上遇见,她穿着修身的薄棉袍,桃圆的脸庞神采张扬,一看就是不愁吃穿的大小姐,家中养得极好的。

这些年竟眼看着她越来越瘦。

"婉君,愣着做什么呢?还要我请你起来?"严太太一声叫喊,惊醒两个跑神的人。

谢婉君立刻撂下茶盏,转过身来已是笑脸迎人了:"眼看要入梅,昨夜我莫名胸闷得睡不着觉,这不刚偷摸打两个哈欠,熬不动了。"

"身子要紧,到底是女人,不好跟男人一样用的。"严太太劝道。

"是呀,要我说谢小姐还是缺个知冷暖的人,小潘还有好些未婚配的朋友,要不介绍……"

"多谢潘二太太好意。"谢婉君当即打断,伸手抚起严太太身上的旗袍来,"瞧瞧,可真合适呢,还是你身材好,我这几年瘦得不好看了,裁好的旗袍总觉得不对,改也改不满意,如今可总算知道问题关键在哪儿了。说起来就气,早先陈老板送了我什么东瀛丝绸,上个月秦师傅给我裁好送了过去,我当那东瀛丝绸有多好,全然比不得你这国产的莨纱绸,懒得多说了。"

她一张巧嘴捧得严太太笑眯了眼,伸手掐她腰间的肉,确实没剩几斤几两,不忍动手了。严太太又转身寻秦水凝,顺便给家中管事的阿妈递了个眼神,那阿妈便去取钞票了,严太太拉着秦水凝说:"秦师傅,这件旗袍我喜欢得很,已经好些年没裁到这么合心意的了,那些老裁缝都不懂我要什么。待我明后天抽空去你那儿,还得要你给我裁件华丽些的,这件只能日常穿穿罢了。"

严家的阿妈已攥着钞票进来,谢婉君不着痕迹地将人按下,接了严太太的话:"秦师傅,你可听见了,定要比我那件鱼尾的旗袍还华贵,给她嵌个几百颗珍珠,走起路来叮当响……"

"你这张嘴惯是能说,笑话起我来了。"严太太笑着啐她一句,眼神里还是带着些真情的。

"既说我笑话你,这件旗袍便挂在我的账上了,你可不要推辞。"谢

第二章 梅雨亦风雨

婉君答道,话赶话的,衔接得半分空隙都不给人留。

严太太还是客气了句:"衣裳裁得满意,我要给秦师傅加钱的。"

谢婉君道:"李太太、潘二太太,你们瞧瞧,碧城姐是觉得我不懂事儿,还是觉得我掏不起赏钱?"

秦水凝默默站在一旁,仿佛不花钱坐了一场大戏的最佳观景位,主角只有她谢婉君一个,灯光一打,其他人皆沦为陪衬。

几句话之后,到底将严太太的这件旗袍记到了她的账上,严太太又担心秦水凝的账不好算,秦水凝适时开口:"小事而已,谢小姐是常客,回去写两笔就是了。"

秦水凝怎会看不出,严太太说的话不过是意思意思,且谢婉君的好意怕是没几个人能够拒绝。

"严太太,天色不早,既然无需修改,我便先走了。"秦水凝言道。

麻将房的烟火已经散去,热闹同样退却了,严太太看一眼洋钟,赞同道:"确实不早了,我们这麻将打得也差不多了,秦师傅,不如叫婉君顺便送你罢。婉君?"

严太太同她最熟,加之秦水凝也是她介绍的,故而这差事还能交给谁更合适?

秦水凝却觉很不合适,连忙摆手拒绝,抢先谢婉君道:"多谢严太太好意,家里离这儿倒不算远,我走一会儿便到了,不劳烦谢小姐。"

谢婉君等她说完,全当她的话是废话,没听见似的,只顾答严太太:"小事一桩,不瞒你说,我这脑袋也昏沉了,得赶紧回家才是。"

秦水凝转头看过去,冷淡的表情暗藏的含义不言而喻,谢婉君造作地拍了拍她的肩膀,才接收到她刚刚说的话一般,笑道:"走不了多久,车子岂不更快,秦师傅菩萨心肠,不必觉得麻烦我。"

潘二太太家中只有一辆车子,夫妻二人一同用的,送她到严府便回去了,她需得往家里打电话叫人来接,挂断电话便坐在沙发上等。

谢婉君和李太太的车都停在外面候着,两人便打算先走一步,严太太亲自送到楼下,正赶上应酬的严先生回来,撞到了一起,免不了寒暄几句。

秦水凝想要趁机开溜,谁知谢婉君背后长了眼睛,反手将她捞到身前,那严先生长得极为斯文,一看就城府颇深,同严太太异口同声道:"这位……"

他收了口,严太太介绍道:"这位是开裁缝铺的秦师傅,看来是院子里的灯不够亮,你都没瞧见我身上试的这件新旗袍。"

严先生笑着打哈哈:"忙了一天眼睛都要累瞎了,勿怪,进去我再好生看看。秦师傅,你好。"

秦水凝颔首答了句"严先生",应景罢了。

李太太像是后悔出来早了似的,巴不得进去再喝杯茶,同严先生洽谈一番,谢婉君是真累了,连忙见缝插针道别:"那我便先走了,我可是领了碧城姐的命,要送秦师傅回家呢。"

她声称为严太太办事,严先生少不了关照几句:"谢小姐可是住在租界?回去时叫司机在安南路绕一下,这边路口设了卡,一时半刻怕是过不去。"

谢婉君顺势问道:"为何设卡?来时倒还没有。"

"租界交汇处有些乱,谢小姐还是避开为好。"

严先生语焉不详,显然不便多说,严太太连忙抚上了谢婉君的手,拍打两下,生怕她管不住嘴多问。

谢婉君怎会那般不识时务,朝严太太点了点头:"多谢严先生提醒,告辞。"

话落,谢婉君拱手邀秦水凝一起,两人前后脚走出严家不算宽裕的院门,车子正停在路边。

第二章 | 梅雨亦风雨

一阵风吹过，仍是热的，带着晚香玉的芬芳，不消多想，就是谢婉君身上带的。

司机小佟下来开车门，谢婉君转头一看，秦水凝根本没往车子的方向来，显然执意自己回去，真是副犟脾气。

"秦师傅，你可是忘了如何答应严太太的了？"

"是你答应的，我并没有。"

谢婉君立在原地，看她走在严府外的红瓦墙下，月光恰到好处，打上清冷的背影，逐渐要隐没于梧桐的荫翳，仿佛时代的洪流吞没一缕柔软的浮萍……谢婉君箭步上前，一把将她扯过，秦水凝根本来不及反应，已被塞进了车子里，那是晚香玉的巢。

李太太迟些出来，见谢婉君还没上车，纳罕道："谢小姐还没走？"

谢婉君一手伸进车里还攥着秦水凝手腕，另一只手泰然自若地同李太太摆了摆："就走了，李太太，再会。"

车门被狠狠地拽上，像是挟持人质生怕逃脱似的，谢婉君本以为她还会挣扎，刚要开口劝告，可她显然也见到了李太太的身影，只是挣开了谢婉君的桎梏，老老实实地挨着车门坐直，仿佛右手边同坐的是只吃人的老虎。

谢婉君舒一口气，问道："秦师傅住哪儿？"

秦水凝答道："利爱路。"

她只说了道路，虽是条小路，但也没透露具体的门牌号，显然仍在提防，谢婉君也不追问，与小佟说道："先到利爱路送秦师傅，前面路口右拐，严先生提醒的，从安南路绕过去，免得被堵住盘问。"

车子在设卡的路口前拐走，小佟忍不住嘀咕了句："好端端地怎么设了卡，来时还没有。"

谢婉君说道："我也想问呢，严先生越是不说，越证明这里面有事。"

小佟皱眉想了想,他知道谢婉君也是爱四处听消息的人,主动说道:"大小姐,说起来好像真出了事,前几日我回闸北家中,听街坊说也有路口设卡,一问竟说是在抓间谍呢,不知是不是同样的情况。"

他一说抓间谍,谢婉君明显注意到秦水凝转过了头,分外留心似的。谢婉君眨了眨眼睛,身子靠向椅背,漠不关心地说道:"别再说这个事了,小心惹上麻烦。"

小佟点了点头,没再言语。

谢婉君又转头看秦水凝,审视一般,幽幽开口:"秦师傅的店开在霞飞路,与我谢公馆离得极近,却是一整年都不登门一次的,严太太身为政府官员内眷,又是新客,秦师傅便亲自主动登门,有个词叫'杀熟',秦师傅是不是太厚此薄彼了些?"

秦水凝纹丝不动,淡定回答:"是严太太指定叫我亲自来的,谢小姐若有这个要求,我也不敢不从。"

谢婉君虽不做开店迎客的生意,却听明白了秦水凝话里的意思,强势的客人提出些略微过分的要求总是难以拒绝的,看来她今晚本打算叫小朱来,奈何严太太下了令,本就不大开心,又撞上了个素来避而远之的魔星。

谢婉君知她心中不快,反而笑了出来:"秦师傅这话说的,我要是这么做了,岂不是也在欺负你。"

算起来这个时间秦记早已闭门谢客,两人便不算主顾关系,她搭了她的顺风车也是被迫的,秦水凝有了底气,这才亮出爪牙,呛声回道:"谢小姐还少干了欺负人的事儿么?你把我拽住介绍给严先生,就不怕严太太多想。"

谢婉君听出来了,她这又是在控告自己违背了她的意愿将人留下。

第二章 梅雨亦风雨

"严太太与严先生青梅竹马,少年夫妻,感情好得很,秦师傅不必担心跑了严太太这个大主顾。"谢婉君回道。

这倒是超乎她的认知,暂且算谢婉君扳回一局,秦水凝懒得多言,缄默着望向窗外。

谢婉君又想起她为之佩戴白绢花的亡夫姜叔昀,那位姜先生也曾是政界要员,至少是号谢婉君有所耳闻的人物,本想借此开口酸她两句,若姜先生犹在,严太太怕是不好这般使唤她。

话到了嘴边,谢婉君还是咽了下去,她是真的累了,牌桌前一坐就是三四个钟头,腰酸头痛的,趁着安静闭眼养了会儿神。

打破沉默的是司机小佟:"秦师傅,利爱路要到了,您住在……"

秦水凝忙接道:"劳烦停在路口,我走几步便是了。"

谢婉君徐徐张开眼帘,心知小佟拿不定主意,张口说道:"依秦师傅的,靠边停下。"

车子平稳停在路边,秦水凝从左侧下了车,临关车门前礼貌道了声谢:"谢小姐,多谢。"

谢婉君正翘着手指揉捏鬓边,强打起精神来,闻言含糊应了声,车门便被不轻不重地带上了。

小佟正要开走,被谢婉君阻止:"熄火罢,我下车抽根烟。"

小佟听令,谢婉君拉开车门步了下去,就立在车边点燃香烟,吸了一口便觉够了,只觉手里的这包烟分外呛人,直冲她天灵盖,她随手将剩的半包烟丢给同样下了车的小佟,小佟笑着接住:"多谢大小姐。"

夜色已深,小街阒无一人,空气里尚有些隐隐的燠热,迟迟不散。秦水凝照直向前走着,并未回头,却知谢婉君并未离去,因为没听见洋车驶远的声音,更何况人的视线是带着温度的,她被盯得脊背发烫,只能装作不知。

两幢房屋之间隔着条半米来宽的缝隙，历来是用来堆放垃圾的，黑暗中散发着难闻的臭气味，远远便能闻到，又因为隐秘，极适合藏人，见不得光的勾当常发生于此。

路过之时，秦水凝骤然加快了脚步，仿佛避之不及，又像是在阻止什么，谢婉君靠在车边看得真切，暗道她胆子可真小，嘴角正浮起一丝浅浅的笑，又立即僵了下去——那黑暗之处明显有一抹身影，险些全部暴露在昏黄的路灯照射范围之内，很快又藏匿了回去。

谢婉君记性极好，又对人的身形颇为敏感，虽只窥见半身，那瞧着有些厚重的旧长袍却立刻就对上了号，八成就是半月前秦水凝在四雅戏院的包厢里私会的那位。

指间的香烟燃到了头，烫得谢婉君一紧，香烟没等坠到地上便焚尽了，谢婉君摩挲着手指，察觉到那么一丝不寻常来，此举委实算秦水凝失策，低估了谢婉君一双凌厉的眼睛，倒不如大大方方与对方相见。

谢婉君看着秦水凝走远，渐渐地步入朦胧的夜色中，看不清了，也不知是否安全地进了家门。

小佟一贯是唯命是从的，见谢婉君始终立在那儿不动，也不出声去催，到底待谢婉君看够了，看累了，低声道一句："回罢。"

当夜回到家后，谢婉君又开了瓶四玫瑰牌威士忌，饮了过半才胡乱睡下，依稀只记得仍在咂摸秦水凝举止的古怪之处，摸不清头尾，翌日清早起来顿觉头痛。

这日她约了许世藁要去看店面，许家的绸布庄遍布沪市，论开店择址，谢婉君自不如他，全凭许世藁定夺。

店铺内唯有他们二人，许世藁戴着副圆眼镜，一身西装笔挺，低调又不失高档的料子，他长得远不如小妹许稚芙出众，又正因相貌平平，眉眼总是带着丝审慎，看起来颇为可靠，许家的门槛定没少被说媒的

第二章 梅雨亦风雨

踏过。

许世藻虽穿西装，骨子里迂腐犹存，分外保守，两人打算从楼梯上到二楼，他又学起洋人那套"女士优先"的做派来，让谢婉君先行，眼神仍旧避着她，大抵觉得直视无礼。

谢婉君全然不信他如表面那般老实，否则合同上的分成不至于又被他压下两个点，半分利都不肯相让，老实也不过是伪装，迷惑旁人的。

昨夜本没应酬，照理不该喝那半瓶酒，她犹觉携着缕醉意，又莫名有些心慌，于是走到窗边吹风，虽是热风，只当作纾解罢了。

对面正是明月饭店，做本帮菜的，谢婉君随意打量着出入的食客，耳边听到许世藻的赞赏："我倒极为敬佩谢小姐，旁人但凡听闻我与韩先生的过节，是断不敢多发一言的，谢小姐不惜触双方的霉头，硬是从中周旋，以谢小姐之胆魄，若生为男子，定非池中俗物。"

谢婉君假笑承了他的褒奖，回捧道："还是少不了要谢许先生的，您与韩先生各肯相让一步，关系自然变得圆融，眼下生意不好做，各家都银根紧张，还是和气生财为上。"

两人都是果断的性子，当即将店面敲定了下来。如今洋裁缝越发张狂，前段日子谢婉君慕名裁了条洋裙，随口问起账目顿觉肉痛，直道他们怎么不去抢，也因此起了同许世藻合作的念头，势必不能耽搁了，码头方面的事宜有韩寿亭作保，只待料子到港，即刻开张。

许世藻本想邀谢婉君一道吃午饭，没想到出了铺子就见一队巡捕在明月饭店外集结，并未入内，直叫人疑心是明月饭店出了什么事端。

谢婉君那股没压下去的心慌仍在作乱，疲于与许世藻周旋，正愁寻不到借口，穿过层层巡捕的身影，她看到倚在明月饭店门外抽烟的男人，一身黑拷绸长袍，正是韩寿亭的义子韩听竺，这位素来是不离韩寿亭身边的，如此算来，韩寿亭必在明月饭店内。

租界内新上任的华人探长是韩寿亭竭力保举的,没少花费人力财力,谢婉君忽然明白过来饭店外为何这么多巡捕了。

"谢小姐?"许世藁见她愣着不动,出声提醒,余光瞟到耀武扬威的巡捕,带着不着痕迹的鄙夷。

谢婉君忙道:"瞧我这记性,原约了韩先生的,许先生不如一道?就在明月饭店,真是巧了。"

许世藁借着她给的台阶下了,与韩寿亭握手言和谈起来生意来,却不代表乐意同韩寿亭时常往来,谢婉君正是吃准了这点,故意搬出韩寿亭,只听许世藁拒绝道:"那便下次罢。"

许家的车子一走,谢婉君匆匆过了马路,直奔明月饭店,自那些巡捕身旁路过时,依稀听见个"大头兵"问:"这是要去哪儿?"

旁人答道:"说是在霞飞路附近。"

又有人好奇:"霞飞路?人多的,不好动手……"

后来回想起那日的波澜,谢婉君不由得信起玄学来,偏偏韩寿亭与曹探长约在了明月饭店,叫谢婉君碰了个正着,生怕她救不下来秦水凝一般。

停在韩听竺面前,谢婉君脑袋里灵光一闪,将一切的不寻常都串了起来,秦水凝的亡夫姜叔昀死于潘家路抓捕间谍的行动之中,昨夜她不愿听小佟多说道路设卡捉拿间谍之事,秦水凝却提防着,还有那位灰长衫的男子,行踪鬼祟,四雅戏院邵兰声的大轴戏都无暇观看,平白浪费了包厢,简直暴殄天物……

其中必有关联。谢婉君素来对那些革命志士避之不及,怎么也不敢相信秦水凝这般大胆,她甚至怀疑是自己听差了,那巡捕说的绝非霞飞路,秦水凝最好如表面装出的那般不问世事,否则她绝不会管她的死活。

第二章 | 梅雨亦风雨

"韩先生同曹探长在楼上吃酒?"谢婉君佯装自然地与韩听竺搭腔,见他手里的烟要烧尽了,连忙再递上一支。

韩听竺淡淡点了个头,一个字不肯多说,烟也没接。

谢婉君丝毫不恼,眼神扫向那些巡捕,又问:"又是哪里出了事?这般大的阵仗。"

韩听竺冷眼扫过巡捕,将谢婉君也一并带上,冷漠答道:"少打听。"

她与他虽不相熟,却知道要想从他那儿得到什么口风,势必是要先付些"息金"的。可眼下她忧心着这件事是否与秦水凝有关系,何来的闲心去思虑他想知道什么,只觉火烧眉毛了,直白说道:"我听见他们说要到霞飞路去,你透我个口风,救人一命胜造七级浮屠,这份恩情我来日必会还的。"

听她说救人,韩听竺才提起一丝兴致,却仍然沉默,短暂的沉默对于谢婉君来说宛如凌迟,总算听他松口:"既要救人,谢小姐还是别耽搁了。"

谢婉君顿觉恼火,憎他守口如瓶的好本事,忽而又顿悟了,双眸睁大:"我知道了,多谢。"

忘记刚刚是谁说不管人家的死活,她急匆匆穿回马路另一侧,猛地关上车门,将正在打盹的小佟吓了一跳:"大小姐,怎么了?"

"赶紧开车,去秦记。"

她紧张地通过车窗看向明月饭店,韩听竺想必已经进去了,曹探长独自走了出来,优哉游哉的,门外的巡捕纷纷立定,怕是要出动了。

谢婉君催促道:"开快些,火烧眉毛的事。"

一路上,她心中又急又气,暗自存着侥幸,希望秦水凝安生地在店里做她的裁缝,一切便可当作无事发生。

车子在秦记门口尚未停稳,谢婉君已开门冲了下去,小朱并未如往常那般迎出来,她一颗心又沉了半寸,推门而入。

"谢小姐?"小朱险些要说"您怎么又来了",赶忙收住了口,眼中挂满惊讶。

"你阿姐呢?可在店里?"

"阿姐刚出去了,说是有私事要办。"

谢婉君暗道不妙,追问道:"什么私事?几时走的?往哪儿去了?"

小朱看不懂她的急切,模糊答道:"阿姐没说,刚走没一会儿,至于往哪个方向去,谢小姐,我更不知道了。"

谢婉君推开门四顾张望,霞飞路来往之人络绎不绝,哪里寻得秦水凝的身影,小朱意识到谢婉君在担忧秦水凝,虽不知道发生了什么事,还是搜肠刮肚地说了一句:"阿姐出门不爱坐黄包车,常去路口乘电车,少不了要等,谢小姐不如……"

没等他把话说完,谢婉君松开店门冲向车子,忙叫小佟驶向最近的电车停靠处,也不知能否捉到秦水凝。

车子又开了小半条街,电车从另一条路上徐徐驶来,已经停下了,乘客纷纷上车,谢婉君急忙叫小佟停下。她半个身子才下了车,扯着脖子巡视,率先看到的便是坐在电车右侧的灰长衫男子,心已经咕咚坠地了,随后才看到坐在对面的秦水凝,她的气质倒是颇为出众,一副恬淡的模样,宛如燥热尘世中的一株水仙。

那瞬间谢婉君不免在心中骂了句脏话,朝着秦水凝骂的,怪她还真是不老实,电车上位置仍有空余,她与灰长衫男子明明相识,却不坐到一起去,愈加落实了谢婉君的猜测。

电车已开始摇铃了,谢婉君立刻命令小佟:"你赶紧将车子开回家去,在谢公馆老实待着,等我回去了再走。"

第二章 | 梅雨亦风雨

不等小佟提出疑议，谢婉君车门都来不及关，风风火火追向电车，电车正缓慢提速，售票员还未带上车门，正好叫谢婉君大步迈了上去，脚险些崴倒，旗袍开衩的扣子也挣开了一颗。

她随手甩了张钞票堵住售票员的嘴，直冲向秦水凝，在秦水凝震惊的眼神中坐了下去。

秦水凝低声质问道："你来做什么？"

谢婉君盯着对面的灰长衫男子，一路火急火燎，身上生了层汗都来不及擦，她将本该对秦水凝发泄的愤怒都通过眼神倾注给了那个男人，冷声答秦水凝："你还问我？你在做什么？我若迟来片刻，怕是大罗神仙都救不了你。"

秦水凝只当她说疯话，正要躲她远些，谢婉君又说："巡捕房集结了上百号人，正在赶来的路上，秦师傅，其中的缘由，无需我来细说。"

秦水凝闻言猛地扭头望向窗外，却是一片平静，坐在对面的灰长衫男子名唤董平，谢婉君并未声张，说话声只叫秦水凝听见，那董平正不明所以，见秦水凝举动，下意识也警惕起来。谢婉君看出他已如坐针毡了，竟不如秦水凝镇定，俨然坐实了巡捕房正是为这二人而来。

只见秦水凝给董平使了个眼色，暗示他就近下车，董平站起身来，不着痕迹地挪到秦水凝旁边，要她手中的报纸，秦水凝犹豫着不肯给，大抵仍妄想保护董平，不肯将那怀有秘密的报纸交出，谢婉君便上手去抢。

两相僵持，她从秦水凝的眼神中看出一丝埋怨，大抵是在觉得她冷漠，眨眼间就已决定让董平一人承担，这可是送命的风险。

秦水凝狠剜着谢婉君，仍不肯松手："他家里还有亲人！"

电车上的乘客已纷纷瞧向窗外，语气纳罕，巡捕房压过来了。

谢婉君岂会不知她话中的含义，她的父亲殉国而死，母亲另立新家，她秦水凝不过是一缕漂萍，危急时刻该由她英勇赴义，而在她眼里,谢婉君显然是个自私利己的小人,心中全是谋划算计,她全然不能苟同。

那份烫手的报纸到底被谢婉君强势夺了过去,击鼓传花一般交到董平手里,董平挪回原位坐下,紧张地等候危险的到来,又或许在心中踌躇,是否该拼死一逃。

谢婉君此行的目的就是救下秦水凝,既已达到,便放心了。她绝不肯看董平一眼,似乎当真一点儿悲悯都不存了,可她的悲悯也不过消逝在离家后的这数年里,身畔的秦水凝当她如冷血凶兽似的避之不及,仍准备起身另寻座位。谢婉君嘴角浮起一丝自嘲的笑,扪心自问,她当真有秦水凝所想的那般不堪?

"电车总共就这么大,你还要到哪儿去?"谢婉君冷声问她。

秦水凝俯视她道:"到离谢小姐远些的地方去。"

电车已经被勒令停住,谢婉君强势回道:"你最好安生坐下。"

她不依,作势要走,情急之下谢婉君攥住了她的手,将人拽回到座位上。秦水凝为她突如其来的举动惊诧,反应过来用力挣扎,谢婉君看到曹探长在众多巡捕的簇拥下登上电车,董平已满头是汗了。

那瞬间她犹如窘迫的罪犯,为自己辩驳,以此留下秦水凝:"我并非如你所想的那般不堪。"

正所谓交浅言深,这话带着的情感莫名汹涌,秦水凝也不免错愕。

董平之事,谢婉君无可辩驳,她想说的是许稚芙,她待许稚芙,九分真情,一分假意,偏偏那分假意被秦水凝瞧了去,顺带将她看低了。

曹探长正挺着肚子打官腔,说着蛮横搜查前的客套话,电车上的乘客吵吵嚷嚷,巡捕厉声呵斥,维持秩序,一片嘈杂之间,谢婉君用只有她们个能听见的声音同秦水凝说:"我家中是有妹妹的,从小长在一处,与许稚芙一样大的年纪。"

第二章 梅雨亦风雨

她猜她能懂其中之意,这才抬起了头,猝不及防对上秦水凝急红的眼,心一下子就软了。她原不觉得有多对不住董平,董平与秦水凝她只能保得住一个,答案是明摆着的。可看到秦水凝眼中的雨雾,谢婉君错觉自己做了什么滔天的祸事,满腔懊悔,奈何一切已成定局,无可反悔了。

觉察到曹探长向这边投来视线,谢婉君赶忙抽出手帕,假意帮秦水凝拭汗,趁机将帕子按上她的眼,掩饰反常的哭意,秦水凝紧接着将手帕接住,收回了眼泪。

至于谢婉君,刚刚短暂的柔情不过是槐安一梦,眨眼间她便转换成笑模样,热络地起身迎上曹探长:"曹探长!竟在这儿遇见了,上次韩公馆设宴,您忙着上任事宜不曾到场,真是可惜了。"

她先将韩寿亭的名号搬出来,言明自己是进得了韩公馆的身份,曹探长顿时重视起来,只是实在不知眼前冶艳的女子姓甚名谁,指着谢婉君磕巴了半天:"你,你,你是那个,那个……"

秦水凝看得明白,猜这曹探长怕是把谢婉君当成韩寿亭的哪个粉头相好,看向谢婉君的眼神不免挂上悲悯,悲悯她在这沪市滩的十里洋场闯荡,定没少被人看轻,却还是一次次的笑脸迎上去。

谢婉君掏出漆金的名片夹,向曹探长递了张名片,热情道:"您还真是贵人事忙,我是谢氏婉君呀,得空我做东,再请上韩先生,您可千万赏光。"

曹探长看了名片上的头衔,才知她是个有来头的正经人,笑得眼角又挤出来两道深沟:"哦,是谢小姐啊,还真是百闻不如一见……"

巡捕已开始搜查乘客,其中不乏女客,也一并被揩了油水,叫着不肯让搜。秦水凝听得真真的,咬牙捏拳,眉间满是不忍,可别说是救那些无辜的姑娘,她自己也要被脏手抓去了——谢婉君背后生着眼睛,再度牵上她的手,这次却是扯到自己身后,回护着她。

"看来谢小姐最近过得有些窘迫,出行竟坐起电车……"曹探长正说到这儿,瞧见手下仍要上手去抓秦水凝,秦水凝为躲闪已贴上了谢婉君的背,二美在前,个个如惊弓之鸟。

曹探长笑得肥嘴直咧,充起英雄来呵斥手下:"没眼色的东西!吓到了谢小姐,不怕去见韩先生!"

手下忙转去搜别人,盯上了董平,谢婉君暗松一口气,答曹探长的话:"瞧您说的,再穷也不至于连辆车子都养不起,提起来就晦气,这位是常给我裁衣裳的秦师傅,今东瀛约了她一道去看料子,我那司机笨手笨脚的,将车尾给撞出了个大坑,倒是还能开,并未损伤内里,可我丢不起这个人,遂让他回去了。"

曹探长憨笑道:"不过是撞了个坑,不妨事,待会我亲自送谢小姐回去,至于车子,谢小姐叫司机开到巡捕房,我那儿有不少修车的好手,保准给你完好送回府。"

她怎敢让曹探长亲自送,但眼下并非拒绝的好时机,连忙大大方方地答应下来:"那可太谢谢曹探长了。"见曹探长手中仍持着枪,谢婉君极有眼色地主动说道:"您瞧我,有些不识时务了,巡捕房的公事我是不敢打听的,全然配合您,便由您来亲自搜我的身罢。"

秦水凝看着曹探长的一脸横肉就作呕,闻言下意识攥紧了谢婉君的手,不愿让她舍身饲狼,谢婉君心中一暖,无声回握住她,似在安抚。

曹探长将枪收回了套,笑谢婉君哪里是不识时务,简直是太识时务了,识得他色心大发,苍蝇搓手般跃跃欲试。

谢婉君强行松开了秦水凝的手,自然张开双臂,俨然一副任君揩油的样子,看得秦水凝心头像被针扎,却一个字都不能多说,反给谢婉君添麻烦。况且搜过谢婉君自然就轮到她,只能当作被臭虫爬过,回去彻彻底底洗个澡就是了。

第二章 | 梅雨亦风雨

曹探长搓了半天的手，大抵在心中衡量是否发这个色胆，到底还是忌惮韩寿亭，眼下他尚未摸清谢婉君的底，倘若她真是韩寿亭的榻上娇客，他岂不是摊上大麻烦了，不值当。于是乎曹探长将手背过身后，笑道："谢小姐此言可真是折煞我了。瞧你身上的旗袍，贴合得跟第二张皮似的，难不成里面还会藏枪？哈哈哈，你将手袋打开给我瞧瞧，没有我要的东西就罢了。"

谢婉君立刻将手袋给他，曹探长翻看一通，嗅着令人心驰的香风，不舍地递了回去，随后将视线盯上秦水凝，言道："谢小姐倒是可免，这位小姐少不了还是要冒犯了……"

"曹探长。"谢婉君死死挡在秦水凝身前，手已经抚上曹探长的臂膀，"您既这么说，还不如搜我来得痛快。我是不打算嫁人了，当男人似的，脸面早不要了，可我这妹子还要嫁人，脸皮又薄，我得护着她呀。"

"谢小姐，我已是看在韩先生的面子上，你还是不要让我难做的好。"

秦水凝已决定叫曹探长搜去，不愿再看谢婉君同他摇尾乞怜，正要上前出面，却被谢婉君先一步揽腰带了过去，只听谢婉君说："曹探长，不如这么着，我帮您搜如何？您指哪儿我便搜哪儿，离得这么近，我岂敢骗您。"

曹探长本不肯答应，见她二人相偕立在一起，画面分外养眼，蓦地，他脑袋里不知起了什么淫邪的念头，狞笑道："算了，权当卖谢小姐个人情，搜罢。"

谢婉君生怕他反悔，随意将手袋丢到电车的座椅上，双手已经覆上秦水凝的肩膀，旋即用力地向下压，温热的掌心穿过旗袍和衬裙，传递至秦水凝的肌肤，叫她双颊的皮肉也跟着烫了。

秦水凝别开了脸，恰好盯上董平，满心哀戚。

谢婉君极仔细地连衣领都不放过，抚过后向下游移。

曹探长发号施令道:"谢小姐,劳烦搜一搜腋下。"

秦水凝险些没抑制住剃他的冲动,僵硬地抬起双臂,谢婉君便抚上了她的腋下,秦水凝当即被激得要躲,谢婉君早有察觉,手上施加了力气,顺势将她牢牢箍住。

四周的喧嚣化为烟尘,不过是她过去为谢婉君量尺的举动,如今颠倒了过来,而电车之上缺乏软尺,谢婉君唯有以手相代,仅此而已。

正待扣上秦水凝的腰,曹探长又要行使他的职权,没等张口便被个愣头青打断,愣头青执着从董平那儿夺来的报纸,邀功似的摊开给曹探长看:"探长!搜到了!"

除去秦水凝,认真"办事"的谢婉君和曹探长俱被吓得一惊,谢婉君扭头一看,那份看似寻常的报纸之间赫然粘贴着几张照片,内容太过复杂,不待她看清楚报纸已被曹探长夺走合上了。

曹探长拎着报纸抡了愣头青两下,再看谢婉君已站直身子,不搜了。董平被巡捕羁押着带下了车,他没了刁难这二人的理由,颇觉可惜,只能践行自己的承诺:"二位小姐,得罪了,走,曹某亲自送你们。"

谁愿与他这头浑身肉臭的走狗坐同一辆车,秦水凝心道,正要出言拒绝,谢婉君何尝不这么想,更深知秦水凝不谙人际往来的世故,抢先一步开口:"好呀,可我们要去闸北那边的布庄,有些远。女人家选起来衣裳料子没个头的,一下午便过去了,岂敢叫曹探长等着,您何不另派个人送我们去呢?"

这曹探长顶多算半个酒囊饭袋,若是个无能之辈,韩寿亭是不会蠢到推他出来的,闻言双眼放着光盯住谢婉君,并未立刻答应。

谢婉君丝毫不乱,又道:"曹探长休怪我多嘴,今日当真是不能劳烦您了,因为……"

她凑上前去与曹探长耳语了两句,秦水凝不知她说了什么,曹探长就立刻松了口,点了个兵指给谢婉君,命之开一辆车送她们去闸北,

第二章 | 梅雨亦风雨

自己匆匆下了电车回去复命了。

谢婉君的司机小佟家在闸北,有次因他家中出了急事,谢婉君坐在车上就跟着一道去了,也是拜小佟所赐,她才知道闸北有家颇大的布庄,只不过都是些寻常料子,连秦水凝的眼都入不得的。

曹探长派来的"督军"就等在外面,二人将布庄彻彻底底地逛了个遍,逐匹料子端过来看,走得脚都累了,磨蹭两三个小时才随便带了两匹布出来,"督军"气得双眼直瞪,又不敢说什么,唯有在心中咒骂。

在布庄时,秦水凝好奇问谢婉君:"你同曹探长说了什么?叫他立刻放过我们。"

谢婉君轻快答道:"还能说什么?抓间谍压根不是他们巡捕房的差事,自然是提醒他赶紧回去跟上面的人邀功。想必你比我更清楚,时效是多么的重要。"

她这张嘴真是厉害,秦水凝赏她个冷眼,再不理她了。

待从闸北又回到谢公馆,天都已经黑得彻底了,两地一北一南,险些将整个沪市绕了一遍,折腾得车上三人俱没了精神。

刚入租界时,谢婉君便叫那"督军"直接回谢公馆,场面话说得滴水不漏,言道要请秦水凝到家中做客,秦水凝不知她葫芦里卖的是什么药,碍于眼线不便多说,默许了。

"督军"显然略有些小聪明,又或是由曹探长授意,车子停在谢公馆的大门外,他紧跟着谢、秦二人下了车,主动说道:"听闻谢小姐的车子撞了,我也跟着巡捕房的师傅学过修车的本事,帮您看看罢。"

秦水凝闻言不免警惕起来,担忧地望向谢婉君,谢婉君作游刃有余状,娴熟地给他塞了几张票子,尽显阔绰,数额又不算巨大,否则要叫人起疑。

"家中都是女眷,外人更是不常来,小哥你这一身装束岂不是要吓到她们？开了这么久的车，想必你也累了，何不在门口抽支烟。我去将车子给你开出来停在门口，你看过后回了巡捕房叫人来取，曹探长可是答应要帮我免费修车的，我省下了一笔钱，就便宜你了，要我说，你该谢我才是呢。"

便是黑的都能被她给说成白的，一段话哄得"督军"连连点头赞同，也不想着进去了，又诓了谢婉君一包好烟，蹲在车边如饥似渴地吸了起来。

谢婉君带着秦水凝进门，黄妈正在院中，迎了过来："大小姐回来了？刚听见外面的车声，还当是过路呢，小佟……"

小佟正蹲在院子的另一角，拿着锤子往几块木板子上钉钉子，前些日子黄妈说过一嘴，坏了个花架子，想必使唤了小佟帮忙修。

谢婉君丢下秦水凝，也没理会黄妈，上前夺了小佟手里的锤子，直奔洋车而去，院子里的人皆是一惊，只见谢婉君抡起锤子砸上了车屁股，颇为有力地连抡了好几下，到底砸出个脑袋大的坑，旋即坐上驾驶位，命黄妈将大门打开，把车子开了出去。

黄妈和小佟面面相觑，又看秦水凝，秦水凝没做反应。

那厢谢婉君三两句话将"督军"打点好了，停在门外舒一口气，抱着两匹布回到院中，脸色微寒，黄妈连忙将门关上，接了东西，不敢多问。

谢婉君发话，命小佟修好花架子便可走了，今日之事断不可声张，小佟是承过她的情的，信得过。她又命令黄妈："给秦师傅收拾间客房，"

秦水凝欲拒绝，欲道谢，奈何旁人仍在院中，一则担心泄了口风，二则颜面作祟，道谢的话只能暂且按下，黄妈已要动身，秦水凝忙说："不必麻烦，谢小姐，我这便走了。"

第二章 梅雨亦风雨

"走？"谢婉君当即瞪起了眼睛，盯了秦水凝两秒，旋即看向黄妈，黄妈赶紧听话地进屋子去了，身后两个闻声赶出来的女佣同样，小佟离他们尚有段距离，总算能说话。"古有滴水之恩必当涌泉相报一说，我尚未要求秦师傅为我赴汤蹈火，你便听我一次都不行？"

秦水凝忽觉从未看懂过谢婉君，肚子里仿佛有用不尽的主意，每每出招必叫人惊奇，这半日惊心动魄，她也觉得身心俱疲，如实说道："今日谢小姐救我，我心中感念，定会报答。可恕我愚笨，不明白为何要留宿贵府，还望谢小姐能给个缘由，否则我不会答应。"

谢婉君紧咬唇肉，才算忍住大笑的冲动，在心中骂她是"呆鹅"，听她低眉顺眼地道谢颇觉畅快，不免生出作恶的心思，偏不明说，只故意冷着脸吓唬她："要什么缘由？你难道不知，人情事上素来是不问缘由的。我只告诉你，今日之事，我的半条腿已被你拽进泥沟里了，你执意回秦记，我拦不住，明日你我便黄泉相见，半夜就能收到黄妈烧的纸钱。"

她心想：待会还得叮嘱黄妈一番，金锭子要多烧些，到了地下用钱的地方也少不了呢。

秦水凝不懂她话中几句真几句假，却意识到她要自己留宿的目的不过在于避险，早已歇下了去意。可谢婉君瞧她仍像呆鹅似的立在原地，凭空看出了倔强，脸色愈发寒了两分，留下狠话转身进屋："赶紧走，有手有脚的，自己开门。"

不想身后传来呵止："你站住。"

谢婉君闻声转过身去，只见秦水凝迈着大步上前，气势汹汹的，像要与人搏命，最后停在与她不过一拳的距离。谢婉君不由得向后退半步，暗觉丢人，强作镇定地挺直腰板与之"对峙"，再不肯输阵仗。

她正想说：站住做什么？你既不走，还不是要与我一道进去？

不等她开口，秦水凝突然乖顺地蹲了下去，将包袱放在腹下腿上，手背触上了她的旗袍裙片,谢婉君低头一看,开襟最末端的扣子不知何时开了,她竟完全没发现。这件旗袍亦是在秦记裁的,盘扣是一颗颗的南洋白珠,她倒是喜欢得紧,只是扣眼做得极小,每次穿起来少不了费工夫。

眼下秦水凝矮她半截,认真地用指甲抠着扣眼,也费了点儿力气才将白珠扣了进去,她是个称职的裁缝,扣好扣子也没立刻起身,习惯性地帮谢婉君抚弄衣尾……

谢婉君虽不常去秦记,可裁缝这般作为是全无问题的,便是金发碧眼的洋裁缝她也没羞过,此时此刻竟莫名觉得煎熬。谢婉君嘀咕道:"这该死的夏天,想热死人不成,我要赶紧上楼去洗个澡……"

她提腿要溜,秦水凝同时起身,起得有些急,瞬间双眼一黑,照直朝谢婉君栽去,谢婉君眼疾手快,忙将她扶住,忍笑言道:"刚刚拒绝得干脆,现在又来讹人?真是可恨。"

秦水凝被她臊了一句,眼前的漆黑消散,她便推开谢婉君独立站稳腿脚,驳道:"谢小姐嘴角都压不住了,看起来就算被讹也乐在其中。"

谢婉君吃了一瘪,狠声答:"还不怪你?将扣眼做得忒小,活该你抠那么久,正好让你尝尝我每次穿时受的苦。"

"不将扣眼做得紧些,怎么锁得住谢小姐价值连城的白珠?"

"你锁得住么?今天还不是照样开了?"

话一说出口,谢婉君颇觉后悔,那语气里带着无限莫名的娇嗔,不堪回想的。她忙用鼻子哼了口气,撑着自己大小姐的高傲先行进了屋子,又忍不住放慢步伐,确信身后跟着脚步声,嘴角的笑彻底压制不住,哒哒踩着高跟鞋上楼回房。

次日待谢婉君起身,早餐都要盛上桌了,她洗漱过后仍觉得困倦,

第二章 梅雨亦风雨

立在楼梯台阶上打哈欠,杏眸一转,见客厅空荡荡的,餐厅那边也只有黄妈和女佣在忙活,当即清醒了大半,朗声问道:"人哪儿去了?"

黄妈当她在叫人,摆好下饭的小菜迎道:"大小姐,都在厨房呢!"

谢婉君嘀咕道:"谁问你们了。"

黄妈虽没听见,也猛然意识到这谢公馆里昨夜宿了位新客,答道:"秦师傅好早就离开了。"

谢婉君这才走向餐厅,倚在墙边遥遥审视桌上的饭菜,全无食欲。黄妈见她不挪玉足,凭借多年对谢婉君的了解,瞧出她眉间的一丝不悦,暗怪这秦师傅还真是不通人情世故,哪有大清早就悄悄溜走的,怎么着也得同主人家道别一句才是。

正想着秦水凝,黄妈猛地一拍脑袋,言道:"大小姐,秦师傅倒是留了东西。"

谢婉君忙问:"哪儿呢?"

黄妈指着身后的书房:"给您放在书房的桌子上了。"

谢婉君拢了拢晨袍,看似怡然地奔书房去,倒腾得过快的脚步却暴露了殷切,黄妈见状并未多心,只转头叫女佣将早餐盖上,怕是又不一定吃了。

还当秦水凝留了什么宝贝,谢婉君想也知道,她那般清贫的人,总不可能一夜之间变出戏法。只见桌面上放着条折好的手帕,捡起来凑到鼻尖一闻,还带着谢公馆中常用的肥皂香,想必是她连夜洗出来的,物归原主而已。

谢婉君心道:真没意思。

又幸亏她眼尖,骤然捕捉到一丝变化,桌面右侧历来放着她常用的一支钢笔,与她素昔摆放的位置差了些许,显然被人动过,黄妈与女佣是知她习性的,那么还能有谁呢?

谢婉君立刻将整个桌面扫了一圈,不见任何字条之类的东西,甚至将桌底都撅着屁股搜了一遍。她不死心,丢下手帕愣了两秒,旋即匆匆离开书房,直走到门廊的矮柜旁找到装垃圾的撮箕,果不其然拾到一枚纸团,扒开来看,上面的字迹与那日见秦水凝记订单所写的一样,正是了。

上面写道:挂心秦记有恙,故趁早赶回。若此风波未平,君自珍重,勿沾浑水。另,再为昨日搭救致……

最末显然是个"谢"字,写了一半就被胡乱涂黑了,字条也毁了,否则不至于在撮箕里寻到它的"尸首"。

谢婉君拎着蒙尘的字条盯了许久,蓦地笑了出来,又将那字条如帕子一般折好,随手掖在晨袍口袋里,笑盈盈地走进餐厅入座,准备吃早饭了。

"前些日子定下的那位宛平的厨子呢?竟还不来,等我亲自请他不成?"

"就来了,说是上任主家的工期还没到,我待会打电话催催。"黄妈知她恨极了爽约拖延之人,闻言不免提起心来,谨慎答道。

"这样啊,那就叫他将事宜都处理好了再来,不急。"

黄妈满脸纳罕,松口气道:"大小姐今早心情不错。"

她明明笑着吃粥,开口却是反驳:"哪儿好了?气都生不够的,中午又要去见许世蕖。"

吃过饭后,她又哼着小调上楼更衣,黄妈在楼下扯着脖子望,扭头同女佣说:"刚下楼时还满脸的不高兴,这会子又恨不得跳起舞来,咱们大小姐果然年轻,女儿家的心情不就跟江南的天气似的,说变就变!"

三人皆笑出了声,悠闲着收拾起来。

这厢一团和气,那厢已是另一番光景了。

秦水凝回到秦记不过遭了番盘问,并无大事,只是始终不见小朱,

第二章 | 梅雨亦风雨

里间的床褥都是滚起来的,不像有人睡过。她左等右等也等不来人,问过隔壁宿店的伙计才知,小朱昨天半夜被抓走了。

谢婉君大概过了十天才得知这个消息,沪市已入梅了。

那天她恰巧去公共租界同人洽谈生意,偶遇了喝咖啡的严太太,两人一起在街上逛了会儿,到了饭点便一起吃个晚饭。

酒足饭饱之际,严太太才说起这一茬,她今日穿的正是上次秦水凝送到严公馆的那件莨纱绸旗袍,不慎溅上了滴油点子,反复用帕子擦了许久,也不知还洗不洗得掉。

严太太抬起头来,手上的动作也跟着停了,蓦地问谢婉君道:"近日来你可去过秦记?"

谢婉君哪里抽得开身,今日还要谢严太太带她逃了个酒局,能好好吃顿饭,她订的料子已从港岛出海,不日便抵达沪市,到时定要忙得不可开交。听严太太问起,她才掐指算了算,秦水凝留宿谢公馆竟已是十日之前了。

"秦记?有阵子没去了。"她看出严太太有事要说,递了个梯子,"秦记出了什么事么?"

严太太压低声音说道:"倒不是什么大事。上次打牌,我不是说要再裁件旗袍?因担心她那儿的料子不够好,便叫老严帮我搜罗一番,过了三五日我才过去,大抵晌午到的,恰赶上秦师傅要关店门。"

谢婉君眼神略闪了闪,帮严太太点了支香烟,浅笑答道:"晌午怎就关了门?别是出去吃午饭。"

"你听我说,哪里就那么简单。"严太太吐了口烟,才继续说下去,"我当时也问她,秦师傅可是要出去吃饭?她却是一脸凝重,带着股愁相,同我说有事要办,我说叫司机送她,她又守口如瓶,不肯说去哪儿。可我记得上次去她店里,除她之外还有个伶俐的伙计,便叫她有事就去办，想叫那伙计再给我量个尺寸……她这个人我倒还挺喜欢的，看着顺眼，没坏心思。我想着若是说句话的小事儿，我就帮她摆平了，故而缠着她问了许久，她才跟我说，前阵子霞飞路抓间谍，她那个伙计住在店里，经常玩到半夜才回，这不正撞上，被当成可疑之人带走了。秦师傅正是为这伙计奔走，也不知现在放没放出来呢。"

严太太讲得慢条斯理的，听得谢婉君心急，总算抓到重点，心头一紧，下意识竟是怪秦水凝，这事儿怎么不跟她说？又听严太太说秦水凝绝无坏心，不由得笑了，上次在严府她还想着秦水凝的亡夫若在，同严太太需得是平起平坐的，如今知晓秦水凝暗地里做的事儿，想必那位姜叔昀先生的死并非偶然，这二人已是对立的关系了。

她语气悠长地"哦"了一声，叫人看不出什么情感，问道："那个学徒到谢公馆送过几次衣裳，我有印象，不像能当间谍的料子，想必是误抓罢？"

严太太点了点头："那天她见我携着料子去的，便没再锁门，到底将我接待过了才出去的，又不让送，真是副倔脾气。我有心帮她，回去便问了老严，老严劝我没必要为个小伙计掺这趟浑水，他是管经济的，也有耳闻那晚误抓了霞飞路上的好些人，看样子极为严重。"她又叮嘱谢婉君道，"你知道这桩事就罢了，说不准过些日子仍问不出东西，人就给放出来了。"

谢婉君思忖一番，心想若是问不出东西，人怕是也就被折磨死了，放出来的怕是尸体，带个麻袋去收殓就成了。可在严太太面前是断不能说这些的，她语气风凉地答道："我当是什么事儿呢，也不算稀奇，你可听闻昨日倪家闹得鸡飞狗跳的一桩事？"

她随便捡了个谈资，将话题给岔开，又心怀鬼胎地陪了严太太半个钟头，各自家去了。

第二章 梅雨亦风雨

当晚是个风雨夜，已经很晚了，黄妈年老觉轻，被风声吵醒，因记不清南面的窗子关紧了没有，起来提着汽油灯去检查。

一下楼就瞧见书房门敞着，昏黄的灯光未灭，她当是谢婉君忘记关了，悄声走了进去，只见桌案上胡乱摆着不少文书合同，椅子上不见人影，正要去关灯，猛地一股风吹了过来，携着细微的雨，惊得黄妈清醒不少，扭头向窗边望去——谢婉君就立在那儿，手中犹攥着酒杯，不知在想些什么，怔怔出神。

书房中唯开了盏台灯，照不到窗边，使得人陷进了黑暗，故而黄妈才没第一时间注意到。黄妈眼看着那些纸张飞得更乱了，低声开口提醒："大小姐，雨要来了，关窗罢。"

谢婉君一愣，缓缓放下酒杯，抬手将窗户关上，回道："你怎么起来了？"

"南面的窗户没关，我下来瞧瞧。"

"哦，关好了便歇罢，不必管我。"她又拎起手边的一瓶酒，叫黄妈过去，"你来帮我打开，瓶口做得太紧，我费了好些力气也没拧得动。"

黄妈提着煤油灯上前，帮谢婉君开酒，憨笑道："这么点儿小事，您直接叫我便是，我这上了年纪，睡不熟的。"

说话间黄妈已将酒瓶打开，谢婉君接过，忽然觉得刚刚冥思苦想之事通了，展露出笑颜："你说得对，遇上困难请人帮忙，开口便是了，既不开口……"

她轻笑一声，没再说下去，黄妈不懂她打的什么哑谜，只当是生意上的事，不便过问，叮嘱道："大小姐还是少喝些，即便睡不着也不能全靠酒灌。"

谢婉君摆了摆手，黄妈就出去了。

她仍站在那儿没动，将杯子里剩的一口酒喝光，至于那瓶刚打开的，事已想通，就没有喝的必要了。

其实她原本决定明天去秦记一趟,恰巧中午有两个钟头的空闲,眼下全部推翻,又不想去了。那小朱已被抓走十天,秦水凝在沪市滩毫无关系,想必没少遭人冷眼,若是有心找她帮忙,早来谢公馆了,她又怎至于今天才从严太太口中得知?既如此,她懒得沾染这个臭麻烦,还嫌手头的事不够多么?

幽绿色的台灯被一只玉手熄灭,谢婉君拖着缓慢的步子上楼回房,嘴角又忽然提起一抹意味深长的笑,心里想的是:十日已过,她怕是坚持不了多久了,再这么拖延下去,小朱怕即便救出来也是一具死尸,毫无意义。

谢婉君打算守株待兔,等着秦水凝来求她帮忙,算上出关的恩情,她已欠她两份大恩,再加上小朱一条性命,当牛做马都偿不起。

可她忽略了,这桩桩件件的事,皆是她主动伸出援手,恩情自然也变得廉价了。

细雨下了整夜,打在窗子上沙沙作响,倒是叫谢婉君睡了个鲜有的好觉。她最喜下雪,尤其是铺天盖地的大雪,沪市是见不到的,这些年又爱上了雨天,因为睡得踏实,可若是雷雨,她是最厌恶的。

翌日云销雨霁,风平浪静,谢婉君清早出门,半夜才带着一身酒气回家,黄妈已睡下了,留了个女佣看门,听见车声提着油灯出来接。

谢婉君脚步有些虚浮,女佣便换左手提灯,右手搀扶着她,四顾再无第三个人影,她也懒得装要强了,直接被扶着上了楼。

女佣还得下楼去锁门,谢婉君尚未醉得彻底,想起一茬来,问她:"今天家里可来过人?"

"没有,今日没人来呢。"

这一整天谢公馆确实没有来客,甚至过分冷清了些,电话才仅响了一通。

第二章 | 梅雨亦风雨

那通电话是秦记裁缝铺打来的，小朱不在，自然由秦水凝亲自致电，声称最近店里缺乏人手，定制成衣的工期要误，还望海涵。

然那女佣有些木讷，来谢公馆快一年了，对谢婉君犹带着些挥不去的畏惧，当即想起黄妈叮嘱过的，芝麻大点儿断不要去烦大小姐，要讨骂的。思及此处，女佣忙止住口，如是答了。

谢婉君脸上闪过一丝失望，怏怏地应答一声，放她下去锁门了。

不记得又等了一日还是两日，那晚恰赶上没有酒局，她早早回了谢公馆，独自坐在空荡荡的餐厅中用晚饭，明明周身疲累，靠在冰凉的座椅上乍觉一股无边的空虚，连点了两支烟也不曾吸过一口，忽而长叹一声，又生出一丝恨来，恨秦水凝冷血如斯，小朱难不成是她的学徒？竟然她更在意起小朱的性命来。

次日她上午无事，将近中午才出门，福开森路和霞飞路是两条交叉相接的路，互不干涉，谢婉君要往东北方去，绝无必要绕到霞飞路。

上车之前她多看了两眼开车门的小佟，言道："你这身西服穿了多少个年头了？衬衫领子都磨破了。"

小佟笑着挠头，谢婉君已下令："正好离得近，去趟秦记罢，给你买身新的。"

路上小佟还说："闸北布庄便有卖成衣的，我回去叫我姆妈再买一件就是，大小姐带我去秦记，不仅要等，还得破费……"

谢婉君没理他，车子很快就到了秦记门口，两人却都没下车——秦记店门紧锁，挂着"有事外出"的牌子。

小佟等谢婉君发话，只见她收回视线，沉吟两秒说道："去巡捕房。"

尚未出霞飞路，她便改了主意："还是去沪市站罢。"

此站自然不是火车站，而是专门羁押间谍特务的组织，寻常百姓简直避之不及。小佟虽然满腹疑云,却什么都没问,老实将车开到了地方。

路上又下起小雨,淅沥沥的,谢婉君坐在停稳的车内,透过窗上的雨丝看到秦水凝,虽淋了雨,幸好远不如想象中的那般狼狈不堪。门口的守卫显然已视她为熟客,又许是耐心犹在,尚未动粗,两人不知在说什么,还从未见过秦水凝的嘴张合得那么快,想必不过是一个想进、一个阻拦而产生的交谈。

眼看着雨越下越急,秦水凝打算找地方避雨,谢婉君拍了拍前方的座椅,小佟便下车撑伞,绕过去帮谢婉君开门。

人一下车秦水凝就注意到了,朦胧雨雾之中的一点春色,身上的梅花红全然被她的风光压制,正端臂立在小佟撑起的伞下,悲悯地望着沐雨的她。

两方相距不足十步的距离,小佟在车上便瞧见秦水凝了,知晓谢婉君是专程来寻她的,特地多拿了一把伞。可眼下谢婉君不发话,他不敢妄动,她则像是在惩罚秦水凝似的,看着人淋雨,一步都不肯挪。

她只是想,她绕了这么远来寻她,她连一步都不肯迈?她谢家何等荣耀,她谢婉君又是何等尊贵,眼下她已主动送上门来帮她,便是到门口迎客都不该么?

许久,秦水凝看穿她的坚持,主动迈步上前,停在谢婉君对面,小佟看着距离正够,抻长了手将另一把伞递了过去,谢婉君已开口。

"求我帮忙就那么难?我在谢公馆等了你多少日,你竟比我还沉得住气,可是已经备好了棺椁,准备盛他的尸体?秦水凝,你厌恶我的油滑世故,对我避之不及,你又岂知如今的沪市滩,不知谄媚的人是活不下去的。我何尝不讨厌你的固执倔强、自以为是,小朱为何被抓走你比我更清楚,他若命丧其中,你便是当仁不让的帮凶。"

秦水凝接了小佟递的伞并未撑开,已经叫密雨打得有些睁不开

第二章 梅雨亦风雨

眼,瞧着如在垂泪一般。听罢谢婉君的话,她缓缓抬起淋湿的头,与谢婉君对视,冷色之中挂着一丝不可名状的情愫,蓦地说道:"我也知你不易。"

这下轮到谢婉君愣在原地,还当是雨声太吵听错了,秦水凝像生怕她没听清似的,又重复了一遍:"谢婉君,我知你不易。"

知你客居异乡独作支撑不易,不愿见你搅入是非,为此四处讨好,赔尽颜面。甚至恶毒地想过,即便小朱救不出来,她已尽力,无可奈何,而丢人的是她秦水凝,绝非谢婉君谢大小姐。

雨仍在下,偶有斜风作祟,谢婉君转了转眼睛,感觉鼻头发酸,陡地转身上了车,一字未说。

小佟还算聪明,见状将伞挡在秦水凝头顶,拱手邀她:"秦师傅,快上车暖暖罢。"

三人前后上了车,谢婉君木着脸吩咐小佟"送秦师傅回家",便再不说话了。

一路沉默,这场雨来得急,去得也快,眼看着雨势渐小,像是故意下给秦水凝看似的。谢婉君只用余光不着痕迹地打量她,到底浑身都淋透了,玉色的旗袍透出里面衬裙的痕迹来,她咬牙忍着,还是直打哆嗦,掏出来擦水的帕子也很快湿了。谢婉君生硬地扭过头去看窗外,佯装心狠,全不在意。

想起出门时黄妈看了眼天,恐要下雨,跑上跑下地要给她带件短褂披在外面,谢婉君素来抗冻,春秋天都不穿绒线衫,瞧着黄妈拿的与她身上旗袍颜色并不相称的短褂,想都没想就摆手拒绝了,如今倒是生出些后悔来。

车子再次驶入利爱路,谢婉君瞟一眼没再打战的秦水凝,审讯般问道:"门牌号。"

这次她如实答了:"二十五号。"

小佟将车停稳,先一步下车撑伞,将秦水凝那侧的车门打开了,她看了眼留给她半个后脑勺的谢婉君,双唇张开又合上,跟锯了嘴的葫芦似的,半天不吭声,顾及小佟还在雨中等着,沉默着下去了。

待她将要进门,身后的车窗降了下来,只听谢婉君说道:"我下午有事,抽不开身,最迟明日,帮你将小朱救出来。"

秦水凝转过身去,欲张口,谢婉君看她像只湿漉漉的狗儿,倒是比平日里端庄冷漠的样子惹人怜爱多了,语气却是故作严肃,将她堵了回去:"你给我老实在家里待着,歇息半日,胆敢乱跑,别想我再帮你说一句话。"

"你已经帮过我太多,我无法报答……"

谢婉君冷哼一声,车窗已升了上去,小佟尴尬摸着鼻子,帮谢婉君解释道:"秦师傅,你快进去罢,大小姐下午约了人,时间快到了,想必有些着急。"

秦水凝忙叫小佟上车,目送他们离去。

路上小佟瞧着谢婉君脸色犹寒,主动说和道:"大小姐心慈,念及秦师傅淋了雨,想让她好生在家待着,洗个热水澡,再喝盏热茶,别生了病。我都知道……"

他想说的是:我都知道,秦师傅定也明白。

谢婉君"哼"了一声,将他打断:"你都知道,她怎么就不明白?像头呆鹅似的。你可听到刚刚她叫我什么?谢婉君,我的大名,若我再不上车,怕是要忍不住同她在雨里吵起来。"

小佟没忍住笑了,心道您立马上车难道不是因为被戳中柔肠,心已软了下来?他深知谢婉君极要颜面,自然没说出口,憨笑两声答道:"大小姐别生气,秦师傅绝无恶意的。"

谢婉君剜他一眼:"开你的车。"

第二章 | 梅雨亦风雨

她下午见过关税部门的要员,还是严太太叫严先生帮忙牵线搭桥的,聊了数个钟头,直觉犯困,天黑后雨倒是彻底停了,她便命小佟开车回家,恨不得沾枕便睡。

说来也巧,若非她急于回家,就将这顿饭局给躲了,除非那厢酒酣耳热时再打电话来请。谢婉君甫一进门,黄妈刚问过电话那头是谁,忙叫谢婉君来接,知会道:"陈老板的电话,邀您小聚。"

谢婉君揉着鬓角接了话筒,先是装乖同对面撒娇,谎称晌午淋了雨,头疼。那陈老板不是个好说话的,最擅长强人所难,偏要她到场,最后搬出许世藁来:"婉君啊,你势必要到的,许老板都在来的路上了,我同他是旧相识,咱们都多久没一起吃饭了?世藁还是我介绍给你的罢,如今你们做起生意,竟不带我……"

这下她倒是真觉头疼了,咬牙切齿地在心里骂他,这顿饭怕是鸿门宴,她寻到的商机,有人拎着勺子要来分一杯羹呢。面上仍装得滴水不漏:"既然许老板也在,我就姑且去同你小酌一番,只要你别赖酒就好,惯是淘气的。"

她忍着恶心嗔他一句,听到耳边传来坏笑,翻了个白眼将电话挂了,知会坐在客厅喝水的小佟:"我上去换双鞋,等下送我到汇中饭店。"

不多会儿人便下来了,换了双近乎平底的小皮鞋,她当真是满心的不情愿,刚在楼上还到盥洗室犯了会儿呕,今日到现在仍旧粒米未进,酒桌上的大鱼大肉她又素来厌恶,吃不惯南方的荤菜……

正胡乱烦着,她忽然想起秦水凝,那瞬间有许多缘由浮现至脑海,率先想到的便是下午道别时秦水凝说的那句"无法报答",眼下她给她个报答的法子,也算是求她帮忙一次。

"去利爱路,接上秦师傅。"

洗得发亮的洋车在楼下揿笛，秦水凝果然推开了二楼的窗子亮相，谢婉君靠在车边，丢了手里的香烟，昂头朝上方挥了挥手："会不会喝酒？"

秦水凝面露疑惑，盯着谢婉君略颔了首，她那位殉国的父亲尚未投军之前，每日晚饭必会小酌几口。年幼她还被父亲抱在怀里吃饭时，父亲就用筷子蘸酒让她吮，东北那边能喝酒的姑娘酒量多是被这么锻炼出来的，只不过来了沪市之后再没碰过了。

谢婉君竟感觉到一丝苦涩的失望，本想着秦水凝若说不会，她扭头便走，看来今日是注定要陪她吃顿苦头了。

秦水凝下楼上了车，她又先看她脚上穿的鞋，粗跟的鞋底还是带着些高度的，她便弯腰从座椅下捞出一双备用的平底鞋来，要秦水凝换上，道："你不是说没法儿报答我？眼下正有个时机，帮我担些酒罢。"

她对自己的酒量倒还有些自信，只是略有不明："为何要换鞋？"

谢婉君猜她与自己鞋码相近，即便不算十分合脚，也不至于差太多，至于缘由："等下饭桌上有个姓陈的老头儿，矮瘦矮瘦的，偏又不愿被人俯视，记得离他远些。"

秦水凝暗赞她还真是社交场上的好手，聪敏至极，沉默着将鞋换了。

谢婉君本想的是，带上秦水凝，总能将她平日里要喝的酒量分去三四成，不至于让她回去呕得眼泪横流就够了。可没想到秦水凝还真是不谙交际，蠢兮兮地喝了十成，自然被当成好欺负的，她该喝的又丝毫没少，简直是上赶着来找苦吃。

她又何尝不知，秦水凝是在用报救命之恩的心态抢酒喝，半酣之后愈发收不住了，她一腔悔意，嫌过了头，却难以喊停了。

一不留神，秦水凝便被陈老板缠了去，陈老板名唤陈万良，大抵是

第二章 梅雨亦风雨

名字里的良心太多了,他这个人是丝毫不知良心为何物的,所做阴狠之事不胜枚举,私德就更不必说了。

陈万良爱听评弹,包厢里坐着两个抱琵琶的姑娘,咿咿呀呀地便没停过,听得她愈发头疼,同身畔的许世蕖说了一声,连忙起身挤到了秦水凝和陈万良中间,顺带拂掉了不老实的脏手。

她把秦水凝护住,真真假假地同陈万良说:"我带她来原是指望帮我挡酒的,今日委实不舒服,陈老板偏要我来,来了你又欺负我这妹子,可是巴不得我今日不来,只叫她来呢?"

陈万良邪笑着点她,左手已抚上谢婉君的背:"瞧你这话说的,婉君,来,你我饮上三杯,就当我跟你赔罪了。"

说着他拎起分酒器向酒盅里倒,谢婉君同样。秦水凝立在她身侧看着,她身上这件梅花红的旗袍做的是矮领,正好将她颈后的汗瞧得真切,可包厢里始终开着窗子,绝不算闷热,正觉不解,秦水凝伸手覆上她的,打算代她喝这三杯,只觉触到一股冰凉,当即心中一紧,酒局过半,气氛正盛,她怕是早已开始胃痛,隐忍不发罢了。

谢婉君却将她的手给打掉,扭头同她耳语一句:"哪有你这么挡酒的?回去坐下。"

秦水凝没再坚持,知会道:"我出去透口气。"

谢婉君当她内急,点头应了。

然秦水凝出去后多时不归,陈万良也声称小解出了包厢,叫谢婉君不免担忧起来,想那老色鬼喝了个半醉,别做出什么浑事。

正当她急得要出去寻人,秦水凝姗姗回来了,她忙问她是否有事,秦水凝的眼神不像骗人,泰然摇了摇头。

殊不知她根本没去包厢旁的盥洗室,叫陈万良扑了个空。

不多会儿,侍应生进了门,端了碗鸡丝小馄饨给谢婉君,另有分好的白酒,一同放下了。

谢婉君面露惊诧,下意识看向秦水凝,不仅有馄饨,还有个小醋瓶,除了家里的人怕是只有秦水凝知道她吃馄饨放醋的习惯。秦水凝却没同她对视,扭头看向门口,陈万良回来了。

糟老头又缠了过来,秦水凝忙提盏起身,这次换她挡在谢婉君的身前,生涩地学说场面话:"陈老板,我来陪您喝两杯,刚盛上的酒。"

谢婉君充起软弱来,搅弄着碗里的馄饨,喝了两口热汤。

许世藁见状同她搭腔:"谢小姐爱吃馄饨?"

谢婉君摇了摇头:"只是有些饿了。"

许世藁露出一抹尴尬,淡笑道:"是我考虑不周,竟没发觉。"他看着陈万良嗜酒的样子也有些嫌弃,碍于关系又不得不到场,见那厢热络,偷闲同谢婉君解释,"算起来他长我半辈,家父在世时入的祥晟的股,今日若非他搬出谢小姐来,我是不会来的。"

谢婉君心中冷笑,合着这陈万良还两头骗,眼看秦水凝被陈万良和另一位老板劝着连饮,丝毫不知赖酒,只觉馄饨也吃不下了,如坐针毡。她又不得不跟许世藁周旋,含蓄言道:"我知陈老板今日设宴何意,可我同许先生做的不过是小生意,小船装不下大佛。"

许世藁是聪明人,知她心思,提杯同她放在桌上的半杯酒碰了下:"我与谢小姐所想相同。"

如此谢婉君便放下心了。

她撂下瓷匙,拎起盛满酒的分酒器,又加入陈万良他们之中,陈万良笑着拉她,已快醉得彻底了:"婉君,这笔买卖,你和世藁务必要带老哥哥一个,来,咱们一起干了这杯。"

谢婉君间接拒绝:"你既称一句老哥哥,我合该陪三杯才是。"

便当作谢绝的赔礼了。

酒一入口,竟毫无该有的辛辣,谢婉君抿了抿舌头,迟钝地察觉她

第二章 梅雨亦风雨

手中的根本不是酒,而是水。再看秦水凝,双颊泛着淡淡的红,不细看难以察觉,神色仍是淡漠的,叫谢婉君不禁觉得,她小时候绝对蔫儿坏蔫儿坏的,这酒和馄饨一起盛上来,显然皆是她的手笔。

陈万良猛地将手搭上谢婉君肩头,看似磊落实则猥亵地抚了两下,黏在上面了似的,不断说些生意经,谢婉君假笑着躲,极为娴熟地使小聪明,敷衍着应和。

实则他刚刚揩谢婉君的油许世藁就瞧见了,当时仍能为他开脱,眼下则是忍无可忍。许世藁还算有些良知,又对谢婉君颇为欣赏,起身凑了过来将陈万良拽走:"陈老板,你醉了,今日便到此为止罢。"

许世藁是有资格说这话的人,众人见状纷纷放下杯盏,琵琶声止住,陈万良的司机被叫了上来,将烂醉如泥的人搀了下去,其余人寒暄一通也各自上车回去了。

谢婉君在汇中饭店门口留到最后,摆手送走了许世藁,扭头一看,秦水凝倚在石狮子旁,醉眼迷矇,鲜有地失了姿态,略弓着背。

谢婉君扑哧笑了,问她:"醉了?"

她没说话,"镇定"地摇了摇头,小佟过来帮忙一起将人扶到车上,多嘴念了句:"秦师傅怎么喝这么多?"

说者无心,听者有意,谢婉君从他语气中读出埋怨,不冷不热地瞟他一眼,心道你懂什么。

车子驶离汇中饭店,自然是先到利爱路送秦水凝,秦水凝正靠到椅背上,歪着脑袋,不知在想什么。

还是谢婉君打破沉默,问她:"你就没什么想说的?"

秦水凝又迟缓地摇了摇头,没吭声。

谢婉君自觉醉得轻些,尚且清醒,她知道小佟心中怪她,不该这么利用秦水凝,仿佛将秦水凝带入污泥玷污了似的,可她难道不是整个人都在污泥之中?带秦水凝赴酒局,她自然心中有数,断不可能让人

086

喝死在酒桌上,这么一顿酒,即便是病了也不可能,她是有盘算的。

又是一阵沉默,许久,谢婉君扭头看向窗外,幽幽开口:"下午你说无法报我的恩,都是爽快的人,不论多少恩,俱在这顿酒里,你豁出命来喝那么多,便算偿了,我帮你救出小朱,理所应当。你今日也瞧见了,我就是那般不堪,狐朋狗友更是不堪,你我并非同路之人,过去你对我避之不及,才是正理。因此待小朱被放出来,咱们桥归桥、路归路,你依旧叫小朱来谢公馆跑腿,过阵子我忙起来,也不会到你那儿去了。"

她说得真情实感,字字发自肺腑,却始终不见秦水凝应答,正要将头转回去,耳朵先听到了声音——是浅浅的鼾声,秦水凝早醉昏过去了。

谢婉君又气又笑,合着她刚刚那么长的一段话都说给小佟听了,小佟见状自然不敢触她的霉头,只装作才发现秦水凝睡过去的样子,说道:"这……就快到利爱路了,要不要把秦师傅叫醒?"

她不冷不热地打量着秦水凝,吩咐小佟:"直接回家。"

小佟缓缓将车掉头,还向后瞟了瞟,谢婉君白他一眼,嗔道:"我还能把她吃了不成?"

小佟干笑两声:"大小姐说笑了。"

这夜轮到黄妈看门,只见车子停在院中,除谢婉君外,小佟又从后座抱出来个人,显然醉得不省人事了。

谢婉君瞧着小佟才刚进门就直喘,暗骂他浑身软骨头,还不如自己动手。于是她叫小佟将人就近抱到一楼书房的沙发上,并知会黄妈:"端盆水过来,还有手巾。"

一阵窸窸窣窣,小佟将人放下就走了。黄妈端着水盆回到书房,秦水凝蜷在沙发上睡得仍酣,倒是个酒品好的,醉了也不会发疯。至于谢婉君,整个沙发几乎都被秦水凝占了去,她仅搭了个边,靠在沙发背上直揉脑袋。

第二章 梅雨亦风雨

黄妈放下水盆，帮忙将手巾打湿了，低声问谢婉君："大小姐乏了？上去睡罢，我来照顾秦师傅，或者我去熬个醒酒汤，喝过再睡？"

谢婉君眼下一动都不想动，摆手拒绝："你休息罢，我来管她。"

话毕，她睁开了眼，瞧着倒是精神，又将黄妈打湿的手巾接了过去，黄妈立在原地踌躇了会儿，思忖着她谢大小姐哪里会照顾人，到底不放心地出去了，回房前又将客房收拾了一通，准备给秦水凝住。

她确实不会照顾人，攥着手巾想着帮秦水凝擦一擦脸，秦水凝扭头直躲，大抵嫌水太冰了些，胡乱蹭上了谢婉君的衣料，谢婉君正要腾身躲开这个醉鬼，然秦水凝不过摩挲了两下，以为寻到了枕头，挪身枕在了她的腿上。

头发丝压得她腿痒，又挠不得，谢婉君陡然发出一声叹息，已是起火的征兆，甩手将手巾丢到盆里，激起一阵浪花，连同心底的烦躁一并压了下去。

昏暗的灯光下，谢婉君就那么僵身坐着，许久才缓缓低下了头，审视起秦水凝来，她左眼眼尾有颗泪痣，若是生在旁人脸上，定是楚楚可怜的，偏她冷冰冰的，痣也跟着寒了。此时正睡得昏沉的缘故，倒是看着可亲了些，又许是双颊的红晕作祟，让人看得直想掐上两下。

这么想着，谢婉君便伸了手，触到滚烫肌肤的瞬间却改了主意，轻轻帮她将脸上的乱发拂开了。

渐渐地，谢婉君的身体也放松了下来，靠回到沙发背上，她看着书房的穹顶喃喃自语："酒量才这么点儿，还好意思说自己能喝，醉昏过去还烦我。"

俄尔又变了语调，佯装凶煞："你起来，别睡了，再睡我将你丢到大街上去。"

可那过低的声音还是暴露了她的本意，她又觉得自己不够凶似的，用手去拍秦水凝，说是拍，实则不过是戳，甚至是更轻柔地点了两下。秦水凝自然毫无反应，还有恃无恐地动了动嘴，像在嚼东西，又像在呢喃醉话。

谢婉君打小便爱看热闹，亮着眼睛弯下腰，极讨嫌地凑过去听，起先听不清，她还追着问："你说什么呢？"

就在将要失去耐心之时，秦水凝发出一声还算清晰的呼唤："娘……"

谢婉君气得险些将她的脑袋甩出去，胸腔起伏了两下，仍觉需要解气，果断掐了下她的脸颊，嘀咕道："谁是你娘？想当我闺女的多着呢，你跟许稚芙争去。"

然而到底是累了，谢婉君靠在那儿，大腿已开始发麻，继续充当秦水凝的枕，她则浑浑噩噩闭上了眼，睡过去了。

墙上挂钟的分针不过走了半圈，谢婉君猛地睁眼，挪开秦水凝的头，直奔盥洗室跑去。

她那一下动作不轻，秦水凝虽然睡得死，架不住被她把脑袋推到沙发边缘，险些仰摔在地毯上。秦水凝算是惊醒，撑着手肘环顾四周，见是谢公馆的书房，放下心来。

空气中还有淡淡的晚香玉的味道挥之不去，萦绕在酒气之中格外清甜，秦水凝没找到谢婉君，隐隐听到客厅那边传来动静，她光着脚踩在冰冷的地板上，悄悄游荡了出去。

客厅的灯是关着的，除了书房分出的暗黄光亮，更亮的是盥洗室的白灯。她看到谢婉君跪在地上，一边干呕一边用手抠嗓子，不断发出痛苦的呻吟，简直是狼狈至极。

谢婉君情急之下并未关门，正沉浸在折磨之中，不知怎么产生一种被人注视之感，猛地扭头看向客厅，却什么都没看到，倒是她多心了。

第二章 | 梅雨亦风雨

　　她在盥洗室内足足折腾了十来分钟，后来实在是吐不出来，嗓眼怕是被指甲划破了，漱口时还看到一缕细细的血丝。谢婉君没回事，擦干嘴后走了出去，再回到书房，见秦水凝醒着坐在沙发上，她立马神经一紧，担心刚刚被瞧了去，迂回问道："你什么时候醒的？"

　　秦水凝转头看她，神色淡淡的："刚坐起身。"

　　谢婉君这才放心，站在那儿与她对视，鲜有地没了话说，满室尴尬。

　　还是秦水凝主动开口："我有些饿了，你饿不饿？"

　　谢婉君一愣，摸了摸肚子，含糊答道："还好。"

　　"那就随便做些。"秦水凝下了决定。

　　"我上去叫黄妈……"她哪里会做饭？甚至连盐和糖都分不清。

　　秦水凝已起了身，拒绝道："不用麻烦，我会做。"

　　两人前后脚进了厨房，秦水凝直接盛了细米，显然打算熬粥，加水后开火煨着，又到菜架旁翻看，从最下面拎起块"砖头"，端详起来。

　　谢婉君正愁无话可说，那上面又都是洋文，便解释道："是进口的火腿，忘了是谁送的了，黄妈说都是加工肉，就一直放在那儿了，我看她是不知该怎么做。"

　　秦水凝又拿了两把小棠菜，连带受冷落的火腿，小棠菜洗过择开，和切好的火腿一并放了进去。谢婉君哪里见过这么做粥的，更叫不上名字来，可见她游刃有余的样子，显然深谙庖厨之道，只要不是装出来的，这锅粥就能吃。

　　她也不说话，搅弄着锅里的粥，不知疲倦，厨房中又安静下来，谢婉君在一旁干站着，又帮不上忙，于是跟她说："我去倒两杯水。"

　　秦水凝扭头见她到餐桌旁倒水，里面定是冷水，不利于暖胃，开口竟使唤起她来："烧壶开水罢，我找找蜂蜜。"

　　谢婉君又犯了难，不知道哪个壶是烧水的，茫然四顾，听她要找蜂蜜，竟连个地方都指不出，那瞬间觉得自己才像头呆鹅。

　　厨房总共那么大的地方，瓶瓶罐罐自然放在一处，眼下更像她秦水凝的家似的，蜂蜜罐已被找出来了。她一回身见谢婉君一动没动，心下了然，冷飕飕地问："谢小姐，烧水也不会？"

　　那语气里又带着丝无奈，谢婉君顿觉尴尬，还要维系面子："你睡了一路，酒倒是醒了，我还没醒，唉，头又疼起来了。"

　　说着她就扶桌子坐下，直接明晃晃地赖皮起来了。

　　秦水凝理都没理她，兀自将水烧上。她见水开了，又起身凑过去，主动拿起蜂蜜罐，像是要显摆一番自己会舀蜂蜜似的。秦水凝看穿她的意思，继续搅弄锅里的粥，提点道："把水晾一晾，再泡蜂蜜。"

　　谢婉君撂下蜂蜜罐，无奈道："那还费劲烧水做什么？餐桌上就有现成的。"

　　秦水凝懒得解释，从柜子里拿了碗勺出来，舀起一口粥向谢婉君递过去。她本想让她将勺子接过去，谁料谢婉君直接把脑袋送了过来，她下意识缩回了手。

　　谢婉君扑了个空，当即明白过来，满脸莫名其妙地瞪她一眼，把和小佟说过的话又跟她说了一遍："我能吃了你不成？"

　　秦水凝大抵也觉得自己防备过度，伤了人心，很快又将手递了回去，谢婉君把那口粥衔到嘴里，咽下后略带嫌弃地说了句："没味儿。"

　　秦水凝根本不信她说的话，火腿明明是带着咸味的，只不过她这个人口重罢了。勺子暂被放下，秦水凝又找到盐罐，自然不可能像谢婉君那般直接倒，而是先用小勺舀起来，再伸指去捻了一撮，撒进锅里，最后搅了两下，就开始盛碗了。

　　谢婉君见她极为小气地取盐，本以为这粥还是没味道，可或许是她太饿了，竟觉得还不错，吃了能有半碗，便撂下不动了。

　　秦水凝细嚼慢咽的，仍坐在那儿小口小口地吃，谢婉君百无聊赖，

第二章 | 梅雨亦风雨

想起正事,知会她道:"明天白天你就安生在店里裁衣裳,晚上我让小佟去接你。"

"又要喝酒?"

谢婉君抿嘴笑了,暗骂她呆,摇头道:"我做东,请客看戏。"

她素来猜不到谢婉君的葫芦里卖的是什么药,过去觉得谢婉君荒唐,然那不过是所有生意人都不得不参与其中的荒唐,她信她是有正事的,点头答应:"还是四雅戏院?我自己坐电车去就好。"

谢婉君心想她还敢提电车,将她的想法给驳了:"我明天要去许公馆,顺便坐许家的车,小佟正好接你。"

再不给她推拒的机会,谢婉君起身离席:"我洗澡去了,你仍睡上回的房间,厨房留着明早叫黄妈收拾。"

待谢婉君洗过了澡,闷头直奔卧室的床,冷不防瞥见床头柜上多出来一杯水,泛着淡淡蜂蜜的黄。她盯了那杯水许久,蓦地笑了,拿起来发现犹带着温度,喝着甜滋滋的,还有股暖意直润过心田,再流到肚子里,她虽不喜甜,却觉得好喝,饮光了才关灯入睡。

第三章 苔藓绿丝绒

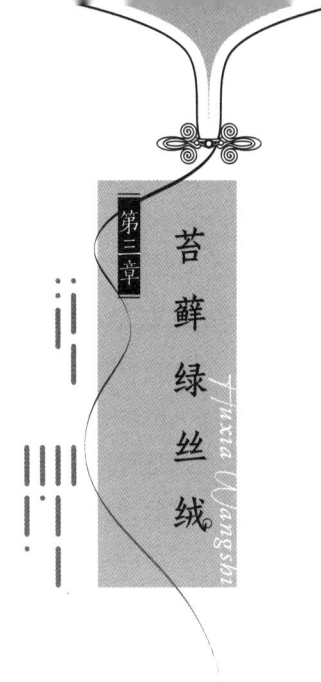

梅雨季将尽之时，谢婉君从港岛订的那批料子抵达沪市，距离小朱被放出来已过去一周了。

其间黄妈还禀告过谢婉君，称秦师傅亲自来送过旗袍，然谢婉君早出晚归的，自然未能碰上。黄妈说，秦水凝还专程问过一嘴谢婉君的动向，她只能说谢婉君忙于应酬，这几天回来得愈发晚了，秦水凝便没再多说，放下旗袍就回去了。

谢婉君看出她是想同自己道谢，对黄妈所说的"秦师傅像是有话要说"置若罔闻，即便中午得出两个小时的空闲也不曾踏足霞飞路一步，像是在践行那晚说过的话似的。

下午弘社的人将货箱送到，谢婉君和许世蕖亲自清点一番，又见了聘好的裁缝，有沪上地道的老师傅，也有从西方留洋回来的，自称是"设计师"。

耽搁半日，待到出门天已黑得彻底了。

这晚韩寿亭在明月饭店做东，过个马路的工夫就到，谢婉君穿了件银白色的刺绣旗袍，不慎被货箱给蹭脏了，便叫许世藁先去赴宴，顺便帮忙知会一声，她则回了趟谢公馆，换了条干净旗袍又匆匆出了门。

再到明月饭店门口，除了几个韩寿亭的手下守在那儿，正闲散地抽烟聊天，韩听竺也在，一身黑袍犹如凶煞。

谢婉君看出他有话要说，停了脚步，只听他直接问道："老爷子另派了人接你的货，可带了什么？"

这是两人心照不宣的消息交换，谢婉君并未隐瞒，答道："没有，是港岛的船，他手伸不了那么长。但凡他借我的路子带东西，我可是都分毫不差地告诉你了，这次他没让你去，大抵是在防着你。"

韩听竺沉吟片刻，"嗯"了一声，又问："这桩生意除了你和许世藁，外加老爷子参了一笔刮油水，还有旁人？"

谢婉君不解："什么意思？"

"陈万良带了样子，已在楼上了，也是洋货。"

"他来做什么？"谢婉君心头一紧，咬牙在心里骂了句脏话，旋即意识到什么，警惕起来，"他倒是想入伙，还真贼心不死。"

韩听竺知晓了陈万良的来意，便不再问了，朝里面拱了下手："请进。"

"你不入席？"

谢婉君正问他，两人都瞧见了溜出来的许世藁，正朝门口走来，韩听竺闪身下了楼梯，消失在明月饭店的大门口，她则主动迎上了许世藁。

两人小声谈论着陈万良，各怀鬼胎地进了包厢。

估计上次酒局过后陈万良就已开始联系商路，声称从法兰西进口的布料，成本价压得极低，韩寿亭那儿已松了口，打算给陈万良开这个便道。谢婉君觉察到危机，这桩生意细数起来，韩寿亭不过是个吃白食的，毫不出力便能从中敛财，而店面定制等事许世藁出力更多，来料才是她全部负责的,陈万良此举,显然是要将她给挤出局。

记不清那顿饭局是如何熬过去的,韩寿亭和陈万良不断施压,许世藁虽不愿与陈万良合作,却也是个精明的商人,看过陈万良带的样品显然满意,脑袋里早已算起利润来了。谢婉君步步退让,全程咬着牙关才没做出掀桌的举动,到后面酒都喝不下了,跑了两次盥洗室去催吐。

那顿饭到底喝到韩寿亭满意,散席时已经是深夜,路上行人都屈指可数,小佟也在车里睡了一觉。

陈万良又是烂醉如泥,走路都费劲了,却还是让司机搀着,从车子后座取出了一匹布,苔藓般的墨绿色,浓得像潭深渊。

他揽着谢婉君不放,洋洋洒洒地说:"婉君,别怪老哥哥,老哥哥心里是想着你的。喏,法兰西的料子,沪市滩独一份,送你!穿在身上保准叫那些太太小姐们羡慕,到时候还得求着我们来买!"

谢婉君冷笑着把布接了,反手将他推进车里:"陈老板,你醉了,快回家去。"

他又探出车门同韩寿亭打招呼,两辆车前后脚离开,门口便只剩下谢婉君和许世藁。

许世藁脸上闪过一丝愧色,忽略谢婉君拱手送他上车的举动,说道:"我这个人素来是在商言商,但你放心,家父既能将祥晟的布庄垄断沪市,高端定制的铺子我是断不可能只开这一家的,下一步我打算到宛平、羊城、江城等地拓展,必会带你一起。谢小姐是聪明人,我喜欢和聪明人打交道。"

谢婉君暗中嗤笑,脸上已彻底挂不住了,她这一晚上受的委屈将将要超出负荷,本想着赶紧送走许世藁,哪里料到他非要留下说这些。她并未立刻答话,而是把布递给了小佟,命人继续回车上等着,又点了支烟，猛吸了一口才回他，语气有些冷淡。

"许老板，你是不是觉得我该立马答应下来，还得像供着菩萨似的感谢您的大恩？可在我眼里，你不过是个精明过度的商人，想必夜深人静时还会唾弃那种叫作自私利己的品行，这就叫孤星命。"

许世藁不慎被她戳中了脊梁骨，眼风一凛，也没立刻答话，摘了眼镜用帕子擦拭干净的镜面。

而谢婉君已踩灭了没抽完的烟，忽然发出一声夸张的笑："你当真啦？真是不禁逗，我胡诌呢。今日我是酒桌上唯一的赔家，叫你走你又不走，许老板，就委屈你听我的醉话了。"

许世藁错愕一瞬，本想自然地赔声笑，却发现嘴角怎么也扯不上去，把眼镜戴好后恰巧看清马路对面的人，抬手指给谢婉君看："可是你那个妹子？"

谢婉君一转头，只见秦水凝仍拎着她那个竹节布包，穿了条白底竹纹的曳地旗袍，看起来像个文质彬彬的女先生，正侧对着他们这边，百无聊赖地来回踱步。

许世藁识趣说道："想必是有事找你，我先走了。"

谢婉君撑着场面送他上车，许家的车子开走，她再一抬头，秦水凝正好望了过来，四目遥遥相对，不知怎么的，她竟有股泪意，唯恐叫旁人瞧见，生生忍了下去。

两人不约而同地打算过马路，刚迈出两步，又都停了下来，那画面倒有些滑稽。谢婉君是急性子，正要再迈一步，却立马改了主意，杵在原地不动了，秦水凝让了一辆过路的车，小跑着走了过来，停在谢婉君面前。

谢婉君脸上看不出什么情绪，更没了素来带着的笑容，静静地看着秦水凝，像是无声问她来找自己做什么。

秦水凝也不吭声，手里紧紧攥着布包的竹节把，她专门选在晚上去了趟谢公馆，自然扑空。幸好黄妈知道谢婉君今晚在哪儿，便告诉她明月饭店的位置，她才寻了过来，等了能有两个钟头，更是看着韩寿亭和陈万良走的。

如今同与谢婉君面对着面，也没有旁人叨扰，她却难以开口，直到沉默得谢婉君都准备开口了，她才低头从布包里掏出个盒子，递了过去。

这下轮到谢婉君惊讶，也不伸手去接，问道："这是唱的哪出儿？"

秦水凝把盒子打开，像洋人掀开戒指盒那副做派似的，可里面装的并非什么火油钻或是祖母绿，而是枚正红的花扣，并非花形，因过于繁复，谢婉君一时也说不来是什么。

秦水凝娓娓说道："送你的，这叫'福禄扣'。我今日接了个订扣礼，沾了喜气，回去后便制了这枚扣子，讨个吉利。"

谢婉君将扣子拿到手里端详，她还头一次见到花扣没缝在衣服上的样子，略觉稀奇，张口问她："什么是订扣礼？"

秦水凝给她解释："姑娘出嫁时穿的嫁衣都是不订扣子的，成婚之日请裁缝上门订上，再给裁缝送个喜封。"

"原来是这么个吉利法儿。"

秦水凝当她听明白了，没想到她话锋一转，又问："那万一他们离婚了呢？你送我的扣子岂不是就不吉了？"

秦水凝语塞，板着脸回她："人家今日才结婚，你说些好话。"

谢婉君扑哧笑了出来，又举着扣子凑近了问她："可这是什么花儿？我根本看不出来，别是你叫小朱做的，拿来糊弄我。"

秦水凝只觉迎面一股酒气，错开脸离她远些，答道："花扣并非只有花形，这也不是花，而是葫芦，与'福禄'谐音。"

谢婉君语气悠长地"哦"了一声，举着扣子在路灯下看，眼睛也眯了起来，像是试图描绘出葫芦的形状来。

秦水凝淡淡地白了她一眼，抬臂扯下她的手腕："你醉了，上车，让小佟送你回家。"

谢婉君猝不及防被她拽了下，连忙站稳脚跟，耍酒疯似的在路边同她挣扎："你等等，你以为我的酒量跟你一样差？你才醉了。我有事吩咐你，我是秦记的主顾，大主顾，你得听我的。"

秦水凝将她放开，端臂看她表演，没想到她又将那批陈万良送的料子拿了下来，塞到秦水凝怀里："我要加急，不管多少钱，随便你开，用这匹布给我裁成旗袍，半月后我要穿的。"

"做不了，秦记不接加急。"秦水凝拒绝得果断，又将料子塞回给她。

"你不做，半月后我穿什么？"

"我给你裁过多少旗袍？上月送去的那件还没见你上身，怎么就没衣服穿？"她这下倒是看明白了，谢婉君并非真的醉了，而是为愁绪所累，借机发作罢了。

"那我找别人做。这可是全沪市头一份、独一份的洋料，定有人削尖了脑袋想见识见识。"

秦水凝见她这般执着，趁她转身打算上车将料子抽了回来："你当真要穿这匹料子？"

谢婉君神色闪过一丝清灵，料她想必是瞧见刚刚的情形了，强撑出一抹笑容："当然要穿，我为什么不穿？我今日在酒桌上叫他们欺负了去，这是我该得的赔偿，不仅如此，以后但凡货料到港，我还专门挑贵的、稀罕的拿，全都是我的……"

秦水凝蓦地拿出了自己的手帕，携着低廉的皂荚香，像她昔日为许稚芙拭泪那般，粗鲁地按上了她的脸："想哭就哭，别憋死了。"

谢婉君将帕子用力团了团，丢到她身上，瞪着眼睛说："你哪只眼睛看到我要哭了？"

秦水凝弯腰把帕子捡了起来，理都没理她，扭身便走。

行不到十步，身后传来谢婉君的叫声："你回来！"

秦水凝回头看她一眼："谢大小姐还有什么吩咐？"

"上车，送你回家。"

小朱被放出来后回家将养了几天，虽吃了苦头，幸好未伤及性命，这日已回了秦记，还给秦水凝带了他姆妈亲手做的四喜烤麸。经此一事，他那颗少年飘忽的心性倒是稳重了不少，极为诚恳地同秦水凝鞠了一躬，承诺晚上再不出去鬼混，势必要认真学习手艺，争取早日出师。

秦水凝的神色始终淡淡的，对小朱的痛改前非不置可否，事不关己地答他："那你就先锁扣眼罢，最近熨斗也别碰了，成衣依旧由我去送，待你脸上的伤褪干净了再说。"

小朱点头答应，坐在案台旁缝起扣眼来，秦水凝上午把手头收尾的一件长袍给赶了出来，叠好放在一边，转而去拿陈万良送谢婉君的那匹料子，摊开一丈有余。

小朱早就注意到了这匹稀罕的料子，频频抬头往秦水凝那儿偷瞄，见那质地非纱非绸，表面似乎生着细微的绒毛，阳光顺着橱窗打进来，还泛起光泽来，到底没忍住张口。

"阿姐，这叫什么料子？你最近新淘来的货？"

秦水凝觉得他又犯起老毛病来，可见他问的是料子，姑且当他是在学习，答道："这叫丝绒，咱们店是不做的，洋人爱用来裁裙子。"

"丝绒？"小朱双眼一亮，又闲谈起来，"阿姐，我听人说过，丝绒摸起来就像女人的皮肤，滑嫩嫩的。"

说着他就要伸手来摸，秦水凝直接抄起铜裁尺将他的手打了下去，小朱立马叫出声："阿姐！疼！"

"疼就对了。"她将抻开的料子铺平，思忖着设计成什么样式才能叫谢婉君在半月后的开幕宴上惊艳四座，分神数落小朱两句，"你下次回家，瞧瞧你姆妈和小妹的手背，摸一摸是否是你想象中的丝绒质地。罢了，你怕是只消看上一眼，就没了抚上去的心思了。"

小朱的胞妹曼婷在杨树浦一带靠为人浆洗衣服赚钱，有次恰赶上隆冬的天气来店里给小朱送汤。秦水凝瞧她双手冻得通红，给她递了杯热水，又见她手背肌肤已经皲裂得极其严重，便拿了自己的手油叫她涂，倒不是什么高档的舶来货，便一并送她了，至今仍记得她同自己连连道谢的欣喜模样。

他大抵是想起她姆妈更加粗糙的手了，默不作声地在那儿发呆，秦水凝点到即止，又用铜裁尺戳了他一下："让你锁扣眼，一个钟头过去了，你锁了有半个？"

小朱不敢再废话，埋头动起针线，店内总算安静了下来。

秦水凝杵在原地一动不动，瞧着那苔藓般幽深的绿意，像是要将她整个人吸进去了，而深渊之中早就有另一个人在，便是谢婉君。她今日一直想着她，像被灌了迷汤或是下了蛊似的，脑袋里也跟着乱作一团，半天想不出到底该用什么版式。

思绪越飘越远，倒是又想起看戏那日的光景来，谢婉君为了帮她将小朱给救出来，不知怎么联系上了个特务站的主任，姓廖，专管后勤物资，不过是个闲职。

廖主任常在黄金大戏院听戏，谢婉君高价从票贩子那儿买了张包厢票，除她之外，又请了许稚芙。许稚芙带了江楼月一起，私下里见到秦水凝，红着脸跟她说："你既是婉君姐的朋友，我便叫你秦姐姐。"

秦水凝鲜有地笑了出来，发自内心的，顺势同许稚芙约时间，叫她

第三章·苔藓绿丝绒

去店里试旗袍，两人凑在一起聊个不停。谢婉君突然咬牙笑了，猛地将秦水凝拽到自己身边，指着斜对面包厢穿长袍的中年男人说："那个就是后勤处的廖主任。"

秦水凝不免怀疑一个管后勤的主任是否有捞人的本事，问道："他能说了算？"

谢婉君摆出副得意的表情，眉眼中的机灵从她浓艳的妆的桎梏中溜了出来，傲兀言道："怎么不算？你当后勤处主任的肥差是谁都能领的？更何况那日错抓了那么多人，即便我不是政局中人，也猜得到上面必有了微词，我给他些许好处，还帮他们除去了个麻烦呢，他绝对立马就把人给我放出来。"

见她显然没听懂的表情，谢婉君又说："说了你也不懂，你就等着接小朱出来罢，我办事最让人放心了。"

她点头应答，拎起茶壶给谢婉君倒了盏茶，谢婉君那股得意劲儿愈发张狂，抿嘴笑着说："算你有眼色，都会主动倒茶了。"

一句话的工夫，她已经又倒出三盏了，两盏递给许稚芙和江楼月，最后一盏留给自己。谢婉君端着茶碗刚送到嘴边，见状又撂回到桌上，还溅出了几滴，显然不打算喝了。她扭头见谢婉君脸上的笑没了，不明白她又在耍什么大小姐脾气，盯了几眼便收回了视线，没再吭声。

大戏开场后不久，包厢里又添了个贵客，彻底将位置给坐满了。

来人正是家里开灯具公司的倪二少爷，谢婉君这叫"用人朝前，不用人朝后"，活该倪二少爷是个情种，叫她玩弄于股掌之间。

原本四人都在看台上的戏，倪二少爷落座之后，谢婉君便同他低语起来，戏也不看了。

秦水凝不着痕迹地扫过去两眼，见两人凑得极近，生怕听不清互相说什么似的，倪二少爷又用洋火机给谢婉君点烟，谢婉君唇间的烟吸着了，不知说了什么，倪二少爷笑得心驰神荡，恋恋不舍地将手收了回去。

她的视线也跟着收了，不愿再看他们。不巧台上热闹的打斗歇了，她挨着谢婉君坐，两人的交谈夹杂在角色铿锵有力的道白之间，又听了个真切。

正事想必是谈拢了，倪二少爷说："小事一桩，我到时候等你电话。"

谢婉君谢他，他又说："光说谢有什么用，不如请我吃顿饭，我请你也行。"

谢婉君支支吾吾地佯装为难，显然是在拿乔，倪二少爷又央求了几句，她就答应了。

"下周末罢，你到我那儿去接我，正好放小佟回家看看他姆妈。"

倪二少爷显然开心："那就说定了，我晚上去接你。"

谢婉君又说他："跟你吃饭最麻烦了，我口重，你又不能吃辣。"

倪二少爷哄她："我吃，川菜好，就吃川菜。那去锦江？我今晚就叫人订位置。"

谢婉君不知又说了句什么，被台上的锣声盖过去了，锣声停下后，只听倪二少爷低声说："光吃顿饭怎么够？再看场电影罢，京戏我听不惯，今天要不是你请我，我才不来。"

"你这叫蹬鼻子上脸。"

明明是句骂人话，倪二少爷也丝毫不恼，两人都笑了起来，才算话了。

后来她才得知，谢婉君薅了倪二少爷的羊毛，给廖主任送了一批电灯，不过是普通的次等货，却能让廖主任在公账上浓墨重彩地写上一笔，不仅拿了公家的一笔钱，还有谢婉君给的好处，故而才叫他还个人情，将小朱这个无关紧要的良民连夜放了。

这么一想，早在谢婉君到沪市站找她之时，她只记得谢婉君穿了身梅花红的旗袍,立在雨中分外绰约,还有自己遭受驱赶的耻辱,无需多提,谢婉君却已将大门口闪烁不断的吊灯记在心里了。

耳边骤响起清脆的铜铃声,秦水凝下意识动了动手,指尖感受到一缕丝滑,绿丝绒像是瞬间变得滚烫,叫她立刻缩回了手。

她险些忘记自己前几日在门上挂的铃铛,小朱当她太过认真于研究布料,提醒道:"阿姐,来客人了。"

秦水凝抬头望向门口,竟是位新客。

那日一起看戏,秦水凝同江楼月倒是并未说过几句话,还是许稚芙主动给她们介绍起来,又提起江楼月不慎被火燎坏的一件戏服,称秦水凝在霞飞路开了间裁缝铺,叫她不妨去找秦水凝瞧瞧,今日她便是来践约的。

江楼月生得极为纤瘦,有着一副江南女儿的小骨架,面庞则有些雌雄莫辨的美,让秦水凝想到寺庙里的菩萨像,眼下正提着个颇大的包袱立在那儿,仿佛随时要被包袱给坠倒似的。

她忙将那匹绿丝绒收好,把案台腾出地方来,招呼道:"江小姐,你来了,快把东西放下罢。"

江楼月把包袱放到案台上,拆开来看正是套戏服,戏里千金小姐常穿的粉白双襟褶子,她一面找褶子上烫坏的部分,一面柔声同秦水凝说:"哪里称得上一声'小姐',秦师傅叫我'楼月'就好。这件褶子是家师临终前留下的,颜色过于淡雅了些,改唱京戏之后拢共也没穿过几次,上回去宝月茶楼救场,后台有人吸烟,用过的火柴丢在了上面,燎出了个拳头大的洞,也不知救不救得回来。"

秦水凝心思转着,想着戏楼的后台定然有不少的行头砌末,最怕的就是个火字,哪个正经人会将火柴乱丢,还偏偏烧到了她师父留下的老戏服上,八成是故意而为。江楼月一个戏子,又不当红,遭受的欺辱怕是数不过来，秦水凝心肠软了下来，接过戏服仔细地端详，眉毛越蹙越紧。

"绸缎的料子，太软了些，幸亏发现得及时，否则怕是很快便烧成灰了。这绣工真是精巧，怕是几十年前宫廷师傅的手艺，可坏也坏在绣得太好了些。我是不擅绣花的，店里几乎不接带刺绣的订单，今年唯独给谢小姐做过一件，白底的缎，银丝线绣的团云纹，好看极了，穿在谢小姐身上倒是……"

她说着说着觉得不对，又懊悔起来怎么提到了谢婉君，还说起个没完了，忙改了话茬，回到一开始的刺绣："沪市有不少苏绣师傅，我也认识几个，只是不知她们补不补得好。我同你说个大概，首先要把烧空的这一块补上布料，再找师傅重新填上花，坏得忒大了些，左侧对称的绣样也得改了。"

秦水凝说得认真，可始终未听到江楼月的回应，抬头与她视线相对，见她眼含着股陌生的感动，说道："我跑了不下五家专制戏服的铺子，师傅瞧过了状况后都劝我再买件新的，还有说话难听的叫我直接给师父烧下去，更何况不止难补，就是补好了要的价钱也足够买上两件新褶子的，秦师傅竟没这般劝我，还给我讲起来如何修补。"

秦水凝莞尔一笑，答道："你不是说是你先师留下的，怎么能随便买件新的填上呢。"

江楼月显然年纪不大，那瞬间想将秦水凝当姐姐待了，碍于嫌弃自身卑贱，未说出口，只哽咽着和她道谢："秦师傅，谢谢你，只要能补好，多少钱我都肯拿，这些年虽未唱出名声，我倒也没什么用钱的地方，还是攒下不少的。"

"你这是被那些人给诓了，要不了你多少钱，对我来说不过是补块布料的工夫，便是小朱都能做，除此之外，找绣工师傅要花的价钱我会如实告知，待你来取时再结算。"

HuxiaWangshi

盛夏已尽·各安天命

— HuxiaWangshi —

阿凝：

　　见字如晤，一切安好。近日生意事忙，抽空提笔，字迹或显凌乱，不许嫌弃。知你读到此处必会蹙眉，还请收起唠叨，应酬多是趋附之辈，我饮酒有度，黄妈等人尽心照料，身体康健，恍如回到少时。附小影一张为证，定让你安心。稚芙虽嫁，张家待其极好，时常同去听戏，为楼月捧场。前日金秋桂落，佳酿已封，海洋之心到沪，礼皆备齐，静待君归。

　　然沪市如今浓雾肆虐，时局不明，贸然离港绝非上策，信中不便多言，盼你知我苦心，不可妄动。另有喜讯一则，吾兄安然无恙，已携妻小南下，客居江城，我将动身前去探望，同时发展商机，团圆过冬。待到来年春日，正好乘江渡港，盛夏相见，不在话下。昔日灯下诵书，历历在目，今日山河破碎，野草却永不腐朽，我亦愿做一丛野草，在孤岛高歌，按时吃饭，按时思念，与你在长夜中共鸣，期盼光明。

谢镜
戊寅年仲秋书

江楼月点头答应下来，秦水凝踱到柜台里面，正要打电话与相熟的师傅约时间，门口的铜铃声再度响起，许稚芙小跑进来，率先看向江楼月，笑眯了眼："楼月！我来迟了，哥哥总算被人叫出了门，我便赶紧来了。"

　　秦水凝本还有些纳闷许稚芙为何没和江楼月一起来，上次在戏院是这么定下的，如今看来，想必是许世蕖在家，将许稚芙给看牢了。瞧着门口并无许家的汽车，定是许稚芙叫黄包车来的。

　　两人甫一凑到一起，手便拉住了彼此的，情如姊妹的样子，看起来比姊妹又还亲上几分。

　　许稚芙转头和她打招呼："秦姐姐，我的旗袍可好了？"

　　秦水凝笑着点头，走到里间去拿，小朱则机灵地给两人倒了杯水，她捧着许稚芙订的旗袍出来时，正听许稚芙略带埋怨地跟江楼月说："上次我托婉君姐送你的那串金珠怎么又没戴？总是戴着这一小颗，难道比那一串还好不成？"

　　秦水凝想起当日小朱同她说的闲话，称谢婉君送了邵兰声一串金珠，如今许稚芙又说送了江楼月一串，她不禁在心中思忖，那个风流的人到底送出过多少串金珠？如今沪市的金子不要钱不成？

　　江楼月说："可不就是比那一串还好，我喜欢，戴了这么些年了，摘掉反而不习惯。"

　　许稚芙拉着秦水凝叫她评理，指上江楼月脖子上的项链，就是条素红绳串了颗金珠子，金珠大抵有些年头了，金质也不够纯，灰蒙蒙的，泛着年岁的痕迹："秦姐姐你来说说，是这一条好看，还是整串金珠好看？明明送了她更好的，偏存进银行黑漆漆的保险柜里，保不准哪天被谁偷了去。"

　　二人之间的事秦水凝岂能置喙，只笑着不答话，江楼月适时张口："你为难秦师傅做什么。"

许稚芙跟秦水凝看起旗袍来，顺便给秦水凝唠叨着："那天我被哥哥扣在了家里，还是婉君姐不辞辛苦地跑了好几家金店，凑成的一串。对了，秦姐姐，上次听婉君姐说那晚你也在，四雅戏院，楼月跟邵兰声一起唱的《搜孤救孤》，你可注意到楼月了？你若喜欢听戏，下次我叫婉君姐也顺便叫上你，我们一同去给楼月捧场。"

她说了这么长的一段话，总算叫秦水凝有了开口之机，秦水凝故意说道："那晚我确实在，但没等到散戏就提早走了，听小朱说，谢小姐还送了邵兰声一串。"

江楼月道："是误会。"

许稚芙否定："才不是误会，婉君姐已带我去讨过公道了，秦姐姐你别信那些小道传言，婉君姐明明是送楼月的，与邵兰声毫无关系，那些臭男人最讨厌了。"

那一刻不知为何，秦水凝竟感觉到一股叫作放松的情绪，嘴角也扬了起来："原来是这样。"

店内一团和气，许稚芙接过旗袍走到试衣的帘子后面，江楼月正要帮她把帘子拉上，本来有说有笑地挽着手，下一瞬，二人显然同时望见了店门外的人和车，俱僵在了原地。

秦水凝看着她们正感叹真好，察觉到变化也连忙转头看了过去，门外的老头儿已气汹汹地推门进来了。

许稚芙失去试旗袍的兴致，垮了小脸问道："荣伯，你怎么跟来了？"

荣伯是许公馆的管家，从许世蕖刚出生时就在许家老宅侍奉，俨然是许家兄妹无血缘的父亲，因许世蕖看重他，多少有些倚老卖老，许稚芙又太听话了些，对他极为忍让。

"我怎么来了？我要是不来，怎么知道你来见她？快跟我回去，告诉你不要在外面乱跑，出了危险怎么办？"

秦水凝主动开口，礼貌解释道："这位先生，许小姐在鄙店订了旗袍，今日是约好要来试衣的。"

荣伯板着一张脸瞪秦水凝："你既是开店做生意的，难道不知道许家在哪儿？我们家小姐订衣服都是裁缝往家里跑，你还敢叫小姐出来？我看许家的生意你今后别想做了！"

说着他上前拽走了许稚芙手里的旗袍，丢到案台上，顺便斩断了许稚芙和江楼月缠着的手，拉着许稚芙就要走，许稚芙挣扎："荣伯！你让我试过衣服再走，来都来了……"

江楼月也上前阻拦，一双明眸盯着许稚芙被荣伯捏住的手腕，挂着疼惜说道："荣伯，你把小芙扯疼了，来都来了，便把衣服试一试……"

"哪里有你说话的份？当日老爷瞧你一家可怜，还救济过你们，可不是让你将小姐带坏的。"

秦水凝只能默默看着这一出闹剧，她身为秦记裁缝铺的老板，除非这位荣伯气到将她的店砸了，否则她是断不能多说一句话的。

江楼月那般纤弱的身躯，听见许稚芙皱眉喊疼，便什么都不顾了，舍身挡在荣伯面前，直接伸手去撼荣伯的铁臂。荣伯这才松开了许稚芙，扬手便要给江楼月巴掌，还是许稚芙连忙挡在面前，遏止了荣伯，秦水凝松一口气，默默收回迈开的腿。

许稚芙大声质问道："到底是谁在闹？你好好同我说，我便跟你回去了，你还要将人家的店拆了不成，再把哥哥叫来评理？"

荣伯这才熄火，赤红着一张脸，帮许稚芙把门打开，许稚芙蓉同秦水凝道别："秦姐姐，我便先回去了，改日再来找你。"

秦水凝点了点头，她又恋恋不舍地看着江楼月，越走越远，最后出了店门，坐上洋车。

荣伯见她二人这副样子就觉得可恨，剜了江楼月一眼，咒骂道："小戏子，没教养。"

江楼月眼眶微红，手抚上胸前许稚芙送她的那颗金珠，咬牙忍着，荣伯已摔门走了，秦水凝上前揽了揽她的肩膀，轻轻拍打两下，什么都没说，江楼月忙将眼泪擦干。

她又在店里留了一会儿，秦水凝承许稚芙叫一声姐姐，当江楼月也似半个妹妹，还主动邀她看那批稀罕的苔藓绿丝绒，想着让她平复平复心绪。

眼看到晚饭的时间，江楼月才起身要走，开口却是邀秦水凝吃饭，秦水凝下意识问了句："戏院都要开场了，你今日……"

"像我这种小戏子，不是每天都有戏份的。"江楼月自嘲答道。

秦水凝鲜少有失言的时候，江楼月虽是自嘲，她到底心里不是滋味，自然也不舍得拒绝江楼月了。她叫小朱看店，回来再给他带晚饭，生怕他马虎，秦水凝还特地叮嘱了句，待会儿有位安先生要来取袍子，确定小朱记在心上了，她才跟江楼月一起出门。

两人就近去了静安寺路，寻了间小馆子坐在靠窗的桌位，斜对面可见大光明电影院的一角，街上极为热闹，霓虹之下，花花绿绿迷人眼球。

江楼月还要了瓶酒，秦水凝神色复杂地说了句："我以为唱戏的都是不饮酒的，毕竟要保养嗓子。"

江楼月笑着给秦水凝先添了一盏，秦水凝并未拒绝，小酌倒是无妨，谢婉君赴饭局那般酗酒才该被禁止。

"喝酒的戏子才多，凡是名角儿，更叫个烟酒不忌，只因有一副老天爷赐的好嗓子，我们这些庸才是羡慕不来的。"

秦水凝淡淡说道："你不该总这么贬低自己。"

第三章·苔藓绿丝绒

"实言罢了,我只是看得太清。"

三杯两盏入喉,虽有秦水凝陪着她,她到底算是喝闷酒,醉得极快,喃喃同秦水凝倾诉起来:"你可知道荣伯为何这么讨厌我?我不怪他,若不是看在小芙的面子上,许大少爷也是要骂我几句的。"

秦水凝瞧她借酒浇愁的样子觉得可怜,认真说道:"他不骂你,难道你还要谢他?不管怎样,今日就是他的不对。"

江楼月苦笑一声:"秦师傅,你是好人,虽冷了些,我却知你心是热的。有次我夸谢小姐身上的旗袍好看,谢小姐立马说是在秦记裁的,还专程告诉我秦记的地址。即便上次小芙不提,我也打算来找你的,谢小姐心思玲珑,不会看错人。"

秦水凝何尝不是个死要面子的,今日提起谢婉君的次数已经够多,闻言她故意将脸色冷了两分,低声道:"提她做什么。"

江楼月回之一笑,垂着头说起往事:"许家在吴州的老宅与我家正是邻居,不过小芙还未记事时我家就败落了,唯留下一间房供四口人住,我爹把我送进了个昆曲班子学艺,那时我唱的还是小生,扮作男子模样,回家后就在门口的桥栏边练习身段,也是那时和小芙熟稔起来的。

"小芙年幼,什么都不懂,只是喜欢与我在一处,夸我的扮相英俊,日后必成名角儿。我看出她将我当成了男人,因怕她知道真相后觉得我骗她,便始终没有戳破。结果有一天,童言无忌,小芙当着父母兄长的面说要嫁给我,自然闹得两家都是鸡飞狗跳。

"我若真是个男人就好了,可我是个姑娘,却扮作了男人模样,他们说我搔首弄姿、不三不四,更是居心叵测,至此便不准我与小芙来往了。"

秦水凝听得脸色深沉,饮了口酒,问道:"后来呢?"

"后来,后来我爹大抵将那最后一间房也给变卖了,得了一笔钱,带着娘和弟弟离开了吴州,不知去了何处,至今我也没寻到他们,懒得寻了。"

"他们就将你丢给戏班子了?"

江楼月幽幽看了秦水凝一眼,忽而发出一声嗤笑,并非嘲讽,而是感叹:"秦师傅,你竟还有一股与外表截然不同的纯真,怪不得谢小姐喜欢逗你。哪里算是丢?是明码标价卖的,戏班里的小姑娘多是这般遭遇,家里定有个弟弟,这就是我们的命。"

秦水凝受够了她自轻自贱,蹙眉道:"你若信命,便不会来沪市了。"

江楼月重重点头:"这你倒是说对了,我原是不信的,现在信了一半。"

她又给秦水凝讲起颈间那颗金珠的来历。

江家三口人离开吴州之后,江楼月自然不会再回家去,许稚芙等她不得,挨个戏班去找,两人终于再见。

那时她被师傅强行剃出青茬的头发已留长了些许,大抵像私塾里的正经女学生那般的发型,长得虽有些男相,到底看得出是个女孩儿。

许稚芙虽觉眼熟,却没敢相认,礼貌地同她打听江楼月可在,她本想转身就跑,逃避应对,还是硬着头皮迎了上去,告诉她:"小芙,我和你一样,我不是男子。"

她本以为许稚芙会嫌恶地跑掉,两人再不相见,可许稚芙问:"谁说你不是男子?你穿上戏服扮了相就是男子。"

她当许稚芙不愿相信真相,认定了自己是男的,心头作痛,虽还未得师父应允,她先同许稚芙把话放了出去:"我已经不打算继续唱小生了,我要改唱旦角,你看,我头发都留起来了。"

许稚芙怔愣了许久,眼眶都红了,她正想忍痛赶人,却听许稚芙说:"管你是男的女的,你要食言不成?不认我了?那这桂花糕不吃也

第三章·苔藓绿丝绒

罢！"

一双少女的脚踩过无辜蒙尘的桂花糕，她将许稚芙拦住，哄了一个下午才好。

自那以后，许稚芙时常溜出来偷偷见她，那几年里，每到秋天许稚芙都会给她带桂花糕吃，只因她曾说过最爱吃的就是桂花糕。其实她早就不喜欢了，家还在时，父母偶尔给弟弟买上两块，她捡着渣吃，因不曾吃过，当许二小姐说起山珍海味，反问她爱吃什么，她才说，她爱吃桂花糕。

她们坐在西墙之下嗅着桂香，回味又一个夏天匆匆而过，年岁渐长，畅想未来。许稚芙说，将来家里的院子一定要栽棵桂树，她则承诺，到时她亲手做桂花糕给她吃……

许家搬到沪市的时节是个隆冬，那天她因执于改唱旦角被师父打个半死。其实师父是为她好，若唱小生，她还能闯出一条戏路，改唱旦了，便是一点活路都没有了，可她认准了主意，决定做个彻头彻尾的女子，至死无悔。

她在院子里罚跪，险些魂归黄泉之时，是许稚芙敲响西墙将她拉了回来。

可却是来同她道别的。

四只小手紧紧握在一起，一双布满厚茧，一双嫩如白玉，谁也不肯松开分毫。

许稚芙塞给她一颗豌豆大的金珠，称在书中看到，此为信物，她们金珠结缘，许稚芙会在沪市等她。

说到这里，江楼月蓦地止住了，眼中闪过明显的悲痛，将最后的酒一饮而尽，始终没再说话。

秦水凝被她带入了往事之中，想开口催她，还是按了下去，挥手同店里的伙计要了杯水,推到她面前。

江楼月道了声谢,并未拿起来喝,分外坦诚地同她说:"说到这里,我想瞒你一段,这段事我是打算烂在肚子里的,就连小芙都没说。"

秦水凝理解,松一口气,想着她想瞒的定是在戏班里受的委屈,抑或出台唱戏遭受的屈辱和坎坷。

不想她说:"总之,我千辛万苦地到了沪市,也算是践了约定,秦师傅,有个人等着你的滋味,是既幸福又痛苦的。"

她想瞒的竟是如何到的沪市,秦水凝眉间闪过一丝不忍,强逼着自己不去好奇,不去联想,即便是猜到了,也必不是什么好事,不如将之尘封。

"我倒是没尝过这种滋味,或许有一日会经历,只是不知是我等人,还是人等我了。"秦水凝道。

江楼月揉了揉脑袋,险些忘了正事,说起那件损毁的戏服来:"我无意催促,只是想知道大约何时能取?"

秦水凝认真盘算了一番,答道:"单子是要排的,但刺绣并非我擅长,只是来回找师傅要耗费时间,若是很快找到师傅肯接,绣工又了得,一周便够了,若个个推诿,那就说不准了。"

"下月许大少爷与谢小姐合作的铺子开张,晚上许公馆设宴,还请了戏班子唱堂会,我是沾了邵老板的光,给他配戏,想着小芙能看见,在这之前若能补好,我就能在台上穿给她看了。"像是生怕给秦水凝施压,她又忙解释起来,"秦师傅,我没有催你的意思,穿不了也没事,总能补好的,小芙总能看到的。"

秦水凝理解她的机会难得,都是乱世里的苦命人,又都身为女子,因此想着能帮则帮:"你给我留个电话,我随时打电话知会你,定会尽力帮你早日补好。"

江楼月连连道谢,又同饭馆借了纸笔,写下串数字后递给秦水凝,两只手触到的瞬间，江楼月将秦水凝握住了，她与许稚芙年幼养成的习惯，认为牵手是表示亲近的举动，意在与秦水凝示好，秦水凝知她并无别的含义，任她握着。

可那触感到底陌生，秦水凝又不好生硬地抽开，下意识转头看向了窗外。

这一看倒是巧了，街道正中那辆高调的洋车想必已停了片刻了，倪二少爷正烦躁地跺脚，司机则弯腰在车头检查。与此同时，车门被打开，倪二少爷扶着谢婉君下车，谢婉君甫一站定，就瞧见了饭馆里用餐的二人，嘴角浮起一丝明晃晃的冷笑。

秦水凝宛如被人捉了个正着，作贼心虚般收回了手，江楼月也瞧见了，道："这是……"

她把江楼月打断，多余地问一句："今天是周几？"

江楼月答："周末。"

话毕，江楼月虽有些醉了，反应略迟钝了些，还是下意识地站起了身，秦水凝不解，问她："你做什么去？"

江楼月道："虽是偶遇，也该出去跟谢小姐打声招呼。"

那副谨小慎微的样子让秦水凝愈发觉得怜惜，她虽不常进戏院，也曾见过谢了幕的戏子妆都来不及卸，匆匆忙忙地由戏院老板引荐，给那些颇有身份的贵客斟茶问好，摆出副胁肩谄笑的样子，全没了台上飒爽的身姿。

她将江楼月拽回到座位上，言道："眼下并非在戏院，她又同那倪二少爷约会，不巧车子坏了，心情正糟，你何必去打扰？"

江楼月一面觉得她此话有理，一面又有些犹豫，生怕开罪了谢婉君似的，为难道："谢小姐帮过我，这样岂不是失了礼数……"

秦水凝扭头看窗外，街上人声嘈杂，倪二少爷将耳朵送了过去，谢婉君正说着什么,眼睛仍穿过玻璃窗紧紧盯着她们,犹如黑夜里的狼王狩着猎物。很快倪二少爷也转头看过来,正当秦水凝以为这二人要杀进来时,又一部崭新发亮的洋车停在了路边,谢婉君收回视线,仿若没瞧见过她们似的,上了这辆车,倪二少爷匆匆绕了过来,也跟着上去,车子便开走了。

大光明电影院明明已近在眼前了,却连几步路都不肯走,非要再叫辆车来,真是少爷小姐的做派。

沉默良久,还是江楼月出声打破,带着疑惑问怔怔出神的秦水凝:"秦师傅?"

秦水凝发出一抹自嘲的笑容,头回漏算了她的举动,冷声说道:"你瞧,人家两个急着去看电影呢,你若出去打招呼,反搅了她的雅兴。"

江楼月赞同地连连点头,两人酒足饭饱,没再多留,起身到柜台前结账。可没等她们争着付这一餐饭钱,餐馆老板顶了顶花镜,眯着眼睛说:"二位的单已买过了,就是横在路中间的那辆车的司机来结的,说是倪二少爷派的。"

倪二少爷怎可能专程给她们两个小角色付账,秦水凝心知肚明,是谢婉君的主意。可她刚刚又没进来搅乱,倒是不符合她爱作弄人的秉性,反叫秦水凝摸不着头脑,心里寻思个不停。

回去的路上江楼月还惴惴不安:"还是该同谢小姐打声招呼的,我这般无礼,谢小姐还给我们买单付账,太不应该。"

秦水凝吹着燥热的夜风,心火炽盛,心不在焉地答道:"无妨,我比你更无礼,她恨我才是。"

江楼月又出言宽慰,秦水凝摇了摇头,提起个毫不在意的笑,装得险些自己都信了。

她在霞飞路的路口下了黄包车,江楼月则继续坐在车上打算回住处,分别之时江楼月还问她:"秦师傅,下月许府的堂会,你来不来?"

秦水凝果断摇头:"她又没请我。"

江楼月说:"想必是还没往出送请柬呢,谢小姐定会请的。"

秦水凝说:"请了我也不会去,店里忙。"

江楼月说:"自然要去热闹一番,我和小芙都想见你。"

秦水凝敷衍过去,瞧着黄包车夫已等不耐烦了,同她挥手作别,目送江楼月离开后,又给小朱买了两屉生煎,才回了秦记。

这个时间已经没客人了,小朱坐在角落里吃得正香,秦水凝发现那位安先生订的长袍仍摆在原处,没动过似的,忙问小朱:"这件袍子怎么没取走?"

小朱囫囵说道:"安先生试了一番,说是觉得腰身不够合适,想再收紧个半寸,过些日子来取。"

秦水凝眉间闪过一丝不耐,将那件长袍抱进里间,念了句:"下次不肯亲自量身的客单便不接了,一个个连自己的尺寸都不知。"

小朱看出她心情不好,狼吞虎咽地把饭吃完,催道:"阿姐,天都黑了,你快回去罢。"

她又把谢婉君的那匹绿丝绒收好,问小朱:"那几件衣裳的扣眼可锁好了?"

小朱支支吾吾地说不出句完整话,秦水凝便知答案了,苛刻道:"那就熬夜赶出来,明早我来亲自检查,但凡有一个没锁好,便罚你十个。"

说完她拎起竹节布包就走,丝毫不理会身后的哀求。

半月光景弹指而过,那件绿丝绒旗袍做得并不顺畅,期间秦水凝向谢公馆致电,承诺在开幕前一晚送到,黄妈请示过谢婉君,得到应允才回电答应下来。

出了梅后的天气竟仍热得吃人，最后的那几日里秦水凝连熬了好几个夜，懊悔不该一时心软接了这单，时间不够充裕，裁衣服这件事上她素来爱苛求自己，总觉得怎么做都不对，反糟蹋这批料子了。

小朱对此倒是看得清楚，几次出言宽慰："阿姐，不过是件旗袍，虽是铺子开业的大事，可谢小姐穿什么不好看？你何必给自己这么大压力，人都瘦了。"

秦水凝拒绝认同小朱的看法，冷淡回道："何来的压力？只是这天气太热，丝绒裁起来又费事，今后再不做了。"

小朱见状自不敢再多说。

到了约定的期限那日，中午秦水凝因没食欲，便叫小朱自己出去吃饭，她则埋头在案台前缝花扣，忽觉口渴，脖颈酸得僵了，起身前她冷不防地向后仰了一下，没等站直就倒了下去，幸好小朱回来得快，将人扶了起来，又打湿条毛巾给她降温，竟是中暑了。

她因嫌店里的旧风扇声音吵，案台上细小的东西又多，万一吹乱了就不好了，故而总是不肯用风扇，小朱强行给打开了，自己也凑过来沾光。

听着嗡嗡的声音，秦水凝虽觉得舒心不少，头也疼起来了，眼睛跟着发花，她便叫小朱上手，将还未镶完的两个扣眼给镶上，前面她已打过样了，学着针脚缝就是，瞧着小朱还算认真的样子，她才放心，枕着胳膊想着闭目养养神。

不想这么一闭眼就睡了过去，小朱是不记事的，哪里知道今晚就要送到，瞧秦水凝睡着了，还贴心地关了风扇，叫她睡得实些，倒是好心办了坏事，秦水凝猛地睁开双眼，再看墙上的挂钟，已经快晚上八点钟了。

丝绒的材质倒是不需要熨，她浅浅打理了一番，又把旗袍翻了个面，里面的衬还是有些褶皱的，小朱帮忙烧了熨斗，秦水凝亲自熨烫过,叠好后打算出门。

小朱本以为这是他的活计,过去谢公馆的衣服都是他跑腿,今见秦水凝主动出门,先是疑惑,太阳从东边落下了?他心思灵活,很快又想通了,秦记素来不接加急客单,这半月以来秦水凝都在替谢小姐忙活,定是为了报答谢小姐帮她救自己出来的恩。

如是想着,小朱殷切道:"阿姐,我跟你一道去罢,谢小姐一直不来,我也想当面谢谢她。"

"罚你的二十个扣眼锁好了?"

小朱苦了脸,跟过来要帮秦水凝关门:"那阿姐你慢着些,别晕在路上了,这会子倒是没那么热了。"

秦水凝看了眼手腕的表,眉头微蹙,虽不过一条街的距离,因急于赶到,还是叫了辆黄包车,奔谢公馆而去。

这厢急得像热锅上的蚂蚁,贵客竟丝毫没放在心上,谢婉君推了个可去可不去的饭局,并非为在家等这件旗袍,只是想着明天要应酬一整日,早早回家偷个闲。

书房里的留声机放着叫不出名字的西洋乐,她手里端着碗绿豆汤,光脚踩在地面上晃着舞步,很快把自己给转晕了,扶着柜子将唱针抬了起来,坐到沙发上笑个不停,倒是很会给自己找乐子。

乐声歇止不久,书房的门被叩响了,谢婉君还以为黄妈是要来给她添绿豆汤的,朗声回道:"待会儿就歇了,不要了。"

黄妈为的却并不是这个,知会道:"大小姐,旗袍送来了。"

谢婉君险些将这茬给忘了,撂下汤碗,笑吟吟地说:"是小朱么?叫他进来罢。"

房门从外面被推开,黄妈让到一旁,露出身后之人的庐山真面目来,谢婉君毫不设防地扭头看过去,一见是秦水凝,习惯摆出的撩人风韵都僵住了，眨了眨眼问道："怎么是你？"

秦水凝这段日子积了一肚子的酸水，听到这句话后总算忍不住了："谢小姐真爱捉弄人，过去怪我不来，今日我来了，又嫌弃。"

黄妈见这二人间的气场不对，等着谢婉君的眼色打退堂鼓，见谢婉君摆手，她便连忙溜了，只剩秦水凝自个儿杵在门口。

"我听你这话怎么那么酸？你还真以为我喜欢小朱？"

"谢小姐的追求者想必能将黄浦江填平，喜欢谁、不喜欢谁，自然是随你心意。"

谢婉君扑哧笑了出来，品着她这句话："你说得对，只是这话里带刺，你是想把他们都沉了江不成？这是有多恨呀。"

秦水凝说不过她，没再答话。

谢婉君笑够了，见她还杵着，嗔道："你还杵着做什么？进来呀，把门带上。"

秦水凝照做，随手将布包放在门边的矮柜上，掸开旗袍展示给她看，那瞬间莫名生出一丝睽违多年的紧张感，生怕她不中意似的，上次有这种感觉，还是刚帮秦制衣代裁时，唯恐叫人认出来并非秦制衣的手笔。

谢婉君却懒得多看，仍坐在沙发上没挪位置，伸手同她讨要："光看有什么用？你拿来，我直接换上。"

接过旗袍后，她多摸了两下，大抵也是极喜欢丝绒的手感，旋即爽快说道："我就在这换了，你背过身去，可别偷看。"

秦水凝嗤笑出声，狠狠回她一句："谁稀罕看。"说着干脆地背对过去，端臂等候。

身后传来窸窸窣窣的声响，想必是在脱她身上原来穿的旗袍，脱下后被她丢到了沙发上，继续穿那件丝绒的。

安静之中，耳边忽然传来一声磕碰响，秦水凝不禁凭空甩她个白眼,活该她偏要在沙发前换,腿不磕到茶几就怪了。

　　日常难免被桌角、床脚碰到,疼痛也不过是一时的,可她像是生怕别人不知她有大小姐脾气似的,夸张地"哎哟"了一声,秦水凝没理会,仍甩给她个背。

　　谢婉君显然不满意,盘扣也不系了,坐在茶几上抱着膝盖叫个不停:"疼死了,站不起来了。"

　　秦水凝纳罕这是磕得有多重,下意识转过身去,发现她盘扣还没系好,秦水凝立马把头扭了回去,一声不吭。

　　谢婉君咬牙切齿地说:"你还不过来扶我?"

　　秦水凝纹丝不动:"你先将扣子扣好。"

　　谢婉君偏不扣,气道:"你又不是男的,我也没袒胸露乳,矫情什么?"

　　"不是男的就能随便看了?"

　　"行了行了,我扣好了,你少啰唆。"

　　秦水凝心想到底是谁在啰唆,转身上前去扶她,刚触到她的手臂,谢婉君就给甩开了:"不用你扶,我都疼完了。"

　　她腾开屁股坐到沙发上,又撩起裙摆看膝盖,秦水凝也瞧见了,果然磕得有些狠,膝盖侧方青了一块。

　　谢婉君皱起眉头,却没再继续理会,她爱穿全开襟的旗袍,这件做的也是全开襟,盘扣直蔓延到大腿,她拽着最末的那颗扣眼,示意秦水凝看:"你看,我刚才就是为了看这颗松了的扣眼,才磕上了茶几,你现在是越来越敷衍我了,刚送来的扣眼都这么松,幸亏我发现得及时。"

　　秦水凝凑近一看,暗骂小朱马虎,她也有错,因急着来送旗袍,忘记从头到尾检查一番。秦水凝并未解释,幸亏带了针线,于是一边到门口的柜子上拿包,一边跟谢婉君说:"是我疏忽了,你脱下来,我重新缝一下。"

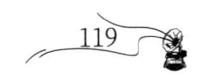

"穿着便不能缝了么？我脱下来，待你缝好还得再穿上，秦师傅又是正人君子，要背过身去，来来回回多少……"

"能缝，能缝。"她重复两遍，总算堵住谢婉君聒噪的嘴。

于是谢婉君就躺在沙发上，秦水凝挨了个边坐下，小朱想必是扣结没系紧，一拽线就掉了，她又捻了缕绿线，低头一针一针地缝起来，谢婉君支着手肘倚在那儿静静看着，只觉时间过得颇慢，还有些无聊。

她拢了拢两条玉腿，秦水凝明明认真盯着扣眼，却像是被她影响了似的，呵斥了句："别乱动。"

谢婉君转了两下眼珠，到底将嘲讽的话咽了下去，嘴角闪过一丝坏笑。

扣眼很快缝好了，秦水凝手里犹捏着针线，伸手到包里去摸剪刀，却怎么都没摸到，她还当自己忘了带，问谢婉君："你家可有剪刀？"

谢婉君敷衍道："剪刀是家家都该有的么？想必是有罢，可我的书房肯定没有。"

秦水凝捻着那根针要谢婉君接手："你先拿着，我去找黄妈借剪刀。"

谢婉君连连摆手："你递给我做什么？我最怕针呀线呀的了。"

秦水凝脸色冷了冷，不信邪地将布包翻了个遍，还是没找到随身带着的那把小剪刀，她无奈地看着谢婉君："一根针还能吃了你不成？你既矫情，就大声将黄妈叫来，我不方便。"

"大晚上的叫什么？女佣想必都睡了，我叫起来声音可大了，扰民不成？"她犹嫌不够，还出起馊主意来，"不然这样，你拎着这根针，我跟着你，咱们一起找黄妈要剪刀去。"

她说着就要动身，秦水凝却看得出她在故意戏弄自己，冷声道："别折腾了。"

"那这线怎么办？"

只见秦水凝弯下了腰，逐渐凑近谢婉君的腿，谢婉君感觉到陌生的呼吸打在肌肤上，热得烫人。秦水凝则张嘴咬上绿线。丝线断裂，绿布坠落，两个人至此停止较劲，指针恢复转动。

为那把无故失踪的剪刀，秦水凝离开谢公馆后又专门回了赵秦记，把案台翻遍也没找到，只能再买把新的。她这个人一向严谨，从不曾丢东西，直到回了住处仍旧满腹疑云，不断回想。

那把剪刀被塞在谢公馆书房的沙发缝里。

开幕当日，谢婉君比往常还要早起两个钟头，三魂七魄也就醒了一半，许世藻亲自揭下了匾额上的红布，上书"私人订制"四个大字，是请了沪上最为博广的学者梁老题的，角落里还写着年份丙子以及梁老表字，看起来颇有排面。

许世藻原想叫谢婉君同他一起揭匾，韩寿亭尚未出面，陈万良也充起大度来，拱手相让，谢婉君虽爱出风头，还是拒了，言道："许老板出的大头，我就不抢这个风头了，站许老板旁沾个光便是。"

许世藻面上看不出破绽，心里却不是滋味，碍于场面没再强求。

爆竹声足足持续了能有一刻钟，响彻整条街道，谢婉君掩着耳朵还是耳鸣了片刻，倒是将剩下的那一半三魂七魄也给叫醒了。

大清早便来了不少慕名赶来的太太小姐，个个识货，瞧过料子后纷纷由伙计引荐着下了订单，还有未携太太到场的几个老板也爽快地跟了一笔，谢婉君亲自帮挑的料子，这些人什么都不懂，她自然挑又贵又好看的来，以彰他们对妻女的宠爱，两全其美。

除了日常有往来的老板，邵兰声也到了，开业总要请上些明星戏子充场面，更何况他今日还是堂会上最为著名的主角。

谢婉君头回见他穿常服的样子，不失为一位风度翩翩的公子哥，可也不至于入她的眼、得她的青睐，想到小报上的戏言，谢婉君露出一抹意味深长的讥笑，并未与邵兰声搭话。

还是邵兰声主动走了过来，客气说道："谢小姐，有段日子没见您听戏了。"

谢婉君道："你也瞧见了，忙着谋生，抽不开身。"

她只当邵兰声是没话找话，应景而已，报社派来的记者抱着相机拍个不停，镁粉频频闪烁，她自然笑容得体，免得落人口实。

邵兰声倒是主动提起了那段不愉快："那日金珠之事，是手下的人办事不严，谢小姐勿怪。"

谢婉君煞有介事地"哦"了一声，旋即装作才想起来一般："原来是那件事呀，我早忘脑后了，邵老板也千万别放在心上。"

"不瞒谢小姐，我也当那串金珠是送我的，或者说，怎么也想不到是送个小角色的。"

"邵老板真是风趣。"谢婉君嘴上如是说，心里则在冷哼，心道他装出副坦然的样子，不过想叫人卸下防备，早就是她用过的手段了。

邵兰声又说："下午韩公馆的堂会，谢小姐可会到场？"

谢婉君答道："韩先生邀请，我自然会去，一瞻邵老板风姿。"

"那谢小姐千万要赏脸点出戏，凡是生行的，不论文武，便没我不行的。"

"那可真是太好了，少时家里常办堂会，我最爱听老生戏了。"

两人看起来谈得极为投缘的样子，陈万良还好事地挤了过来，同许世蕖打趣道："你瞧，婉君的魅力就这么大，邵老板半天都没挪地方了，想必也是不舍得挪。"

许世蕖露出个假笑，并未接话，还是邵兰声捧了陈万良的场，赞同道："任是谁都想同谢小姐多说上几句话的，我也是好不容易寻到这么个机会，陈老板难道吃醋了不成？"

一通攀谈往来，不再赘述。

直到中午，店里的人流便没歇过，陈万良看了眼怀表，出声提醒，众人又纷纷乘车前往韩公馆，陪着韩寿亭一道用了顿中饭，幸亏后面还有安排，酒喝得极为克制，韩公馆的厨子做的饭菜倒还算合谢婉君的心意，她多吃了几口，胃疾并未发作，简直要念"阿弥陀佛"。

饭后不久堂会便开场了，邵兰声扮相登场，博了个满堂好，庭院里热闹起来。

谢婉君左手挨着韩寿亭，右手边则是许世藁，眼看着开场戏即将结束，她扭头扫了一圈后面坐满的宾客，不见熟悉的身影。

许世藁注意到她的举动，关切道："谢小姐有事？"

谢婉君摇了摇头，脸色凝重了些许，问许世藁："稚芙知晓堂会改在了韩公馆，怎么没来？"

她知道江楼月也跟着来了，还专程点了出有旦角作配的戏码，就是为了给许稚芙看的。

许世藁脸上的神色让人看不出喜怒，答道："虽是堂会，为的也都是应酬，我便没准她来。"

谢婉君暗暗给他个白眼，轻叹一声，没再多言。

他许家的事情，她一个姓谢的哪里说得上话，对于许稚芙，她只能是尽量能帮则帮，再多余的，就什么都不能做了。

许世藁见她这般知深浅，不禁多看了她两眼，拎起茶盏饮了一口，嘴角勾起一抹赏识的笑。

可许稚芙没来就罢了，江楼月照样要登台，穿着件粉白色的绣花褶子，美得跟画里的人似的，演她不过两三分钟的戏码。坏就坏在陈万良这个老色鬼在场，口水都要流膝盖上了，谢婉君素来擅长察言观色，见状直呼不妙。

只听陈万良说："这倒是副生面孔，可有名头？"

谢婉君越过韩寿亭答他："唱得这样差，怎么可能出名？陈老板不是素来喜欢抱琵琶的评弹歌女，不爱听京戏的。"

陈万良眯着浊眼，盯着戏台子不肯挪开，幽幽说道："怪我不识货，可也幸亏今天来了，否则哪里见到这样的天仙？"

韩寿亭大抵嫌二人聒噪了些，挥手叫了戏班班主："问一问便是，你们俩说来说去也没个定论。"

戏班班主极有眼色地弓着腰答话："这位叫楼月，江楼月，卸了戏妆也美着呢，待会儿叫她下来给列位老板斟茶。"

陈万良笑着点他："你啊，有眼色，叫她快着些。"

谢婉君一颗心已坠到底了，转头看许世藻的态度，显然是不打算插手，对江楼月的名字都像是没听过似的，冷漠至极。

若单论眼前情状，她自然也是不开口最好，可韩寿亭年事已高，大抵年轻时犯下杀孽太多，早年第二任妻子去世后便断了欲念，开始收心养性起来，江楼月定要落在陈万良之手。她即便现在不开口，到时许稚芙求不动她哥哥，也是要求到她这个"好姐姐"头上，想到许稚芙哭的样子就已提前头疼起来了。

事已至此，谢婉君也豁出去了，拦了那戏班班主："你先候着，人也别叫了。"

陈万良大觉扫兴，斜眼睨她："婉君，你有何指教？"

谢婉君就近揽上韩寿亭的臂，摆出副亲昵的样子，不知情的还当她是韩寿亭的亲女儿，实则她不过是借韩寿亭的势威慑陈万良，狐假虎威罢了。

话也是跟韩寿亭说，却是给陈万良听："韩先生，你有所不知这江楼月的身份，刚才我便要拦，只是没好意思说罢了。她原是吴州人士，咱们在座的还有哪个是吴州人？许老板呀，许老板的妹妹与江楼月自幼交好,前些日子我们还一起看了戏呢。若换作别人,我是断不敢搅陈老板雅兴的,可这个江楼月就不行了,万一吓到了许家小姐,我们许老板怕是要头疼了。"

她这话直接将许世蕖架到了火上烤,许世蕖不慎落入她的圈套,脸色一凛,那韩寿亭和陈万良已都望向了他,等着他开口。

许世蕖紧紧盯了谢婉君一眼,家丑不可外扬,他是断不可能将当初的乌龙讲给众人听的,于是应付答道:"是有些渊源,她家里败落了,难以为继,家父便赏了他们一笔钱,叫他们回乡下安置了。除此之外,再无其他。"

谢婉君帮腔道:"听听,可是有着恩情在呢。"

韩寿亭大抵也觉得有些不妥,谢婉君又在他耳边嘀咕:"韩先生快帮我劝劝,我这是想着让陈老板学学您的修身养性,为了他好。"

陈万良已心死了一半,架不住韩寿亭又开口点拨,他恶狠狠地剜了谢婉君一眼,也不再提了,心思却已不在戏台之上。

谢婉君背后布满了汗,挺直腰板坐着,猛灌了一口茶,逢迎着韩寿亭:"韩先生这些年倒是越活越精神了,我擅自做主,点一出《定军山》给您听,沪市滩由您坐镇,可不正是应了这个名么。"

韩寿亭连连发笑,拍了拍她的手:"你啊,最会哄人。"

两人倒是相谈甚欢,身侧坐着的那两位脸色就没那么好了。

后来韩寿亭直接将戏单子交给谢婉君,全凭她做主,谢婉君趁机报复了邵兰声一番,全挑吃重的戏码,又缺不了他邵兰声唱主角,每出戏都说得出吉祥话,捧得韩寿亭很是畅快。

直至堂会结束,那邵兰声已累得脱力了。

可她又何尝不累,坐了一下午赔着小心,还化解了江楼月和许稚芙的一场横祸,简直身心俱疲。堂会散了还不算完,韩寿亭回房去歇了,她同许世蕖坐一辆车,以及陈万良等众位老板,移驾许公馆做客,那儿还有一场晚宴。

许世藻开始穿西装后也学起了洋人的做派,晚宴是西式的,吃食全数摆在一张长桌上,供君挑选。许公馆客厅的家具都腾了出来,铺上巨幅的地毯,请了西洋乐队伴奏,又是吃又是跳的,谢婉君一到门口就满心抵触,不想踏进去,又不得不踏进去,只能安慰自己再撑几个小时就消停了。

她和许世藻相偕走进去,正说着江楼月之事,许世藻有些怪罪,谢婉君浑不在意,甚至连道歉都不肯,反给许世藻讲起道理来:"许老板,我待令妹如同半个亲妹妹,是断不可能害她的。我知你一家嫌恶江楼月,也略知当年的内情,我便将话挑明了与你说,想必要不了一两年,你便要送稚芙嫁人,江楼月不过一个戏子,是阻碍不了你许家的前程的,你就顺着稚芙的心,让她最后放肆地畅快一阵,女儿出嫁后哪里还能笑得开心呢?"

其实她也不过是两头哄骗着罢了。

许世藻看似听进去了,又仍有些微词,两人前脚迈进厅内,谢婉君便止住了步伐,人也愣在了原地。

说来也怪,那么多宾客结伴成群,衣香鬓影的,她却能一眼在花花绿绿的世界里瞧见秦水凝。即便是秦水凝今天郑重地打扮了一番,已经融于脚下的场合了,她还是精准地捕捉到她,分毫不差。

谢婉君头回见她穿那么鲜嫩的颜色,倒是将她身上积年的冷气卸了大半,藕粉色的裙身上缀着扇形的波浪纹,犹如扇起阵阵微风,清新怡人。头发仍不肯烫鬈,而是挽了个别出心裁的髻,露出的半截簪子上还挂着流苏,因她转身看过来的动作而发出细微的轻颤,她想必是将压箱底的首饰都掏了出来,颈间佩戴的翡翠链子和耳环是一套,色泽倒是极像谢婉君身上丝绒的苔藓绿。

可她是开到沪夏的春花,她则是凛冬里的老枯枝,她们将将够凑

第三章 · 苔藓绿丝绒

成一棵树。

不对,谢婉君忙眨了眨眼,将注意力从她身上抽回,猛地意识到关键——她怎么来了?不是告诉她别来?

昨晚试过旗袍后,谢婉君还专程点拨了她两件事。

这第一件自然是关乎江楼月,彼时她正站在书房的仪容镜前瞧身上的旗袍,开口之前还措辞了一番,最终摆出副云淡风轻的样子,倒还真像个事外之人。

"那江楼月是许稚芙要好的人,我劝你还是不要与她来往过密,幸亏是我看见,我这个人心善,又大度……"

"是你看见,就没事了么?"秦水凝将她打断,直白问道。至于她夸自己心善大度,心善犹可,大度么,简直是鬼扯。

谢婉君被这一问打得猝不及防,鲜有地语塞了片刻,抚弄衣裳的动作也停了。她从镜子里看到立在身后的秦水凝,秦水凝正盯着镜中的自己,而不是试穿旗袍的背影,四目相对,谢婉君先错开了。

"秦师傅这问的是什么话,当然没事了。"

"既然没事,你又专程提起做什么?"

"我……"谢婉君扭身回到沙发上,给自己倒了盏冷茶,茶水洒到红木茶几上,晕湿一片,她大抵也觉得自己支吾得太久了些,口不择言地反问了一句,"你就偏要与江楼月来往?我说都说不得?"

她失了阵脚,秦水凝看起来便得意多了,看来同她交谈还是得先发制人才对。秦水凝照着她的话原封不动地反问了回去:"你就偏要与倪二少爷来往?"

谢婉君刚拿起香烟盒,闻言又给丢了,叹气道:"我跟你说这些做什么,你什么都不懂。"

"我是不懂,可我也知道,臭男人凑上来,就该赏他个嘴巴。既然不喜欢，还要装出副享受的样子，谢小姐的道行寻常人还真比不过。更何况江小姐命苦，真诚与我倾诉往事，绝无假意，岂可与倪少爷混为一谈？"

"哦，谁说秦师傅不懂人情世故？心思如此通透，这些年倒是我错看了你。"

"胡搅蛮缠。"秦水凝果断下定结论。

谢婉君一股火含在胸口，将刚点燃的香烟插进敞开的碗口，发出一声短暂的湮灭之声，若是心火也能这么爽快地熄灭就好了。又一想，这是在与她做什么？原是想着点拨她一句的，竟成了对簿公堂的架势，谢婉君恨恨地想：好，既然她不愿意听这些，那她也不发这个慈悲了。

秦水凝见她久久不说话，语气也颇为生硬，干巴巴地说了句："谢小姐既然无话可说，旗袍想必也无须再改，那我就告辞了。"

她上前来拿放在茶几上的竹节布包，谢婉君看似坐在那儿出神，手却凌厉地把包按住，不准她拿，又说起另外一桩事："明日原定在许家办的堂会改到了韩公馆，许稚芙都未必去得了，我知你想见江楼月，可韩公馆不是个合适的地方，你别去了。"

什么叫"我知你想见江楼月"？饶是秦水凝再能克制，也不免被她字里行间的阴阳怪气惹得起火，冷声回道："你怎么知道我就要去？"

"还用说么？你的包总共就那么大，带着针线盒就够费事了，还装着许府的请柬，既然不去，还要特地带回住处销毁不成？"

"谢小姐还真是生得一双慧眼。你既不请我，许小姐请了，何来你说不准去的道理？"

"你这话又是在怪我没请你了？明日一大群人聚在一起，为的不过是个应酬，前些年我公司开业，喝得怎么回的家都不知道，第二天清早直接住进了医院。这种吃人的场合，你当是什么好地方，坐在那儿品茶看戏就成?"

她专程捡出自己进了医院的事说,一则为了吓唬秦水凝,二则,她想着偷偷示个弱,秦水凝总要关切她两句,这剑拔弩张的氛围也就化解了。

不想这个生性冷淡的冰块是真不近人情,面色反倒愈加严肃了几分,事不关己般答道:"我若去了,还真就是品茶看戏的。"

谢婉君陡然发出一声冷笑,扭着上半身睨她:"我送你一年的戏票,叫四雅戏院的张经理亲自给你斟茶,定比韩公馆那个龙潭虎穴舒服。"

秦水凝再不肯与她多言,果断上前将竹节布包夺到手中,兀自走了。

谢婉君犹嫌不够,声音追着她的背影:"明日抽不开空,后日,我派人给你送票。"

回应她的唯有不轻不重的关门响。

如今许公馆中,谢婉君已将视线收回,许世蓁推了下眼镜,显然也瞧见了秦水凝,同她说道:"又是你那个妹子。稚芙同我说起,曾在她店里裁了旗袍,我瞧过后觉得手艺不错,开出丰厚的薪资聘她,原以为她在哪个铺子里帮工,不想竟是自家传下来的店,自然将我给拒了。今日……我没请她,是谢小姐请的?还是稚芙?"

谢婉君换上副假笑:"我请她做什么?秦记的价钱可不便宜,算起来还算我们的半个对手,自然是稚芙那个小糊涂请的,我恨不得将她赶出去才是。"

许世蓁不懂她们之间的关系,前两次见还感情要好的样子,眼下听谢婉君的语气狠生生的,像是两人之间生了龃龉,他见状自然不肯继续聊秦水凝,笑道:"无妨,来者是客,不去理她便是了。"

谢婉君怎么可能听他的，抬起脚步就要去抓秦水凝，没想到被严太太拦了路，严太太赏脸肯来，许世藁连道"蓬荜生辉"。严太太又盯上了她身上的旗袍，伸手抚了上来，一通夸赞，陈万良借机接了严太太的话茬，吹嘘起自己从法兰西谈下的生意，明日便要给严府送上几匹，她被圈得死死的，只能眼睁睁看着秦水凝隐没于人群，不知溜到哪里去了。

秦水凝就坐在角落里，她虽略微打扮了一番，可在座的女宾个个也不是吃素的，又因她摆出副生人勿近的态度，显然极为享受宴会之中的孤独，便更没人敢上前攀谈了。

乐声响起之前，倒是有个不怕死的邀她跳开场舞，她面不改色地扯谎拒绝："抱歉，我腿脚不好。"

搞得那人羞红了脸，反过来直跟她鞠躬道歉，连开场舞都错过了。

她望着舞池两两相扶的男男女女，男士几乎是清一色的黑西服，偶有几个白或棕的，极为罕见，女士则多是浅亮之色，抓人眼球，谢婉君的绿丝绒是独一份的暗色，融于幽黄的灯光，颇不寻常，可谓风头无两。

谢婉君当然是与许世藁跳的这段舞。

这二人在一起倒是极为相宜，倪二少爷虽然相貌比许世藁英俊些，到底输在了年轻气浮，又不擅长于生意场上厮杀，气度上还是差了一截。秦水凝手里那杯酒已经饮尽，不自觉地咬紧了牙根，她心道怪不得谢婉君让她别来，想必正是嫌她多余，如是想着，眼竟也红了，还有些如坐针毡。

开场舞结束，乐声不绝，然舞池里剩的不过是些年轻之辈，或是家中的少爷小姐，不谙世事的，或是手无实权的。真正的生意人，譬如谢婉君等，已移步到一旁推杯换盏了，个个笑吟吟的，话锋里藏着心机，

第三章·苔藓绿丝绒

130

看着就觉得疲累。

许稚芙原将自己锁在楼上的房间里同她哥哥生闷气,不知何时也下来了,妆面和发型显然精心设计过,身上却只穿着在秦记裁的那件寻常旗袍,脚上踩着拖鞋,一副闷闷不乐的样子。她是受人之托、忠人之事,立在楼梯上找到了秦水凝,直冲冲走过来,夺了秦水凝手里的空酒杯。

秦水凝约莫着猜得到是谢婉君授意,见那厢聊得正热,便由着许稚芙拉她上了楼。

"这种枯燥的宴会有什么好待的,都怪我没派人去知会你一声,不,怪我哥哥,下午我正要换衣服,纳罕院子里怎么还没搭戏台子,问了荣伯才知道堂会改在了韩公馆,我去告诉你也来不及了,你是来晚了,恰好撞上晚宴。"

秦水凝听着她发牢骚,并未解释自己昨晚已经知情,也并非故意来晚,只说起江楼月:"江小姐的那件戏服补好了,费了不少工夫,不知她今日穿没穿。"

"她肯定会穿的,秦姐姐你那么花心思地帮她找师傅,楼月都跟我说了,可惜我们两个都没瞧见,只能改日去问婉君姐了。"

秦水凝不着痕迹地同她打听:"这下面的舞要跳到何时呢?"

说起下面跳舞,许稚芙又是一肚子气,即便在房间里也听得到西洋弦乐的声音,皱起眉头回道:"谁知道呢?吵死了。你别看他们搞洋人那副做派,酒还要到台子上去取,喝起来也凶着呢,像是不喝酒就没办法讲话一样。洋酒劲又大,寻常饭局也没见哥哥醉得那般厉害。"

女儿家的心思多变,先前她还在怪许世蓁,说着又心疼起兄长来。沉吟片刻,她迟缓地揣测起秦水凝话里的意思,当秦水凝是等得不耐烦了,主动说道:"就让他们喝去,反正家里的车子多,我派一辆先送你回去,秦姐姐,你别怪我今日没通知到你就好。"

秦水凝笑着说不怪她，诌了个理由："回去也是无事，不如陪你多待会儿，瞧你不是正心烦么。"

许稚芙咧嘴一笑，分外单纯的，握住秦水凝的手说："秦姐姐，你真好。"

秦水凝不由得想起谢婉君耿耿于怀江楼月牵她手的事，嘴角挑起一抹低调的弧度，将自己的手盖在了许稚芙的上面，拍了两下撤了回去，意有所指地说："可千万别叫她瞧见，最是小肚鸡肠的人了。"

"她是谁？"许稚芙歪着脑袋想了想，猜到是谢婉君，笑意愈深，"婉君姐么？婉君姐才不是小肚鸡肠，她呀，就是霸道了些，没看上次一起去听戏，倪少爷没来之前，你只顾着同我们讲话，婉君姐就把你给拽走了。"

秦水凝直到现在才意识到她那日猛地拉自己一下的缘由，眉头微微蹙起，反请教起许稚芙这个小妹妹来："我后来给她斟茶，她一点面子都不给，茶碗险些都摔了。"

这件事许稚芙倒是不曾注意，想也没想起来，只凭着对谢婉君的了解问她："那你是单给她一个人斟的呢？还是给我们都斟了？"

秦水凝闻言眉头舒展开来，有些恍然大悟的轻松，含糊答许稚芙："记不清了，谁管她矫情。"

楼下饮得正酣，谢婉君已经觉得疲累，面上装得滴水不漏，强作支撑而已。何止许世蕖喝不惯洋酒，她也同样，在家里小酌些不过是为了趁着那股上头劲尽快入睡，眼下睡又睡不得，还得提着一百零一个心眼应付眼前这些人精，陈万良已经开始醉了。

她去了趟盥洗室，出来后还没等回到许世蕖和严太太等那一堆人旁边，就被拦了下来，她眼睛一眯就将眼前之人的名字对上了号，正是那日牌桌上潘二太太的丈夫潘二少爷，他手无实权，只能四处筹谋。

潘二少爷左右手各拎着一杯酒,将左手的那杯递给谢婉君,说些场面话,要与谢婉君同饮,谢婉君一方面想着能免则免,一方面又不想拂了潘二少爷的面子。虽说他这个人看起来已是不可能有什么大能耐了,日后定不会有求得上他的地方,可多一个朋友总好过多一个敌人。

谢婉君虽已喝了不少,脑袋转得还算快,不过踌躇了一瞬就伸手要接了,没想到半路杀出个程咬金,一条玉臂横了过来,截住了谢婉君的腕,上方可一抹藕粉色的袖,扭头一看,可不正是秦水凝。

只见秦水凝同潘二少爷说:"谢小姐不胜酒力,我来代她喝这杯罢。"

潘二少爷看着眼前叫不出名字的人,将视线投给谢婉君,谢婉君暗嗔她不通人情世故,忙跟潘二少爷介绍道:"这是我的一个妹妹,今日陪我一起来解乏的,我确实喝得有些多了,潘二少爷不会介意罢?罢了罢了,我再去拿一杯,咱们一起喝。"

潘二少爷再笨也不至于真让谢婉君去拿酒,借着台阶下了:"无妨,我本就是想同谢小姐打个招呼,既是谢小姐的妹妹,也是一样。"

谢婉君正要去拿潘二少爷右手的那杯酒,秦水凝已将他递出的左手那杯接下了,两只酒杯轻轻碰撞,秦水凝颇为豪放地一饮而尽,潘二少爷连忙陪上,谢婉君则看得眼皮直跳。

潘二少爷走后,谢婉君攥住她的手,低声呵她:"你做什么?借酒消愁呢?洋酒后劲才大,待会儿你倒在院子的喷泉里我都不会管,明日再来给你收尸。"

秦水凝目光入水,平静地看着她:"你说我为什么来?"

谢婉君白她一眼:"谁知道你为什么来?我只知道你不听我的话。"

那头严太太已瞧见了,同身旁众人说:"同婉君在一处的是秦师傅?这两人穿得倒是极其相衬,约好了似的。"

有不认识秦水凝的问道:"秦师傅?穿粉绢旗袍的那个?是个什么师傅?"

许世蕖答道:"霞飞路秦记裁缝铺的掌柜,倒算个老板。"

"秦记,也是一间老店了。"

许世蕖看出严太太的意思,说道:"我去叫她们过来。"

谢婉君带着秦水凝回到了严太太等人身旁,陈万良眯着眼睛记起了秦水凝,命人将酒倒满,主动提了一杯,谢婉君不过抿了一口,严太太和许世蕖同样,可转头一看,秦水凝是最为捧场的那个,与陈万良一样将杯中酒干了个彻底,谢婉君这下不仅是眼皮直跳,而是眼前一黑了。

她回味过来些许,皱眉看向秦水凝,仿佛在无声地问:你不是又来帮我挡酒的罢?

可别了,她是再不敢叫这头呆鹅挡酒的。

然秦水凝已接连与陈万良饮了三杯,送了陈万良最后一程,让他成了今晚第一个被司机架着离开的。

谢婉君端着手臂直揉鬓角,严太太眼睛尖,问道:"婉君怎么了?醉了不成?"

"没有,就是这太阳穴莫名直跳,想必是乏了。"

许世蕖挥手让人送杯水来,看一眼稀疏的舞池,言道:"也快散了,喝杯水缓缓罢。"

秦水凝瞧着他绅士的关切,暗中冷笑了一声,接着将倒好的酒塞到谢婉君手里:"不是爱喝酒,喝杯酒就好了。"

谢婉君扫了她一眼,不懂她这话里打的什么机锋,一时也词穷了。

还是严太太笑了出来,揶揄道:"婉君,你这个妹妹是在管你呢,别喝了,千万别喝。我们家老严应酬喝醉了我就这样,我说你不是能喝么,你继续喝,我帮他把酒倒好劝他喝,可他要是敢喝就完了。"

第三章·苔藓绿丝绒

134

众人听过后皆笑了出来。

待到宴会结束,一行人才意兴阑珊地出了严府,外面不知何时竟下起了小雨,细细密密地斜飞着,跟沙子似的。

严太太惊呼一声:"怎么又下雨了?今年夏天这天气真是怪了。"

有人附和道:"多下下雨也好,农田都直闹旱呢,米粮又要涨价了。"

许世藁默不作声地安排好一切,许公馆的仆人撑了伞,大半个身子淋在雨里,挨个将贵客送上了车。谢婉君照例是最后走的,同许世藁道了声"再会",先让秦水凝上了车,自己也跟上了。

窗外的雨声到底有些吵,十几辆车子纷纷驶离许公馆的院门,车子挪动得极其缓慢,谢婉君起先倒还有些耐心,侧着身子冷飕飕地问秦水凝:"你还没说,为什么来了?"

她略微弓着背,谢婉君算是明白她了,平日里身板挺得极直,加之她暗地里做的正派之事,颇像个不为五斗米折腰的巾帼。然喝过酒后就露了怯,酒是腐化她筋骨的毒药,姿态也不要了,想必是难受作呕,克制下的举动罢了。

谢婉君见她半天不吭声,当她跟那日喝醉了似的,想必要不了几分钟就昏过去了,还挺让人省心。思及此处,谢婉君冷哼一声,正要扭回身子,不看她也不理她,可她不过是初喝洋酒,一时上了头,思绪变得迟钝,尚不至于昏睡过去。

小佟见前方的车子始终不动,连忙说了句:"大小姐,我下去看看。"

他撑伞下去了,一阵细雨拂面吹进了车厢,秦水凝双眸清灵了些,答道:"为你。"

她的回答恰巧被关车门的动静盖住了些,谢婉君虽听到了,仍不确定，又问一遍："你为什么来？"

秦水凝长叹一声，烦躁地揉了两下脑袋，重复道："为你啊，问问你，你的脑子做什么用的？还能是为什么来？为陈万良吗？"

这下轮到谢婉君愣住，旋即开始拿乔，装出副傲慢的语气嘲讽她："少拿这些好听话来唬我，你当我因此就不计较你不听我话的事了？为我有什么好来的，为我你不该来才是。"

"你那日说的话不就是要我来的？"

天地良心，谢婉君满脸疑惑："我说什么要你来了？我不是一直在说不要你来？"

秦水凝将她说的话分毫不差地复述了遍："'前些年公司开业，喝得怎么回的家都不知道，第二天清早直接住进了医院'，我若不来，你就要进医院，不是么？"

谢婉君气极反笑，觉得十分的荒谬："我同你说了那么多，几次告诉你别来，你就记住这一句了？"

当时装出副冷冰冰的样子，现在知道心疼人了，谢婉君满心窝火，完全不知该骂她什么好，只能说她的脑子才是白顶在脖子上的，想法绝非常人。

小佟已匆匆跑了回来，收伞上车，打断了二人的交谈。他转头告诉谢婉君："大小姐，打听过了，路口设了卡，从许公馆出来的车子都被堵住了。"

谢婉君心潮被秦水凝搅弄了那么一下，听了小佟的话又觉得烦躁，降下车窗顶着细雨掏出了烟盒和洋火，打算点一支烟，随口发了句牢骚："这些人真是闲的，下雨的天不好好在家待着，出来胡闹什么。"

小佟接道："看样子是出了什么事，挨个搜车呢。"

谢婉君刚擦着了火柴，没等将烟点上，秦水凝遽然开了车门，走到了雨里，谢婉君见状忙把火柴丢到外面，又扔了烟盒，跟着下去拽住了她:"你发什么癔症?回车上去。"

秦水凝被雨水打得眯着眼,语气却极为执拗地说:"我坐得恶心,走回家去,正好醒酒。"

小佟见谢婉君冲进雨里后,赶紧也下来撑伞,一把伞饶是再大也护不住三个人,更何况雨丝还是斜的,他不禁在心中祈祷,这两位姑奶奶在哪儿吵架不好,非要在雨里,可赶紧上车罢。

谢婉君一时手滑,没攥住秦水凝的手腕,就叫人溜走了,她看着那抹即将消失在雨幕中的春意,暗道还真是醉了,上次没耍的酒疯这次给补回来了。她忙推了小佟一把:"你直接回闸北去看看你姆妈,放你一日的假,我去追她。"

根本不给小佟说话的机会,那一粉一绿的身影已看不清了,小朱无奈摇了摇头,将谢婉君放下的车窗摇了上去,独自回到车内。

谢婉君急匆匆追上了秦水凝,却见秦水凝优哉游哉地在雨中漫步,扭身拐入了一条黑魆魆的小巷,谢婉君在巷口止住脚步,背后乍起了一片冷汗,身上的丝绒经雨后紧紧裹在身上,犹如鬼魅的幻象,过去她才不至于这么胆小,抑或谨慎。

不论是在昏暗的雪原中猎熊,还是在陡峭的山间捕鹿,她都不输族中的兄弟,枪法极好,自幼胆子便大,可来了沪市之后,已不复曾经了,因为人心往往比凶兽更加可怕。

秦水凝听见谢婉君跟了上来,脚步却忽然停了,雨声喧嚣,她到底也停了下来,想着回头看一眼,若是谢婉君走了,她也转身便走,毫不犹豫。

可真正回了头后,人就站在自己身后的五步之遥,像在风雨中守候,执拗而倔强,毫无去意。她便心软了。

她其实很想说:谢婉君,你不是早已将自己送进了黑暗之中,何必惧怕区区一条小巷呢？

四目相对，秦水凝什么都没说，唯独向巷口的人伸出了手，像是在告诉她：别怕，过来。

谢婉君鬼使神差地迎了上去，两只冰冷的手紧紧攥在一起，彻底深入暗巷。

黑暗之中，谢婉君甚至听得到自己的心跳，也听得到秦水凝的，她确信她们一样，并非因为害怕，而是即将见到天光前的雀跃，她在黑暗中开口问道："你就不怕哪家门户里冲出只鬼？你我的遗照想必还来得及登明日的晨报。"

秦水凝偷偷地笑，反正谁都看不到，只听啪嗒一声响，她扭开了那只镶嵌珠花的袖珍手包，旋即带着谢婉君的手探了进去，谢婉君那一瞬是带着恐慌的，很快摸到一把毫无温度的手枪，秦水凝已重新将搭扣合了上去，牵着的手却不曾松开。

谢婉君只觉心跳更加剧烈，问她："你哪里弄来的？"

那是她的任务，如今借着用来防身，叫谢婉君心安，可她断不会将这些悉数告知，而是不答反问："你枪法好么？若有危险，我便立刻递给你，你来护我。"

"我枪法当然好。"谢婉君被她将疑惑带了回去，又反应过来，"巷子这么黑，枪法再好有什么用？你少哄我。"

秦水凝好似都听到她凌乱的心跳了，问她："你害怕么？"

谢婉君最要颜面，驳道："你不是一样？你害怕么？"

她隐约听到了秦水凝的笑声，不禁好奇起来，这个一贯冷若冰霜的人藏在黑暗中是多么的放肆，可不等她继续逼问，找回场面。秦水凝拽起她就向前跑，她根本看不清路，全凭秦水凝掌控着自己，掌控全部，心跳越来越急，总觉得下一秒就要超出负荷，一颗红肉跃出喉咙，雨声也越来越吵，吵得她已经无法思考……

第三章 · 苔藓绿丝绒

前路骤然变得明亮，谢婉君下意识抬手挡住眼睛，被刺得无法睁开，脚步却丝毫没停，因为秦水凝没停，直到冲进昏黄的灯影下，两人双双止住步伐，眼前正是一条光明之路，道路两旁栽着成对梧桐，不断地延伸，雨势渐歇。

她们就站在某棵梧桐树下，喘着粗气，谢婉君心道：疯了，真是疯了，彻底疯了，克制的人疯起来竟比她更甚。她抬头看秦水凝，正想着用什么话骂她，可待秦水凝也抬起了头，眼波相交的那一刻，两人都没忍住，一起笑了出来。

呼吸平复过后，她们漫步在梧桐树下，大抵每隔五棵树便有一盏路灯，灯不够亮，却足以照明，偶有车流经过，可忽略不计。

谢婉君反应过来，秦水凝想必熟知沪市大大小小的街巷，明显是奔着这条路来的，不像她，客居沪市这么些年，是一点路都不记，全靠小佟这个活地图。

心绪也缓慢地平复了，谢婉君故意用高跟鞋踩地上的水坑，得意忘形似的，糟蹋了昂贵的小牛皮。秦水凝看着她贪玩的样子，低调地笑着，俄尔又听到她哼起调子，原地转了个圈，问秦水凝："你可会跳舞？就是刚刚宴会上的圆舞曲，洋人的玩意。"

她注意到了，刚刚秦水凝就没下过舞池。

秦水凝仿佛没听到她后面解释的那句，望着她幽幽说道："你和许世藻跳的么？"

谢婉君闻言一愣："提他做什么？沪市滩时下正流行着，我来教你。"

她拉上秦水凝的手，试图掌控主动权，秦水凝却轻易就给化解了，猛地将她按到自己近前，谢婉君被打了个措手不及，反应过来已经无处下手，只能回应着覆上秦水凝的肩，舞步已动起来了。

两人在前进与后退之间缓慢地挪动，梧桐树长得都一样，又像是长久地在原地打转，乐不思蜀。

谢婉君始终被她牵引着，纳罕道：“你会跳？”

秦水凝否定：“不会。”

她确实不会，只是瞧着简单，看了那么久总不是白看的。

对话间秦水凝已提起了谢婉君的手臂，引着她原地转了一圈，谢婉君放纵地笑出了声，秦水凝当她喜欢，一边戏弄着她的手，一边扶着她的腰，让她接连转了五六圈，谢婉君忙道：“要晕了，快停下。”

她的平衡能力一向不好，停住的瞬间不辨方向，径直和秦水凝撞到一起，秦水凝想起她的讥人之说，原封不动地送了回来：“你也学会讥人了？”

谢婉君笑着推她，心想就你记性好，谁还不记得了？

与那日不同，玩笑话过后，秦水凝仔细看着她，一字一句地说：“谢婉君，我比你大。”

她今日听了那么多声"妹妹"，颇觉刺耳。

谢婉君双颊骤然发烫，反应过来她的意思后不愿承认，嘴硬道：“什么比我大？我看你是喝得比我大。”

这句不是玩笑话，秦水凝详说道：“你辛亥年腊月生，我庚戌年七月生，我不比你大？”

谢婉君面子已经挂不住了，嘀咕道：“谁告诉你我辛亥年腊月生的？来沪市后我就没过过生辰，黄妈都不知道……”

秦水凝不愿告诉她自己是如何知道她生辰的，而是认真地告诉她：“你不必觉得没面子，我说这些，只不过是想告诉你，我比你大，所以你可以依赖我，我也能保护你。还有，你大可以在我面前哭，这不算丢人。”

好好的日子，谢婉君哪里想过要哭，可经她这么一说，眼眶竟也湿了,只能将罪责归咎给雨水,是雨,不是泪。

秦水凝见她沉默地望着自己,兀自说下去:"我知你要面子,这话难等到你开口,那就由我说。我不愿与你继续玩互相揣测、猜忌的游戏了,今日借着令人头疼的酒,和已经停了的雨,我只与你说实话。我要告诉你,你可以依赖我,信任我,不只是现在、以后,永远都可以。"

她仍旧不语,频繁地扇动着睫毛,秦水凝缓缓凑近,问她:"你呢?该你说了,我在听。"

谢婉君在心中骂眼前的人呆,明知她要面子,还要她说什么?心中有数,远胜过千言万语。

尘世万物化作虚无,唯有春花与枝桠,融于梧桐树的灵魂。

那是一个苔藓绿的夜,房间里满是潮湿的燠热,民国二十五年夏天最后的一场雨停了又下,急切地拍打着脆弱的窗。

谢婉君永远不会忘记那一晚,梧桐树、晚香玉、苔藓、细雨、黑暗与光明。可她没有想到,翌日醒来,竟像是南柯之梦,秦水凝不知所终,一别已是深秋。

第四章 漫长的凛冬

提篮桥监狱内,秦水凝已经三天不曾合眼,手脚各戴着沉重的镣铐,坐在冰冷的铁椅上,藕粉色的旗袍脏了,蒙上一股灰调,与这不见天光的囚牢倒是极为相衬。

正坐在她对面的是个穿中山装的中年男子,监狱的管事只称他为陈先生,身后立着的也并非狱卒管事,同样穿着中山装,面色冷峻,仿佛没有感情的怪物。

桌面上放着她那只镶嵌珠花的手包,里面的东西已被掏了出来,成排摆放着,共有一只丹琪口红、一方水蓝色的绣帕、一把手枪,还有原插在她头上的那根挂着流苏的簪子,虽不算锋利,到底危险,陈先生唯恐旁生枝节,很是细心地亲自摘了下来。

彼时秦水凝披散着头发,妆容已经卸尽,出水芙蓉的一张脸看不出丝毫情绪,她晃了晃觉得累赘的长发,礼貌问道:"能否给我条绳子把头发系上?"

这么一问,竟显得她段位颇高,陈先生静静地看着她,颔首同意。手下出去后很快回来，手里攥着条一尺长的麻绳，想必是用来绞死刑犯的，匆忙剪下一段。

秦水凝接了绳子，拖着沉重的镣铐把头发系住了，还将额前的碎发拨到了耳后，看起来像个身出名门的闺秀，半点风骨都不肯折。

那时她没有想到，会跟这位陈先生耗这么久，起先还准她解手，后来水照样送上，人却被彻底禁锢在椅子上了，她又不傻，亦没有再喝。

如今她盯着眼前不远处的手枪，里面还有五发子弹，她想若能匀她一颗就好了，送她一程，还剩下四发，再合适不过的数字了。

可陈先生是不可能这么轻易地放过她的。

他第无数遍说道："我还是劝你老实交代出你的上峰，或是同伙，虽然你不过是个小卒，我们同样欢迎你弃暗投明。"

秦水凝微微蹙起眉头，旋即笑了："我不懂你在说什么，想必你已经听腻了这句话，可我该交代的都已经交代过，你明明派人去过我的店里查证，想必还将店里搜了个彻底，答案显而易见，还要我说什么？"

陈先生喝了一口茶水，一双精明的眼转了转，同样笑了出来："每次我问完这个问题，你都是先蹙一蹙眉，然后右嘴角向上扯出个笑，弧度都分毫不差。"

秦水凝下意识攥紧了拳头，又尽量自然地松开："这是我自幼养成的习惯，紧张之下总会这般，陈先生，我惧怕你。"

"你无需同我说这些，不如多与我讲一讲那位安先生。"

"我还要说什么？"秦水凝激动地向前探身，被冰冷的铁板阻断，仍旧费力地向前挤，用力压迫着告急的胃，"你们不去抓他，一直审我做什么？我倒是还想当面问问他，为何把枪放在没取走的长袍里，否则我也不至于去寻黑市脱手，甩开这个麻烦！"

"秦小姐，你这个人虽擅长伪装，演起情绪激动来，还是违和了些。"

秦水凝并非全都是装的，她已经濒临精神崩溃，换做谁三日不合眼

第四章 | 漫长的凛冬

也没办法继续保持平静。她很快瘫回椅背上,神情痛苦地说:"我真的说不出了,只知他姓安,订单簿子上留的名字是安重,这也八成是假名,我只见过他一次。"

她已经彻底虚脱,有些语无伦次:"你们去抓他好不好?把他抓来,我要与他对峙,我要问他……他不肯让我量身,为什么尺寸是错的?我不该贪财,早知道我就将枪上交,我不知道,我什么都不知道……你到底还要我说什么?你不如一枪杀了我,给个痛快。"

她看起来怎么也不像个贪财之人,陈先生陪她耗累了,起身抚弄了两下衣摆,冷着脸离开了审讯室。

秦水凝伏在铁板上,手腕的镣铐像一条冰冷的巨蟒,盘踞在腹间,她不断地回想那个梧桐树下的夜晚,想着谢婉君,那是唯一支撑她活下去的希望,可身心太过痛苦,眼前还不过只是轻柔的序曲,她已经要撑不住了。

眼角无声滑落泪水,眼帘缓缓合上,她太困了,然而迎面泼来的冷水瞬间驱赶掉全部的困意,今年的夏异常燥热,她却初次感到刺骨的寒意,不禁在心中纳罕,难道夏天真的要过去了?她还以为永无尽头的。

自从董平死后,秦记裁缝铺许久不曾有过风波,直到江楼月带着戏服光顾那天,抑或更久之前,安重穿着一身长袍,头戴礼帽,沪市滩街头的男子再寻常不过的打扮,他走进秦记,除了不肯量身有些蹊跷,一切都十分寻常,订了一件新长袍,靛蓝色的。

那晚她与江楼月到静安寺路的一间饭馆吃饭,从洁净的玻璃窗看到与倪二少爷约会的谢婉君,再回到秦记,安重没有取走长袍,留话腰身收紧半寸,她心情不佳,还是将叠好的长袍收回到里间的架子上,捧在手心里却感受到异样。

她背着小朱将长袍打开,只见里面放着一把手枪,国制的式样,枪口附近带着编号,显然是个烫手的山芋。她拆开看过,里面的子弹唯余五发,另外一发不知在同志还是敌人的血肉里。

除了手枪,还有一张字条,上面简短地写着时间与地点,她便知道,将这把手枪传递出去是她的下个任务,而时间正是三天前的上午。

字条自然被她销毁了。

她悄然离开谢公馆时,谢婉君还在酣甜的睡梦中。准时出现在四马路路口,也是极为热络的一条街,没有人会多注意她一眼。可理应接头的人来晚了,她问了个带怀表的女士,确定时间已过,正要离开,转身就看到不知蹲守了多久的特务,坐上防弹的囚车,光顾提篮桥监狱。

那厢谢婉君也没闲着。

秦水凝被抓走的当日,谢婉君不过晚起了一个钟头,猜测秦水凝定在楼下准备早餐,虽然新来的厨子手艺极合心意,可若是能吃到她做的粥,倒也不赖。

她急匆匆地跑下楼,却只见黄妈和女佣在餐桌旁摆盘,丝毫不知秦水凝来过一般,还纳罕着大小姐今日起得颇早。

谢婉君草草吃了几口,打扮了一番便出门了,当时尚未觉察异样,新店开张,她自然要去一趟,跟许世藁盘了会儿账,又谈了些其他,中饭也是和许世藁一起吃的。

下午她又约了别人,是个中州来的粮商,今年东南一带热得离奇,农田旱死了半数,秋冬粮价势必要涨,北方却是风调雨顺的,她窥见了商机,势必要借机捞上一笔。

同那中州老板分开时,天色已经渐暗了,小佟回闸北探亲,明日才回,许世藁将自己的那辆车派给了谢婉君,她也没推辞,果断笑纳了,答应明日还他。

车子驶进霞飞路,停在秦记裁缝铺的对面,谢婉君正要下车,警惕

第四章 漫长的凛冬

地察觉到附近多了些闲散抽烟的男人，一看他们手里抽的烟盒便知，内部专供，都是些特务。

她就坐在车里看着，只有小朱偶尔从橱窗前闪过，竟不见秦水凝的身影，她看了一眼包里的怀表，这个时间秦水凝理应在店里，难不成是出去送衣服了？

直到两个特务进了秦记，很快拿着本簿子卷在手里走了出来，那簿子谢婉君绝不陌生，外面钉的布面，绣着"秦记"二字，用了许多年，已写得很厚了，上面最多的便是"谢公馆"三字，她乃秦记当仁不让的头号主顾。

小朱跟了出来，似乎还在试图留下账簿，被穿黑西装的男人推搡得向后跌了几步，也不敢再上前争夺了。

她看了这么久，秦记就没进过顾客，这才猛地意识到，想必是出事了。

然小朱已被盯上，她又无法联络秦水凝，报纸上也太平得很，更是没听到任何风声，只能继续观望。

第二天小佟把车开了回来，清早出门谢婉君便叫他去利爱路，秦水凝的住处楼下，学着那晚叫她去应酬般原地揿笛，可小佟手都要按麻了，还被楼上的阿妈泼了盆水，秦水凝也没出现，想必家中无人。

当晚谢婉君照旧又去秦记寻人，专门叫小佟将车子停在路对面，省得生出嫌疑。等了许久，还是不见秦水凝出现，一颗心沉了又沉，谢婉君的脸色如丧考妣，手里的烟就没断过，她从未有过如此束手无策之感，一瞬间甚至疑心秦水凝已死，回过神来丢了指间烫手的烟头，烟灰落在了身上，怎么掭也掭不干净。

可她绝不是会坐以待毙之人，强逼着自己去想主意，终于打破了长久的沉默，吩咐小佟："去严府。"

那晚恰巧严先生在家,她去得不是时候,打搅了他们夫妻二人罕有的晚餐,幸亏严太太不计较,饭后严先生识趣地主动上楼进了书房,将客厅留给她们两个女人。

严太太早就看出她刚刚吃饭时魂不守舍的,握着她的手问:"发生了什么事?但凡我能帮的,还不是都帮你办到,可别给我摆出副闷闷不乐的样子,多不吉利。"

谢婉君挤出个笑,在严太太面前也不再伪装了,言道:"秦师傅好像出了事,我也还不确定,想借你府上的电话一用。"

严太太是聪明人,一句话就明白了事情的严重性,更知道谢婉君为何不用自己家里或者公司里的电话,而是来用她的。

谢婉君知她心思玲珑,赶紧解释,鲜有地支吾起来:"碧城姐,我……我并非那个意思,如今秦记被特务盯着,账簿也叫人拿走了,我是秦记的常客,这个节骨眼儿上再打这通电话,我怕是也要被提走了。我虽有的是朋友,可到了这种时候,我想不到除了找你还能找谁。"

她也不禁在心里唾骂起自己,任是再解释有什么用,到底还是看上严太太的身份,严太太是要员内眷,又并非秦记常客,即便是被怀疑也极好开脱,怎么说都是利用。

严太太踌躇了片刻,显然也在权衡利弊,这才是二人交好的原因,她们是同类人,饶是感情再好,仍要就事论事,这也并非自私所致,她们谁也不怪谁,只怪时局所迫,怨老天好了。

最终严太太还是将电话递到了谢婉君怀里,谢婉君假借严太太的名义,又不敢杜撰莫须有的订单,只能说上次裁的那件苡纱绸旗袍破了,命小朱拿回去补,再裁一件也成,那就得量尺寸,总归得来人。

小朱虽然毛躁了些,幸亏还有些脑子,听出了谢婉君的声音也没声张,挂断电话后给坐在店里监视的特务解释,那人听是严府的要求,又打电话禀告一番,得了应允,另派了两个人跟着小朱,去了严府。

第四章 漫长的凛冬

特务在严府的院子里等,严先生在楼上瞧见了,下来扫了谢婉君一眼,正当谢婉君以为他要驱赶小朱时,他却出了门,到院子里给那两个特务递了烟,攀谈起来了。

小朱捧着严太太的莨纱绸旗袍,嘴上说的却是秦水凝之事:"阿姐那天下午打扮得极其郑重,压箱底的首饰都掏出来了,我好奇问她,说是许二小姐邀她去许府看堂会,那日一别,就再没见过了。"

谢婉君让他想这几日的细节,尤其关于那些特务的,譬如为何单独取走了账簿,小朱敲了下脑袋,机灵地说:"那人先是翻看了账簿,像是在找什么,最后停在了一页,我也不知是哪个订单,但他问我,是否记得一位安先生,我说我记得啊,那个安先生在我们这儿订的袍子,却不肯让人量身,阿姐说我是男的,让我给他量,他还是不肯,所以我才记得他。"

"后来呢?捡要紧的说。"谢婉君催道,频频望向院子。

"他来取袍子那天,阿姐出去跟江楼月江小姐吃饭,我接待的他,他还专程问阿姐去哪儿了,我说吃饭去了,一时半刻回不来。袍子他也没取走,试过后跟我说腰身要改,明明正好合身,再改抬胳膊就紧了,他执意如此,还主动帮我叠好,人就走了。"

谢婉君捕捉到不寻常,忙问他:"那人可有留下名字?只知道姓安?"

小朱答道:"安重,叫安重,阿姐怕我不记事,专程将簿子翻到那页,我在柜台里等他,瞧了好几眼呢。"

严先生已回到了客厅,不轻不重地咳了一声,即便严太太不拽她那一下,谢婉君也懂,催着小朱走了。

她明白严先生看在严太太的面子上已经够帮衬她了,道过谢后就要走,严太太怕她出事,立在廊下叫她:"明晚老严要应酬,我自己吃饭没意思,你来陪我罢。"

谢婉君心头一暖,深深望了严太太一眼,点头答应。

接下来的那些日子里,秦水凝在提篮桥监狱里饱受折磨,谢婉君毫不知情,只能胡乱猜测,越想越怕。她不敢去求韩寿亭,韩寿亭和政府的关系盘根错节,她被卖了都喊不出声,只能让韩听竺暗中打听安重这号人,又欠下了人情,可惜大海捞针,始终没有结果。

她仍要赴推不得的饭局,总是心不在焉,酒量也变得不济,夜夜吐得狼狈,躺在床上辗转反侧,人也愈发消瘦了。

直到某天她坐在酒桌前,忽视那些人的高谈阔论,脑袋里开着小差,手指则蘸着杯里的酒,右起写下"安重"二字,盯了半晌也毫无头绪。

在座的某位老板起身提了一杯,谢婉君年轻,又素来谦卑,这种时候是不好坐着的,也连忙拿着酒杯起身,一饮而尽后正要坐下,低头便看到未干的字迹,灵光乍现,从左向右读正是"重安",总觉得缺了点儿什么,"重"字若加个草头,便是"董安",谢婉君恍然大悟,旋即产生疑问:董安和董平是什么关系?

秦水凝始终记得,提篮桥监狱的正门外栽着一棵葱郁的梧桐,后来她看着它被砍下,华德路重建,宛如从未存在过一般消失于岁月。

桐叶知秋,她进入提篮桥监狱之时,通过车上的铁栏窗窥见它仍旧生机勃发的样子,再次见到,竟已落叶纷飞的萧瑟光景了。

她仍穿着那件藕粉色的夏装旗袍,十分的不合时宜,乍一股冷风拂过,起了满臂的栗栗。秦水凝先将那条不吉利的绞刑绳摘下,随手丢到地上,看起来像蠕动的虫。长发在风中飞扬,遮住了视线,那一刻满心惊惶,有劫后余生、恍如隔世之感,眼前的发丝刚被拨开,她想要辨别方向,转头便看到靠在车边吸烟的谢婉君。

只消一眼,她就知道谢婉君明显瘦了,穿一身烟灰色的摹本缎旗

第四章 漫长的凛冬

袍,虽是长袖,却连件短褂或是绒线衫都没添,到底单薄了些。这件旗袍还是去年夏末裁的,头回见她上身,腰部宽了些,原不是阔身的版式,愈发印证她体重骤减的事实。

小佟站在车子后面,瞧见她出来正要出声提醒,可一看谢婉君指间的香烟被风吹走了都不知,僵着身体纹丝不动,小佟便也没敢出声。

他胳膊上搭着件颜色鲜嫩的绒线衫,显然不是谢婉君所中意的,与身上的烟灰色更是不搭。秦水凝心思活泛,故意抬手搓了搓手臂,打了个哆嗦,谢婉君依旧没动,小佟看不下去,跑过来将绒线衫披到她身上,小声透露:"大小姐专程带给你的,她从未穿过。"

秦水凝把那件泛着鹅黄的绒线衫穿在身上,配上凌乱的发、毫无血色的脸,以及里面那件脏透的旗袍,神色又是淡定怡然的,看起来有一种哀婉的美,狼狈已经并不重要了。

她主动走到谢婉君面前,两人谁也没开口,小佟看不懂她们在打什么哑谜,故意走远了几步。

可还是谁都没说话,秦水凝夺过谢婉君手里攥着的香烟盒,像是要劝阻她少吸,实际上竟是将烟盒打开,抽出了一支夹在自己的指间,又朝谢婉君伸手,显然意在索要洋火。

谢婉君也没拦她,将垫在右臂下的左臂抽了出来,火柴盒落入秦水凝的掌心。

秦水凝看似极为熟谙地把烟点着,猛吸了两口,青烟四散,随之而来的是接连不断的咳嗽,谢婉君忙将秦水凝手里的香烟打掉到地上,狠狠用高跟鞋捱了两脚,依照她的性子,合该说一句嘲讽的话语,譬如:不会抽就别逞这个能。

可她什么都没说,先一步沿着街道向前走,她是不认路的,也不知是往哪儿去,总归秦水凝跟了上来,小佟则开车在后面缓慢地跟着。两人就这么默不作声地向前走,远处可望见滔滔不绝的江水,不知走了多

150

久,又看到礼查饭店,竟是到了外白渡桥附近。

她们从北塊上了外白渡桥,左手边是奔腾的黄浦江,右手边是平静的吴州河。谢婉君止住脚步,秦水凝也跟着停下,停在桥的正中间,这日是个无雨的阴天,半空中弥漫着时聚时散的薄雾,犹如屹立凶险四伏的危楼之上。

谢婉君比不过她能憋住不说话,到底先开了口:"我以为你出来会同我承诺,再不会以身涉险,为了我。或者问我,是如何将你救出来的。"

秦水凝无声扯出一抹笑,尝试张口,却什么都没说,更没有问。

其实谢婉君心知肚明,秦水凝是不可能问的,正如她也绝不会问她在里面都经历了何等的酷刑与屈辱。她们心照不宣,试图用层层叠叠的布料将一段不堪回首的记忆盖住,直到里面长出恶心的虱子。

谢婉君胸腔涌起一阵酸楚,秋风吹得她眼眶作痒,她转身躲避迎面的风,打算下桥,秦水凝却突然拽了她一把,将她抱住了。

劫后余生,两人皆满心怅惘,谢婉君抗拒不过一瞬,眼眶蓄着的泪水终是落了下来,随风而逝。

"我不敢想,不敢想再晚些救你出来会怎样。我在监狱外等你出来的时候都还在担心,担心他们将你的尸体抬出来,交给我,告诉我人给我放了。秦水凝,你怎么能这么对我?"

秦水凝将她的埋怨全部接纳,又沉默了许久才开口,话说得十分莫名。

"我十六岁那年,父亲投军,投的便是你们谢家,微山湖一战身中数枪,死的时候身体里还长着子弹,他们营是为了给你哥哥争取时间而悉数覆灭的。东北沦陷,出渝关时我险些丧命,你救了我,这份恩我不报,全当扯平了。"

谢婉君隐约意识到她要继续往下说出什么话,正要阻止,可她下一

第四章 漫长的凛冬

句却让人立刻消停下来,浑身的血都跟着凉了。

秦水凝说:"那天醉酒,你在车上说的话,我听到了。"

虽未听全,到底记住了个模糊的大概。

"婉君,我不欠你,你也不欠我。所以,我们就走到这儿罢。正如你说的那般,我们并非同路之人,那么从此桥归桥、路归路,无论好坏,各不相干。"

"秦水凝,你没有良心。"谢婉君用尽全力将她推开,红着眼睛恶狠狠地盯着她,"你欠我的,这辈子都还不完,更不可能就这么轻易了了。亏我还想为你让步,想着如何保护着你,想你在狱里吃苦,定然瘦了,还为你寻了个做本帮菜的厨子,你就是这么报答我的?"

秦水凝又如何能说真正的心里话,置身于黑暗的其实是她,而非谢婉君,她已经无可抽身了,又何必将好好的一个谢大小姐也拽进来?千言万语,话到嘴边,秦水凝克制情绪的样子冷漠得让谢婉君觉得恐怖,她只冷静地看着她,像在看一个撒泼的无赖,分外从容地想要与之擦肩而过,头都不回。

她向南走,并非小佟停车的北桥塬,谢婉君又顿觉心慌,急忙追上,攥着她的手臂祈求:"你不能这样,我就当你刚刚的话没说过,我带你回家,新来的那个厨子手艺极好,上次在饭局我见你夹了好几口葱烤鲫鱼,就知你爱吃,我帮你尝过了,回去我就让他做……"

秦水凝纹丝不动,淡漠地看着她聒噪,微蹙的眉头看在谢婉君的眼里是明晃晃的不耐烦,她双眸中的雨幕更盛,已经要看不清秦水凝的脸了,看不清才好,就能装作没被嫌弃。她的语气有些哽咽,声音颤抖,还佯装轻快,俏皮地敲了敲自己的脑袋。

"你瞧我这记性,我得先给你请个大夫,不,我们上车,我直接叫小佟开到医院去。今日的风可真大,吹得我眼睛都睁不开了,还犯矫情,拉着你走这么久……"

"婉君，你别这样。"

她从未见过这样的谢婉君，心头钝痛不止，身上的痛也被唤醒了，她想她坚持不了多久，势必不能再停在桥上继续拉扯。于是她甩开谢婉君的手，语气愈冷："你好歹是堂堂东北谢家的谢大小姐，如此这般，脸面何在？骨气何在？倒是让我确定，我看错人了。"

话落，她转身就走，颇为自得地拢了两下绒线衫的衣襟，愈发露出憔悴的轮廓，背影是十一分的决绝，逐渐消失于视线，隐没在人海。

谢婉君紧咬牙根，用毫无温度的手背揩了下眼睛，后知后觉抹花了妆，引路人多看了两眼。她倔强地昂起头颅，看到远天过路的莺燕，身体已经被风吹得僵硬了，她拽下挂在盘扣上的帕子，用力却缓慢地擦眼角乱飞的妆痕，因未带手包，只大致觉得没那么狼狈了才停手，旋即转身向北，毫不露破绽地下了桥，上车后又语气平静地吩咐小佟："回家，我中午想吃葱烤鲫鱼。"

与此同时，外白渡桥南桥堍，一位穿藕粉旗袍、淡黄绒线衫的女子骤然晕倒，经好心人出手叫了辆黄包车，就近送到公济医院。

当晚严太太往谢公馆打了通电话，邀谢婉君到家里打麻将，黄妈在楼下接通，擅自做主给拒了，她知道严太太和谢婉君关系熟络，平日里没少差人来谢公馆送东西，极为恳切地同严太太解释道："大小姐中午吃多了油腻，吐得都见血了……"

严太太忙问："去医院了没有？"

黄妈答："不肯去，请过大夫来家里看，不过是老毛病。下午便没再出门，躺在床上养着，我刚上楼提醒她服药，也没应声，想必是睡下了。"

严太太那头有些吵闹，家里有人，她碍于人情抽不开身，故而只叮嘱黄妈好生照顾谢婉君，她明日再来探望。

黄妈一通道谢，电话便挂了。

第四章 漫长的凛冬

　　楼上谢婉君躺在床上,背对着房门,双眼是睁着的,黑溜溜地转着看窗外漆黑的天,满心凄凄,间或吸两下鼻头。

　　听见电话响,她也没动,很快就消停下来,猜到是黄妈给接了。明知道那厢必是酒局或牌局的邀约,平日里多是来者不拒的,更怕拂了哪个得罪不得的老板的面子,可眼下她一点儿兴趣都没有,大有恨不得毁灭一切的心态。

　　窗外仍旧阴着,入秋之后还是少雨,也不知这架势下不下得起来,连颗星星都没有,谢婉君不知又发了多久的呆,霍然坐起了身,将沾着泪痕的枕头丢到了地上,不解恨地踩了几脚,旋即摸黑出了房门,立在楼梯上朗声问黄妈:"谁打来的电话?"

　　黄妈答道:"严太太邀您打牌,我当您睡了,就给回了。"

　　谢婉君心思一动,当初为了救秦水凝,严太太是出了力的,今日秦水凝被放出来,别人就罢了,严太太她是该登门致谢的。虽说严太太兴许不知秦水凝已被放了出来,眼下她又一脸病容,鬈发乱蓬蓬的,戴着个防风的缠头,若是去严家,又要梳洗打扮一番,想想就累。

　　可她到底还是决定出门,命黄妈打电话叫小佟,黄妈犹想劝阻,谢婉君也不去听,扭身进了盥洗室。

　　黄妈哪里能懂,一方面严太太除了身份尊贵,对她来说感情也是不一般的,严太太不论是不知情还是不计较,她谢婉君的礼数不能丢。另一方面,她满腔的怨念无处发泄,将自己圈禁在屋子里不是个长久的法子,不如提前为明天继续出门见人做个演练。

　　她默默地哭了那么久,眼睛都有些睁不大了,照镜子一看,除了眼球添了几道血丝,眼眶竟是半点都没红。她自嘲地想,她可真是个生在应酬场上的人,也该死在应酬场上。

　　出门前她同黄妈说:"将我房间里的枕套换了。"

　　黄妈提醒道:"昨天刚换的呢。"

谢婉君面不改色:"刚刚水洒了。"
黄妈连忙点头答应。

谢婉君带上了几盒舶来的香粉和香皂,都是礼盒装好的还没拆过,另有一幅梁老的字画,极具收藏价值,前些日子借着许世藁的面子觍脸求来的,没想到这么快就用上了,是送给严先生的。

进了严府她也没声张,人多口杂的,东西交给了管事的阿妈拿下去,待牌局散了严太太自会看到,拿出来卖弄才讨人嫌。

牌桌已经坐满了人,打过三圈了,女佣搬了个凳子,谢婉君坐在严太太身旁,帮她看牌,趁着洗牌的时候凑到严太太耳边说了句:"秦水凝被放出来了,还要多谢碧城姐从中帮忙。"

严太太自私些想,秦水凝不过开个裁缝铺,瞧着也不大擅长人情世故,谢婉君这般待她,其实是不值当的,全无回报可谈。严太太还劝过她放手别管这件事,没想到她管到了底,牺牲了多少便不论了,如今也只能归结为两人是同乡,赞叹谢婉君仗义至极,是个值得交的姊妹。

严太太抓了把好牌,笑道:"你瞧瞧,婉君坐下之后,我这手风都好了呢。"旋即又压低了声音,同谢婉君低语,"我也没做什么,苦了你。人能放出来就好,经此一事,即便她那个人再冷,也要挖空心思地报答你罢。"

谢婉君闻言不禁发出冷笑,又及时收住,没叫严太太看出端倪,意有所指地说:"是啊,她可真会好好报答我呢。"

心中则在骂着秦水凝,骂她是狼心狗肺的东西,心火直燃。

严太太胡了把好牌,起身要去小解,叫谢婉君帮打,谢婉君上了牌桌,另有两位女眷,分别是张太太和高小姐,以及严先生的堂弟严从颐。

谢婉君伸手跟着洗牌,高小姐眼尖,纳罕道:"呀,谢小姐养得极好的指甲怎么绞了?上回你送我的蔻丹都快用光了,我还愁不知去哪儿

第四章 漫长的凛冬

买呢。"

谢婉君抬手看了眼干净的指甲，随口扯了个理由："看腻了，前些日子不小心断了一个，我就都给剪了。正巧蔻丹也用不上了，明日叫人给你送到府上。"

张太太借机也要，谢婉君一并答应了下来，高小姐便笑着跟她道谢，赞她大方，也不追问了。

严从颐曾在国外留洋学医，回到沪市后进了广慈医院，同严先生像一个模子里刻出来的，少了丝严先生的精明，严谨则比严先生更甚，见状笑着说："我倒是觉得指甲干干净净的才好看。"

早先严太太还有意撮合谢婉君和严从颐，且不说谢婉君没这个兴致，两人见了面，便是严从颐也没看上眼，瞧在严太太的面子上他们私下里吃过两次饭，便没后话了。

如今不知严太太是否又想给他介绍高小姐，说是高小姐已来严府打了好几日的牌了，输得底掉，依旧乐此不疲。如今听严从颐这么说，高小姐脸上闪过一丝尴尬，将指甲包进了掌心，随便丢了张牌。

谢婉君一边盯着自己的牌面，一边打量着其他三人的动向，尽在掌控之中。见高小姐有些神伤，她不自觉地将严从颐划分到负心之列，冷哼一声开口："这话说的，从颐，高小姐又没往你手上涂蔻丹，自己的指甲，怎么喜欢怎么来，我还觉得高小姐的手好看呢，回去我也要涂上。"

严从颐干笑着摸了摸鼻子，还算有礼貌地说道："是我冒昧了，勿怪，勿怪。"

直到牌局散了，谢婉君再没给严从颐好脸色看，搞得严从颐满脑子疑惑，还问严太太自己何处惹恼了谢小姐，严太太更不知情了，只帮谢婉君说话："婉君这般大度的人，是断不可能与你计较的，定是你多心了。"

谢婉君再回到家已是午夜,黄妈锁好了门,还以为谢婉君早就上楼就寝了,却见她独自坐在客厅,面前摆着十几瓶不同颜色的蔻丹,大部分都写着洋文,也是好大一笔银子。

黄妈提着汽油灯走了过去,将客厅的顶灯也打开了,问道:"大小姐前些日子专程把指甲给剪了,蔻丹也磨掉了,眼下大半夜的,又点灯熬油地涂了起来,折腾什么呢。"

谢婉君忿忿丢了刷子,看着涂得乱七八糟的指甲,明明照她的性子应当恼火,可心里那股无处排遣的哀愁竟蔓延开来了。她紧紧咬了下嘴唇,起身上楼:"收起来罢,不涂了,明天都送到高公馆,给高小姐!"

那时黄妈虽觉得她举止反常,譬如中午独自吃了半条葱烤鲫鱼,又跑到盥洗室吐了个彻底,摧残自己,可也并未多想,殊不知那才是个开端。

秦水凝在公济医院苏醒,打电话叫小朱带钱来结医药费,随后不顾劝阻离开了公济医院,转而到离家更近的广慈医院住了一周。她挂记着店里堆积的订单,再不肯多养,那几日小朱妈常叫曼婷来医院送饭,她便连夜叫曼婷收拾东西,悄悄出院了。

而秦水凝回到店里不过三日,谢婉君便住进了广慈医院,已成回头客了。

那些日子谢婉君明明过得极其潇洒,除了饭局,还常到百乐门去跳舞,日日寻欢作乐,纸醉金迷的,黄妈却看出她并不开心。那晚她应酬过后回来得还算早些,黄妈知道她在饭局上是断不可能好好吃东西的,专程叫那个宛平的厨子做了几道北方人爱吃的家常菜,想着让谢婉君吃几口再睡。

谢婉君一进门就冲进了盥洗室,把肚子里的酒水吐光了才出来,黄妈再三央求也无用,说得谢婉君烦了,冷声放了句狠话上楼:"饿死才

第四章 | 漫长的凛冬

好,到时候好好给你们派一笔遣送费。"

黄妈这下确信她最近心情不好,还当是生意上出了麻烦,更不敢多问。

她哪里知道谢婉君为何突然发起脾气,今早公司的账房去秦记结夏季度的账,秦水凝分文不收,言道账已由谢小姐平了,账房满腹疑云,立马禀给了谢婉君,谢婉君气得摔了电话,一股火团在胸腔,想她这是要彻底斩断二人的情分了,加之烈酒为佐,烧起来难免波及旁人。

不想翌日清早迟迟不见谢婉君下来吃饭,小佟都在院子里等着了,黄妈上楼敲门,又无人应,赶紧推门进去,秋末的天气,房间里早不暖和了,她却连被子都不肯盖,只穿着条单薄的睡裙,晨袍未脱,和衣蜷缩在床上。

黄妈暗道不妙,上前摸了下谢婉君的脚踝,冰冷得跟死了似的,幸亏人还有气,胸前起伏着。谢婉君眉头紧蹙,昨夜胃疾发作,疼了一宿,脑门和颈后全都是汗,一阵冷一阵热的,眼看着天亮,是怎么都起不来了。

黄妈把被子给她盖上,命女佣盛了些清淡的饭食端上来,放到床头,谢婉君不肯用,闭着眼睛嗔她:"拿走,我不想吃,让小佟等着,待会儿我就起来了。"

"大小姐,你这又是何苦糟践自己!"

黄妈急得像热锅上的蚂蚁,思来想去还是下楼给严太太打电话,指望着严太太能来劝劝谢婉君,可严府的阿妈说,严太太陪同严先生到金陵出差了,下周才回。黄妈这下也不知该打给谁了,只能回到房间里继续磨谢婉君。

起先谢婉君还回应两句,说些狠话,黄妈岂会不知她的性子,口硬心软的,当不得真。后来她连话都不说了,像是昏死了过去,黄妈凑近一看,枕头上湿了大片,竟是在偷偷哭呢。

幸亏中午许稚芙来了，和江楼月一起。

二人是从秦记过来的，分别订了两件冬装旗袍，还给江楼月选了件呢绒大衣。许稚芙脑袋转得慢，虽然发觉秦水凝今日有些冷淡，可见她手头的活计就没停过，只当是店里太忙，适时江楼月拉着她走，说要去喝咖啡，许稚芙就跟着离开了。

上了车后她刚想叫司机开到凯司令咖啡馆，江楼月就把她按下了，说要去谢公馆，探望谢小姐，许稚芙说不该这个时候去，年关将近，谢婉君白日里怕是难得清闲，除非周末还有可能在家。

不想还真叫她们给碰上了，只不过是奄奄一息的谢婉君。

许稚芙哪里见识过这些，急得掉眼泪，埋怨黄妈："怎么还不送医院？婉君姐说不去，你们就不能押着她去？"

江楼月看得真切，秦谢二人皆行为反常，必非巧合，她将许稚芙拽住，否则谢婉君即便没事也要被晃出事了。她身份低微，不便直说，只能提醒许稚芙，耳语道："谢小姐极有主见，我们磨破了嘴皮也无用，进了医院她一样要逃，还是得请个治得住她的人。"

黄妈听了个话尾，掩嘴说道："严太太到金陵去了，请不来。"

许稚芙匆匆走出房间，一边跑下楼梯，一边呵斥黄妈："请什么严太太，你还不知她怕谁么？"

院子里停着两辆车，许稚芙并未使唤自家司机，而是盯上了小佟，她口直心快的，还有些年轻的俏皮，极擅夸大其词："赶紧去秦记把秦师傅接来，你就告诉她，你家大小姐要咽气了，请她来见最后一面。"

小佟吓得脸色惨白，急忙启动车子，许稚芙又接了句："她若还是不来，她若……"

许稚芙也没了主意，想到谢婉君的情状，眼泪不争气地落了下来，江楼月唯恐她被车擦到，将她揽离车前，帮她把没说的话说完："同秦师

第四章 | 漫长的凛冬

傅说,事态紧急,许小姐求她务必要来。"

小佟狠狠点了下头,犹如接受了重大使命般,猛踩一脚油门冲了出去。

从秦记再回谢公馆的路上,秦水凝独自坐在后排右手边的座位,是谢婉君习惯坐的,想到她这么多次搭谢婉君的顺风车,始终坐的是左边。小佟每晚都会打理一遍车子,极为尽责,她却觉得昨夜的酒气仍在,还有臆想的晚香玉的味道,更像是刻在心坎里了。

不过三五分钟的车程,眼看着驶进福开森路,秦水凝遽然开口,语气冷淡地问小佟:"她怎么了?"

饶是小佟也不禁在心里骂这位秦师傅可真是薄情,当日许府设宴,谢婉君冒雨去追她,她从提篮桥监狱出来,谢婉君也是早早就在大门外等着,她竟半点儿恩情都不记,看起来像在问个陌生人的死活。

小佟语气生硬地说:"我不知道,今早就没见到大小姐,家里已乱作一团了。"

秦水凝听出他的不悦,也知他说不出个所以然来,没再追问。

直到车子开进谢公馆的院子里停下,她仍旧坐在车里犹豫着不肯下车,小佟、许稚芙、江楼月、黄妈倒是将她围了个彻底,恨不得各分一个腿脚把她抬到楼上去,可她们又如何知道她在想些什么?

一步一步走上楼梯,她想起还在广慈医院住院时,小朱跟她说,这几日传言四起,谢婉君时隔许久再度频繁地光顾百乐门,大方请客,倪二少爷多是陪着的,倪老爷怒不可遏,即便倪二少爷不在,亦有不少沪上适婚的青年才俊,绝不缺玩伴。

那时她在医院里经历漫长又折磨的疗伤,谢婉君则在夜夜笙歌,谁又不痛?

匆忙出院回到秦记的第一晚,打烊后她本该早早回家休养,脚却不听使唤地往百乐门的方向去,杵在对面一等就是四五个小时,总算见到谢婉君出来。彼时她已经穿上薄呢绒的风衣,谢婉君还露着两条白花花的手臂,穿得过分单薄,又极为妖冶,正撑着洋车弯腰干呕,另一只手狠狠按着肋下的胃。

她险些要将自己身上的风衣脱下,打算上前给谢婉君披上,这时倪二少爷追了出来,怀里抱着谢婉君的一件墨蓝色大衣,亲手帮谢婉君穿上。她停住脚步强扯出个笑,亦不肯走,接着便觉后悔,若她在那时离开就好了。

谢婉君站直了身子,与倪二少爷说着话,她也听不清二人在说什么,只瞧见他们说着说着便抱到了一起,那倪二少爷一副极为激动的样子,紧紧搂着谢婉君。

她大病初愈,晚饭还没来得及吃,那瞬间也说不清是心还是胃在作痛,总之整个胸腔都堵住了,随后毅然决然地转身,招了辆黄包车背对着缠绵的二人离开。

今日小佟来秦记请她,实话说她并不想来,甚至直到迈进谢婉君的房间之前,她都以为两人势必要有一架要吵——谢婉君尚有余力的话。她还在想,谢大小姐胃疾发作又任性,为何不请那痴情的倪二少爷来?关她秦水凝何事?

可一见到床上虚弱的人,动都不动,呼吸微弱得甚至都瞧不见了,她费力修筑了一路的心墙在顷刻间瓦解得彻底,外套都来不及脱就冲到了床头:"婉君!"

秦水凝用力搓了几下手掌,直到觉得没那么凉了,才抚上谢婉君的额头,发觉有些烫,也不知谢婉君是昏过去了还是睡着了,她一边唤着"婉君",一边问另外杵着的几个人:"请过大夫没有?"

黄妈没说话,许稚芙答的:"刚打过电话了,想必在赶来的路上。"

谢婉君模糊听到了秦水凝的声音,奈何眼帘沉得睁不开,还当是幻

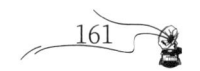

第四章 漫长的凛冬

听,遂不去理会,想着这样能够多听几声。很快房间里安静了下来,她便愈加确信全是假的了,胃又针扎似的疼了起来,终是昏睡过去。

秦水凝把人赶了出去,自己也跟着下了楼,许稚芙和江楼月担忧地坐在客厅,茶放凉了都没动。黄妈则进厨房给秦水凝打下手,看她熟练地起锅煲汤,切了几种菜菇,又让黄妈取碗面粉,黄妈觉得古怪,想着这到底是做汤还是做面。

秦水凝看出黄妈的质疑,神情不变,平静地说:"穷人家的吃食,她大抵是没吃过的,但味道是家乡的味道,也适合补元气。"

黄妈这才意识到秦水凝与谢婉君是同乡,本来还纳闷许二小姐为何将秦水凝叫了过来,大小姐不是素来与秦师傅不对头,这么一想,谢婉君在秦记裁了这么久的衣裳都没换地方,也就有迹可循了。

"秦师傅也是东北来的?和大小姐的谢家在一个地方么?"

她又打听起来,虽无他意,秦水凝却不愿与之细说,忽闻有人进门,便放下了手头的食材,率先迎了上去。

来的倒也不是旁人,正是严从颐。

严家的阿妈是跟了严太太十几年的老仆,较之黄妈不仅更加体贴,心眼也多了几十个,才刚挂断了黄妈的电话,她到底觉得不妥,往金陵给严太太拍电报是来不及了,于是乎给广慈医院上班的严从颐打了通电话,陈清原委,拜托严从颐势必要去谢公馆瞧瞧。

严从颐便独自开车来了,进门见到秦水凝愣了一瞬,正要说话,秦水凝也没认出他来,心急地拱手引他上楼:"您是大夫罢?病人在楼上。"

严从颐暂且按捺住澎湃的心潮,跟着秦水凝上楼,瞧过谢婉君后下楼去打电话,叫人送药过来,又给谢婉君吊上了水,抬头撞上秦水凝忧心忡忡的神色,自嘲一笑,想她还真没把自己放在心上。

他跟秦水凝说："照谢小姐眼下的情况，醒来后最好还是到医院住上几日，家嫂曾说过，她的胃疾已是老毛病了，正好最近医院进了西洋的新设备，给她仔细检查一番。"

秦水凝看一眼昏睡的谢婉君，不知是否是心理原因作祟，觉得谢婉君紧蹙的眉头舒展开了，也叫她放心些许，同严从颐走出房间，免得打搅人休息。

吊水后还需得拔针，家里的这些人哪个也不擅长，严从颐定要留在这儿等着的，黄妈连忙又往客厅送了两盏茶。许稚芙和江楼月确定谢婉君被从鬼门关拽了回来，碍于与严从颐不熟，颇觉尴尬，于是借口不留下添乱，晚上再过来探望，先行离开了。

这下客厅里只剩下秦水凝和严从颐，若躺在楼上的换作是她，谢婉君在楼下作陪，是断不会让客厅冷场的，可秦水凝缺乏一张巧嘴，只安静地坐着，自己也不觉得尴尬，最多同严从颐说一句："请喝茶。"

严从颐茶水喝了两盏，再喝就要跑盥洗室了，终忍不住打破沉默，说道："我姓严，名从颐，请问您贵姓？"

秦水凝这才意识到她还没自报家门，冷淡地答他："我姓秦。"

严从颐问她姓氏她便只说姓氏，多一个字都没有，叫谢婉君看到肯定要骂她呆。

客厅又没了声音，严从颐端起茶碗，发现已经喝到底了，秦水凝这时倒变得识趣了，连忙起身要去给他添茶，严从颐摆手拒绝，无声叹一口气，说道："秦小姐是真不记得我了。"

秦水凝面带疑惑地看他，等他继续说下去。

"那天许公馆设宴，我邀你跳舞，你拒绝了，声称腿脚不好。"

不仅那日，她今日也穿了双方根底的鞋，不如谢婉君穿的那样尖且高，可怎么都不像个腿脚不好的人会选择的样式，严从颐并未戳破，点

第四章 漫长的凛冬

到即止。

秦水凝这才想起那天的光景,毫无愧色地说了声"抱歉"。

严从颐又说:"我在广慈医院供职,前几日还觉得看见了秦小姐,不知秦小姐最近是否去过广慈医院?"

秦水凝不欲与他多说,含糊答道:"严先生应该没有看错,我确实去过。"

至于去了是为看病还是探病,她也不说,严从颐自觉再问就冒昧了,并未张口,倒叫气氛又冷了下来。

秦水凝看起来有些心不在焉,暗道吊水怎么那么慢,也不知谢婉君醒了没有,还想着提前为她做些吃食。

后来多是严从颐在问,秦水凝礼貌作答,多的再不肯说,总算把时间熬了过去,严从颐上楼给谢婉君拔了针,又叮嘱一番,秦水凝就要将人送走。

那时天色渐暗,已到了晚饭的时间了,还是黄妈留了一句:"严大夫不如吃过饭再走,劳烦您等了一下午了。"

严从颐见秦水凝冷冰冰的样子,哪里敢留,赶紧告辞。

谢婉君是被白醋的酸味熏醒的,卧室里仅开了一盏床头的台灯,将方寸之地照亮成温暖的橘色,秦水凝将她梳妆台的矮凳挪到了床边,坐在那儿弓着腰,捧着她的手,用沾了白醋的帕子轻轻摩挲指甲上乱涂的蔻丹,七彩缤纷的,有的还画到了指头上,实在是难看。

她认真得有些投入,仿佛在精雕细琢一块玉石,连谢婉君睁开了双眼都没察觉。谢婉君静静地打量着她,清晰的醋酸味在告知,眼前绝非梦境,橘黄的光亮打在她那张冰冷的脸庞上,融化了雪意,柔和的颌线附着神女般的清辉,爱怜地垂目凝望着。

谢婉君左手始终戴着一枚红玛瑙戒指,戒面的样式有些老派,掌心一侧的戒圈还缠着红线,那是她母亲临终时留下的,不论手上戴过多少稀罕的火油钻,这只都是不肯摘的。

她觉得面前的秦水凝像画一般,作画之人常常怀有画能成真的痴念,如是想着,她便伸手戳了一下。

秦水凝不过愣了一秒,看着掌心的手抽开,没等反应过来,已让她点上眼尾了,她指头上用来卸蔻丹的白醋还没擦干净,刺得秦水凝左眼立刻涌出了泪,右眼还是好好的。

四目相对,秦水凝本欲怪她,这么大的醋味难不成没闻到,还往人眼睛上戳,可谢婉君蓦地笑了出来,她便也跟着笑了,分外无奈的,一切都泯灭在满腔的柔肠之中。

谢婉君哑着嗓子开口:"虽然你伤了我的心,可我不是因你病的。"

她这般死要颜面,秦水凝合该回一句"那我即刻便走",话到嘴边还是换了番言辞。

"尽管你不是因我病的,我却是为你哭的。"

彼时黄妈在楼下炖汤,想着给谢婉君进补,幸亏秦水凝瞧见了砧板上刮过鳞片的鱼,回忆起当日葱烤鲫鱼之说,含蓄地阻拦黄妈:"她不爱吃鱼,还是买只鸡来杀罢。"

黄妈思忖着秦水凝这就不了解谢婉君了,卖弄地说道:"大小姐又请了个新厨子,前些日子一个人吃光了大半条鲫鱼呢。"

秦水凝身子一僵,想着八成就是那天的事儿,略带愧色地问黄妈:"葱烤鲫鱼么?对她那副胃来说,是不是太过油腻了些。"

黄妈点头:"这倒是,也不知大小姐那天是怎么了,整个夏天也没见她胃口这么好过,吃完全都吐了……"

"这不就结了,她吃不了鱼,作践自己罢了,你还要做鱼,小心她吐在房间里,又要烦你收拾。"

"有道理,可这鱼都杀了……"

第四章 | 漫长的凛冬

"你们几个吃就好了,我给你拿钱,还是炖鸡汤。"

黄妈断不敢收秦水凝的钱,每月的买菜钱谢婉君都是按时给的,一个夏天她拢共也没在家吃过几顿正餐,钱便进了黄妈的腰包,如今谢婉君病了,正好能将省下的给用了,于是乎匆匆出门去买活鸡,煨上汤后站在炉灶前盯着,寸步不移。

楼上房间里,秦水凝眉间闪过一丝复杂,冷飕飕问她:"你明明胃有毛病,平躺不是更好?非要歪着个脖子睨我,为了什么?"

谢婉君紧盯着她,生怕她一眨眼就跑了似的,答道:"我在床上睡了一天,躺累了换个姿势还不成?你少吵吵嚷嚷的,打搅病人休息。"

"你如今知道自己是病人了?病人该去什么地方?不需要我说罢。"

"病人想去什么地方便去什么地方,都是病人了,还要受委屈么?我觉得眼下就很好,天气凉了,你的腿脚不冷?"

秦水凝轻叹一口气,低头审视起谢婉君来,还是头回见她半点妆都没化的样子,脸上虽缺乏血色,可她原本就不是养在深闺的女儿家才有的冷白肤色。过去在东北时,她爱骑马、射枪、打猎,双颊的几粒斑点并非雀斑,而是晒出来的,点缀在她素面清纯的脸庞上分外相宜。

她说的话还是往日里的语调,可看脸识人从来都是不可避免的下意识习惯,秦水凝目光愈发如炬,谢婉君因歪着头,双颊仅存的一层皮肉堆在了一起,样子虽丑,倒也可爱,秦水凝没忍住上手扯了一下,沉声问她:"谢婉君,你在撒娇么?"

谢婉君老脸一红,被她扯得龇牙咧嘴,可浑身实在是没力气,爪牙都亮不出来,更别提反抗了。她拧头躲开,埋在枕头上,闷声答道:"撒你个头的娇,看我好了怎么收拾你。"

秦水凝对此不置一词,唯用一声哂笑回应:"适可而止,我下楼做东西给你吃。"

谢婉君哪有食欲，见她要走，忙想着如何制服她，猜她定是极其怕痒的，便伸手抓她的腰侧。秦水凝被打了个猝不及防，闷笑着躲闪，若非看在她是个病人，早就还手了。

两人在昏暗的房间里嬉闹，黄妈端着汤上楼，停在门口疑惑地皱起眉头，寻思着房间里难不成出鬼了，急忙推门便入，看到僵住的两个人，一时间也有些尴尬。

她叮嘱道："大小姐即便是醒了，也不能这么闹的，还是得好好躺着。"

秦水凝听出黄妈在暗中点她，谢婉君任性便罢了，她是不该跟着闹的，又一想，还不是谢婉君起的头？她可什么都没做，实在委屈。她甩了谢婉君个严肃的冷眼，叫黄妈喂她喝汤，自己则打算出门。

谢婉君立马提起心来，朗声问道："你干什么去？"

秦水凝知道她以为自己要走，无奈地略歪了头，解释道："下去给你做吃的。"

谢婉君依旧保持怀疑，顶着一张缺乏威严的脸吓唬她："你敢偷偷溜走，我就报警抓你，说你偷了我家的东西，把你锁起来。"

黄妈听了都不禁皱眉头，觉得这话实在不像是谢婉君会说出来的，秦水凝则直想翻白眼，骂她幼稚、无聊，回道："看来严医生的针有问题，将你给扎傻了。"

话落，她便转身出门了。

谢婉君瞪大双眼，猛地扭头问黄妈："严医生？严从颐来了？他来干什么？"

黄妈说："想必是严家的阿妈打的电话，下午严医生给您吊了水，还和秦师傅说要带你去医院呢。"

她像个生病不肯就医服药的孩子，顶着一头乱发在床上撒泼："我

第四章 漫长的凛冬

才不去,你们谁爱去谁去。"

黄妈拗不过她,干脆避战:"是是是,我们也不敢逼您去不是?反正明日严先生还得来,您亲自跟他说。"

谢婉君咬紧了牙,想着明天可得睁着眼睛等严从颐来。

可她错算了一点,她防备严从颐,全因严太太曾经有意撮合他们,殊不知严从颐准时准点地来,为的竟不不仅是她这个病人,还有秦水凝的关系。

那晚秦水凝做了碗疙瘩汤,里面特地掺了点儿谢婉君不爱吃的玉米面,糙米养胃,谢婉君尝出家乡的味道,是请再多昂贵的厨子都复刻不来的,笑着问道:"我在老家时怎么从未吃过?"

"又不是什么好吃食,我还是头回用白面做。"

谢婉君一口接着一口,很快吃了半碗,那只碗可不小,秦水凝蹙眉问她:"我以前怎么没发现你这么能吃?别吃了,吃多又要吐了。"

谢婉君还嫌不够,有些可惜地说:"我都吃过了,撤下去便只能倒了,何必浪费?"

"你是吃过了,我还没吃,这么一大碗本就不是给你自己的。"

谢婉君佯装嫌弃:"家里又不是没有碗,你分开盛不就好了,何必吃我剩下的。"

其实她本意是心疼,天色已经晚了,她却等到这时才吃,两人原本可以一起吃的。

秦水凝白她一眼:"你那是什么表情?该嫌弃的难道不是我?"

"你嫌弃?嫌弃就别吃,叫黄妈再给你做。"

"我倒是想下楼与黄妈她们一起吃,比你吃得好多了。只一点,我起身出去了,你别扯着脖子叫就行。"

谢婉君深谙"好汉不吃眼前亏"的道理,接道:"你赶紧吃,吃都堵不住你的嘴,待会儿凉了。"

秦水凝不嫌弃她，倒是助长了她挑食的风气。

次日中午两人一起坐在楼下餐厅吃饭，谢婉君先是将姜丝挑了出来，放进她的碗，她睁一只眼闭一只眼，没说什么。

接踵而至的便是成块的胡萝卜、木耳，都是菜里的主要食材，也不知她都能吃什么，秦水凝觉得她这顿饭吃得很不老实，成心找事一般，终于忍无可忍，撂下筷子说她："你再往我碗里添，我就把姜丝贴到你的脸上。"

谢婉君有恃无恐："不吃就不吃，我丢了便是。"

"你这是什么挑食的毛病？"

"可算叫你拿到我的短处了。"谢婉君试图扳回局面，借机发泄起不满，"昨晚留你住下你不肯，今早我可是七点钟就起来了，你倒好，中午才来，正赶上吃饭，专会享福的。"

秦水凝拿捏着她的用词，重新提起筷子吃饭："谢大小姐家大业大，那我岂不是下半辈子都不用操劳了。"

她出院后赶了十日的工，昨晚累得不行，回到住处便睡下了，今天一上午又没闲过，能来陪她吃饭已不容易。

谢婉君趁势接道："你知道就好，所以你下午别走了。"

秦水凝夹菜的动作顿了一瞬，脑海里闪过无数的画面，伴着酒气的那种，颇觉心疼，嘀咕了句："还不是我照顾你。"

谢婉君当真没听清，追问道："说什么呢？我没同你开玩笑。"

适时有客进门，黄妈上前迎接，叫了声"严先生"，秦水凝饭也不吃了，起身迎了出去，谢婉君眼中闪过一股恼色，食欲也没了。

严从颐又给她打针，还礼貌地劝她势必要去医院一趟，谢婉君敷衍着："眼看着要入冬，风吹得我头疼，等过些时日天气好些，一定会去。"

论敷衍人的功力再没有谁能高得过她谢婉君了，秋末风大，入冬后

第四章 漫长的凛冬

风就会变小么?自然不会,所以这医院是断不可能去的。

她被困在了房间里吊水,看着秦水凝随严从颐出去,二人聊个不停,她却什么都听不清,平白怄火。

秦水凝陪同严从颐下楼,主动为他斟茶,严从颐眸色一暗,他并不瞎,自认观察人的本事还算细致入微,早就发现秦水凝右手无名指新添的戒指了。可他不信一天半天的光景会发生那么大的事,又不如堂兄身为政客那般善于掩藏情绪,到底问出了口。

"秦小姐的戒指倒是漂亮,昨天是忘记戴了么?"

秦水凝装模作样了看了一眼右手,她故意戴在右手,就是生怕严从颐瞧不见,闻言松一口气:"是啊,每日在店里裁衣裳,少不了要摘下来的,随身放在包里。"

严从颐有些伤神:"恕我冒昧,不知秦小姐已有婚配。"

她隐瞒了姜叔昀逝世的关键讯息,接道:"怎能怪严先生,是我自己没看好戒指。"

早在来谢公馆之前她便给许公馆打了电话,想着叫许稚芙和江楼月来陪谢婉君打发时间。许家的车子入了院,进门的却是许世藁和许稚芙,秦水凝颔首打了声招呼,随后拎起布包便打算走,叫黄妈告诉谢婉君一声,她晚上再来。

许家兄妹上楼探望谢婉君,严从颐则跟着秦水凝出去,秦水凝惊讶地问道:"婉君还吊着水,严先生怎么也要走?"

严从颐说:"等着也无事可做,我送你回去,秦记不是在霞飞路?来回还不到一刻钟,不妨事。"

秦水凝忧心地看一眼楼上卧室的窗,严从颐已帮她把车门拉开了,她无声叹一口气,由他送了一程,不过礼数而已。

天黑秦记打烊后,秦水凝再回到谢公馆,客厅的礼已经堆出半人高，饶是许家的车再大，也装不下这么多，黄妈解释道："下午来探望的人便没断过，消息一传开，即便是病着，大小姐也是难得清闲的。"

秦水凝愈加觉得心疼，兀自上了楼，推开房门便瞧见地上放了好几摞旧报纸，粗略估算至少有一年的分量，不知这位大小姐又抽哪门子风。

谢婉君裹着件殷红的晨袍，鬓发松松垮垮地打了个结，正端臂立在窗前，闻声半转过身来，指间赫然夹着支香烟，烟篆袅袅盘绕，她脸上依旧没什么血色，加之一双忧愁的眼眸，好似外国长片里多情的美人，颓丧而优雅。

秦水凝从她的神情之中看出一抹熟悉的黯然，一如中午在严从颐身上瞧见的那种，心中虽觉不解，还是上前率先夺走了她的烟，呵斥道："还抽烟，你这副身子要不要了？"

谢婉君没接话，静静地看着她，秦水凝看出她毫无悔色，语气愈冷，拍了下身旁梳妆台上的烟盒："那么爱抽，把这一盒都抽光好了，我盯着你。"

谢婉君拿起窗台上的烟灰碟，呈到秦水凝面前，秦水凝将烟揿灭，顺带把烟灰碟也收走，正打算直接端出去，谢婉君却拽上了她的手腕，兀自坐到梳妆台前。

梳妆台上除了珠宝匣子便是舶来的香粉香水，唯有一份泛黄的报纸引人注目，即便谢婉君的手再快，把报纸拂到了地上，秦水凝还是瞧见了，那份报纸她怎会陌生，上面刊登着她和姜叔昀的婚讯，还附有一张结婚照。

谢婉君帮她把烟灰碟放下，捧起她的右手，下午她一直在忙，店里又乱，戒指到底珍贵，便没摘下，还是戴在手上最安全，谢婉君已经抚上了戒面，上面嵌着块颇大的翡翠，幽绿幽绿的，与结婚照上她戴的可不正是同一枚，如今倒是有些刺眼了。

第四章 | 漫长的凛冬

谢婉君掀开了个匣子，各色的火油钻泛着光辉，迷人眼球，她也不管尺寸合不合适，全往秦水凝的手上戴，大拇指上还套了个金镶玉的扳指，其他四指戴满了，又去摘无名指的婚戒，可惜那尺寸是姜叔昀专门找工匠改过的，太过合适，摘下来不免有些费劲。

秦水凝盯着她认真的头顶，不禁无奈地发笑，静静看着她跟手指头较劲，低声说道："你拽疼我了。"

谢婉君闻言停了下来，又将她的手给甩开了："怕是你舍不得摘，不然怎么拽不下来。"

秦水凝摇了摇头，抬起手自己把戒指褪了下来，再把空空如也的无名指伸到她面前："这下满意了？"

谢婉君手里早就备好了戒指，这下彻底给她满手都戴上了，颇为得意地说："我这里要什么好戒指没有？随便你拿。"

秦水凝故意说："那我要你总戴着的那只，也不知是谁送的，难道不是比我这枚戴得还久？"

她没了刚刚的阔绰劲，不舍地捏住了那枚老戒指："这只不行，这只是我母亲的遗物，死也不能摘的。"

秦水凝没忍住笑出了声，无奈看着珠光宝气的手："那我这只岂不也是叔昀的遗物？"

"仅仅是遗物么？"

"不然呢？"还是能挡住严从颐的信物。

谢婉君仍旧皱眉不悦，沉默许久才再度开口："你少诓我，我可是听人说过，上面派人收殓你那位亡夫尸首的时候，他手里紧紧攥着块怀表，装着你的照片呢。竟将这茬给忘了，你可知沪市滩如何赞颂你们这双鹣鲽的？我说与你听听……"

"你是见不得别人感情好？"

谢婉君叫她问得语塞，狠狠剜了她一眼，小气地将戒指都夺了下来,宝贝着放回到匣子里。

秦水凝则转身去拿随手放在床上的竹节布包,她确实骗了严从颐,贴身带着的并非那枚戒指,而是姜叔昀的怀表。

谢婉君用余光看着,她还专门给怀表做了个锦囊,仔细着从包里取了出来,又要打开锦囊,可真费事。谢婉君拢了拢衣袍,不耐烦地说:"收起来罢,别显摆了,我又不想看。"

秦水凝还是把怀表打开递到她面前,引诱道:"不想看看照片长什么样?"

"不想,谁爱看你给谁看去。"

"还是看一眼罢,拍得怪好看的。"

她直接把怀表推到谢婉君面前,谢婉君这才不耐烦地抓了过去。

"是你非叫我看的,我不过是给你个面子。"待看清了照片上的人,谢婉君猛地抬起头来,左看看秦水凝,右看看怀表上的照片,很是疑惑,"这是你几岁时拍的?变化也忒大了些,都瞧不出来了。"

秦水凝甩她个冷眼:"不知道的还当你是个裁缝,针线活做得眼睛都不好使了。"

谢婉君脸色一僵,立即把怀表放下,显然还是不高兴:"你少挖苦人,赶紧把你的宝贝收起来,别磕着碰着了。"

秦水凝闻到好大一股酸味,头回觉得她长了颗榆木脑袋,挑明道:"那上面根本不是我,是叔昀的小妹,死在了东北。"

这下倒让谢婉君愣住了,回过神来后她急忙又拾起了怀表,捧在手心反复打量着,嘴角的笑意藏不住,溢了出来:"他妹妹可真漂亮,斯斯文文的,眉眼间还有一股英气,怪不得我一看到就觉得喜欢。"

秦水凝长叹一口气,确信她矫情过了,问道:"看够了没有?看够了下楼吃饭,饿死了。"

第四章 | 漫长的凛冬

秋末接连下了两日的雨,整个沪市滩被阴风席卷,气温也跟着骤降,正当人纳罕可是要下雪,热了一整个夏天,合该来场瑞雪,雨却骤停了下来,太阳总算露面,冬天到了。

谢婉君大病痊愈,依然以此为借口,回驳了不少饭局。秦水凝看在眼里,颇觉欣慰,往谢公馆跑得频繁,偶尔亲自下厨给谢婉君做些吃的,自然是谢大小姐点菜,她则是被使唤的命,只能纵着罢了,别无他法。

入冬后没几日,往常秦水凝多是晚上打烊后来谢公馆,最多中午得空,还得谢婉君也得空,二人一起在家里吃顿午饭,不可多得的。那天下午谢婉君在家休息,晚上还有个饭局,许世藁设的,推辞不得,黄妈上楼通禀"秦小姐来了",谢婉君连忙趿拉着拖鞋跑了下去。

秦水凝并非空手而来,合着是来送衣裳的,她就说秦师傅这么个忙人怎么会大下午地前来造访。

黄妈送上了茶后,她还故意挑秦水凝的刺:"秦师傅竟亲自来给我送衣裳,怎么没叫小朱跑腿呢?寒舍可真是蓬荜生辉,蓬荜生辉啊。"

秦水凝抿嘴忍笑,剜她一眼,显然是在勒令她适可而止,扭头跟黄妈揶揄道:"你们家大小姐这张嘴真是讨厌,苦了你伺候她这么些年了。"

黄妈哪敢乱说话,摆着手说"秦小姐说笑了",也不妨碍她们,退了下去。

秦水凝故意用黄妈还听得到的声音说她:"我看你就是一张嘴硬。"

谢婉君咬牙回击:"你的嘴不硬,软着呢。"

秦水凝乜她一眼,转身去解系着纸包的绳,亮出里面东西,正是那张银狐皮裁好的毛领和披肩:"原本说秋末做好,在提篮桥……"她怕触及谢婉君的伤心事,忙改了话,"中间耽搁了些时日,这几天才赶出来,你也能穿了。"

谢婉君捡起毛领仔仔细细地打量,显然是满意的,又发现披肩的里衬是白色,而非红色,故作严肃责问她:"你现在是恃宠而骄了,都敢忤逆我这个大主顾的要求,我不是要红色的里衬么?"

"我试过,委实难看,便擅自做主换成白色,谢大小姐不会扣我的工钱罢?"

"秦师傅这话说的,我哪里敢?您都分文不取了,我想送钱都没处送呢。"

秦水凝将她的阴阳怪气一一接纳,拎起披肩往她身上挂,一边比量一边可惜地说:"如今倒是后悔了,可否叫账房先生再跑一次?罢了,眼看要结上个季度的账,我就一并算了罢。"

"你想得美,我这个人可是极小气的,你既不要,我便不再给了。"

"素来听闻你大方,对我倒是愈发小气,也不知我是亏了还是赚了。"

屋子里虽不算太冷,也没烧火箱取暖,谢婉君只穿一件单层的旗袍下来,裹着那条披肩还是暖和不少,见她从外面来,手必然冷着,立即叫黄妈灌个汤婆子,再转头和她说:"周末我休息,带你去买件拿得出手的首饰,够在你那儿裁几年的衣裳了,你说你是赚了还是亏了?"

"我每天做针线活,本就不爱戴首饰,给我买这些做什么。"

"那天怎么突然戴了呢?缅怀起你那位亡夫了不成?"

她显然还不知严从颐心中的猫腻,秦水凝也不愿多说,省得给她添烦恼。

谢婉君便兀自说了下去:"待首饰做好了,管你戴与不戴,放在那儿又如何?我就是要送你,你当我跟你似的,将枚扣子装在戒指盒里,就这么轻易地把我给打发了,你心里得意着呢。"

话已至此,秦水凝自然不会再推辞,点头回道:"我答应同你去,你也得随我去趟医院,叫严医生给你开些药来吃。"

谢婉君在心里权衡了一番,摆出副不满意的表情:"去就去,答应你

第四章 漫长的凛冬

便是。"

她又让秦水凝收好一条毛领,自己只留了一条。那瞬间秦水凝不免觉得她是要送自己的,刚想开口拒绝,谢婉君像是捉到了她的短处,脸上露出得意的坏笑:"我是要送稚芙的,当初就觉得她戴着会好看,想着给她留一条,没你的份儿。"

秦水凝吃了一瘪,凉飕飕地瞥她一眼:"许小姐若是知晓你这般爱护她,想必定要喜极而泣了。"

谢婉君见状偏要逗她,追着她问心里是什么感受。

秦水凝兀自走到衣架旁去拿大衣:"懒得与你胡搅蛮缠,我还得回店里,小朱一个人应付不来。"

"还要走?"谢婉君不免失望,又说起晚上的安排,"我晚上在和平饭店应酬,到时候叫小佟去接你,你等我一起,咱们一起吃点儿什么。"

秦水凝心里一暖,"嗯"了声算作应答。

晚上秦记刚准备打烊,秦水凝还跟小朱在店里收拾着,一抬头就看见停在门口的车,已经熄了火,不知等候多久了。

她忽然觉得心潮有些涌动,虽然知道谢婉君不在车里,还是不免产生一种睽违已久的归属感,好像终于有了家,家里还有人等着她。

受那种归心似箭的情绪所催动,秦水凝忙放下手头的活儿,叫小朱收尾,并叮嘱了一句锁好店门,小朱爽快答应,扭头便瞧见秦水凝急匆匆地走了,大衣都还没穿好。

秦水凝独自上了车,瞧见后座放着谢婉君的红呢绒大衣,不禁眉头一皱,问小佟:"她怎么把外套就放在车里了,着凉了怎么办?"

小佟默默启动车子开回和平饭店,心不在焉地答道:"不会的,大小姐今日带了件狐皮披肩,披着上去的。"

倒是符合谢婉君爱美的性子,秦水凝把那件被随手丢在车座上的大衣拢好，没再多说。

其实她根本无须急这一时，到了和平饭店楼下也是要等的，且一等就是两个钟头。

小佟看出她等得久了，心中难免不耐，按照以往的经验推断说道："今日是许老板的局，许老板并不好酒，喝不了多少，想必很快就散了。"他又从口袋里掏出烟盒和洋火，拉开车门下去，"秦小姐，我下去抽根烟。"

秦水凝独自在车上又坐了两分钟，觉得有点儿闷，系好大衣的纽扣也下了车，今日倒不算太冷，吹吹风也好。

她立在车旁，下意识抬头看和平饭店明亮的窗，明知看不到什么，还是下意识想要找到谢婉君所在的包厢。不想那和平饭店上面的几层楼都是客房，谢婉君他们就在二楼的包厢，但凡再高一些秦水凝都看不真切，二楼还是足够的，她率先看到窗边衣架上挂着的银狐皮披肩，在周围深色的大衣映衬下分外醒目。

想必那厢的酒局已经接近尾声，谢婉君先行走到了窗边，自然不会想着往下看，秦水凝看到她就够了，嘴角扬起了个淡淡的笑容，可那笑容并未维持多久，在看到许世藁后僵住，很快彻底消失得无影无踪。

谢婉君把披肩从衣架上摘了下来，许世藁顺势接了过去，谢婉君也没拒绝，由着许世藁帮忙披上了，许世藁还特地为她打理了两下，接着一双人影从窗前移开，又换成别的人来取大衣。

男人的手抚在银白色的狐狸皮毛上，秦水凝脑袋里一遍遍回想着这个画面，心头涌起一股异样的感慨，莫名变得涩涩的。这么多年来，她艰难地周旋在应酬场中，一定很累。

秦水凝转身走向蹲在路边抽烟的小佟，伸手索要："给我一支。"

小佟当她不会抽烟，眼睛里写着犹豫，还是递了过去，并且起身帮她点了火，秦水凝这次倒是没再咳喘，望着远处的江景静静吸了起来。

沪夏往事

第四章 | 漫长的凛冬

很快饭店门口传来了喧嚣声,十几个老板各自成群,唯有谢婉君一个女子,宛如水墨中的一点红。众人客套着道别,秦水凝半截身子隐藏在车后,随手将烟丢了,对上谢婉君的视线,朝着她笑。

那股不明的情绪似乎就随着那半支烟化成灰烬了,秦水凝素来习惯伪装,回家路上也没表现出什么,谢婉君悄悄在黑暗中把玩她的衣摆,跟小孩似的。小佟就在前面一本正经地开着车,秦水凝蓦地笑了出来,绝非假装,心情也瞬间变好了起来。

谢婉君开口说道:"今日未喝多少,倒是有些饿了,回家你给我做粥好不好?"

秦水凝怎可能说不好,自然满足她,知她口重,做的定是咸粥,还不能太咸,恐伤了她的胃,倒是一位极难伺候的大小姐。

两人坐在客厅里吃着热粥,黄妈将门锁好,回来路过厨房说道:"秦小姐莫再洗碗了,放着明早我来洗就好。"

她当秦水凝似客,又非客,无论如何也不该叫秦水凝做刷锅洗碗的差事,秦水凝心里清楚,不再坚持,还顺便问黄妈一句:"你饿不饿?要不也来吃一碗,我做得多。"

黄妈哪里还敢跟谢婉君抢食,憨笑着拒绝:"我不吃了,都留给大小姐吃罢。"

秦水凝瞥一眼身边的谢婉君,目光温柔,接道:"余了很多呢,你家大小姐又不是猪,吃不了那么多。"

谢婉君填饱了肚子,抬头瞪向瞧热闹的二人:"你们当我不在呢?堂而皇之地说起我来。"

黄妈瞧着她们坐在一起跟姐妹似的,谢婉君近些日子也都准时吃饭了,她心里高兴,夸赞起秦水凝来:"秦小姐的手艺怕是不输家里的大厨,有您这位姐姐,也算能治一治我们家大小姐。"

没等秦水凝说些什么,谢婉君却拧起眉毛:"你真是老糊涂了,分不清大小,外面的人都知道她是我妹妹,我可没少护着她呢。"

秦水凝但笑不语,黄妈也纳闷起来:"哎哟,我这不是瞧着秦小姐较您稳重些,又是婚配过的……"

谢婉君长舒一口气,面不改色地编着瞎话:"我便不稳重了么?想必你不知道我为什么要你们叫我一声'大小姐',家里那么多妹妹,我自然是最大的一个,不瞒你说,她正是我的一个远房堂表妹妹,不然我怎么待她这么亲厚呢?"

秦水凝撑着额头继续喝粥,听她一通胡诌八扯,把黄妈唬得一愣一愣的,上楼梯时想必还在咂摸这里面的关系,忍俊不禁。

待到楼梯彻底没了声音,秦水凝才放下瓷匙,掐着她的腰问:"你再给我说说,到底谁大谁小?谁是姐姐?"

谢婉君还在嘴硬:"这个家自然是我最大,有问题么?"

"没问题。就是觉得你这浑说的毛病可恶了些,治一治你这张嘴。"

楼下再无旁人,两人绕着桌子打闹起来,静谧之中传来几缕响动,传到楼上黄妈的耳朵里,黄妈无奈摇头。

几日后便是周末,谢婉君并非每周都能得闲,恰巧那日无事,睡到日晒三竿才醒,秦水凝早已在店里忙活好几个钟头了,开店迎客的买卖多是全年无休的。

谢婉君梳洗打扮过后已近中午,黄妈见她准备出门,还是问了句要不要做饭,谢婉君自然拒绝了。

车子停在秦记门口,谢婉君透过窗向店里瞧,秦水凝正坐在案台前,捻着指头做花扣,很是认真的样子,也没发现她已经到了。

小佟见她没有下车的意思,主动问了句:"大小姐,我下去请?"

谢婉君摇头,心道等她什么时候发现自己,主动出来,没想到她还真是刻苦,一点儿没想着往外面看。谢婉君等得肚子都叫了,正打算下

第四章 漫长的凛冬

车,过路的客人光顾,又将她阻在了门口。

秦水凝闻声迎了过来,关门的瞬间瞧见谢婉君,冷若冰霜的脸立刻展露出笑颜,抬手指了指客人的背影,显然是在告诉她稍等片刻,谢婉君没作反应,靠在车边打发时间。

待到那位客人取了成衣离开,秦水凝也抱着大衣出来了,扭头跟小朱说:"我有事出去,一会儿就回来。"

小朱点头答应,谢婉君听到她的措辞显然不满意,坐上车后说道:"一会儿就回来?我要送你东西,你却连顿饭都不陪我吃,还没让你请客呢,真是半点儿世故都不懂。"

秦水凝任她骂着,抬起手腕看了眼表,回道:"时间还早着,正好先去医院。"

她熟络地使唤起小佟来,语气倒是客气:"麻烦先去广慈医院。"

小佟开车便走,谢婉君又气又笑:"你还真听她的,下月去秦记领薪水好了。"

小佟哪敢说话,秦水凝看出她不愿去医院,或许也是不愿见到严从颐,柔声哄着:"猜到你起得晚没吃饭,要不了多久,还能押着你住院不成?眼下时间尚早,你非要吃了,晚饭也得往前提,习惯都乱了。今晚我早些打烊,给你炖酱骨吃,上次不是没吃够?再做两个素菜……"

谢婉君被哄得心思飘飘然,嘴上还是不肯服软:"知道了,知道了,你可真啰唆。"

秦水凝看她一副得了便宜还卖乖的样子,回道:"叫你也尝尝我每日里经受的折磨。"

谢婉君扭头剜她:"你这是在嫌我话多?"

"我哪儿敢。"

进了广慈医院后,谢婉君虽不是头回来,然上次进医院时严从颐还没回国,她原本正在心里翻旧账,当时在医院住了一周有余,广慈医院紧邻秦水凝住的利爱路,秦水凝却从未来医院探望过她这个大主顾一次,简直可恨。

然秦水凝却熟门熟路的,根本不用问人,就带着她找上了严从颐,谢婉君本还疑惑,立马就想明白了,从提篮桥监狱出来后,秦水凝想必就进了广慈医院,她却没能陪伴度过煎熬的养病期,瞬间又不恨了。

她忽然停住脚步,秦水凝还当她要反悔,她却伸手拉上秦水凝,语气分外温柔:"你要不要也顺便瞧瞧?身上的伤都彻底好了?"

秦水凝思忖着她这又是发哪门子的疯:"好了,早好了,你安生叫严医生给你检查,日后听从医嘱,我就好得更彻底了。"

谢婉君似是听进去了,见到严从颐后但凭他们二人摆弄,只是嗅着医院里难闻的气味,不免摆出副臭脸,也不愿说话。故而多是秦水凝代她回答,甚至比她还了解状况,有些问题她自己都想不起来该如何作答。

直到严从颐拿着冰冷的诊器贴到她胸前,谢婉君再坐不住了,秦水凝就站在一旁看着,她满腔尴尬,敷衍着让严从颐听了两下,腾身就走。

秦水凝忙跟严从颐解释:"她不愿来,被我强拖着来的,脾气臭了些,严医生勿怪。"

严从颐并未放在心上,放下了诊器跟秦水凝说起状况。

大抵过了一刻钟,秦水凝才走了出来,小佟把车停在医院门口,谢婉君则在旁边抽烟,明明看到秦水凝步步逼近,还是有恃无恐地吸着,烟也不丢。

秦水凝冷脸问她:"你现在是越来越嚣张了?我与你说的话半点儿都不放在心上。"

谢婉君又吸了一口,讥嘲道:"你与严从颐有说有笑的,怎么这么快就舍得出来了?还要与我生气,我脾气臭,比不得严从颐温和,你可想

第四章 漫长的凛冬

回去?我晚点儿再来接你。"

秦水凝不与她废话,上前直接将烟给掐了,顺便收走她手里刚拆开的茄立克,径直打算上车:"我看你还是不饿,待会儿我吃我的饭,你光看着好了。"

不想谢婉君杵在原地没动,秦水凝扭过头无奈地看着她。

谢婉君幽幽开口:"你晚出来一刻,我就抽一支烟,你再晚出来一刻,我便再抽一支,你大可以试试看。"

秦水凝觉得她孩子气,主动拉着她上车,解释起来:"你当我愿意在医院里多呆?和严从颐又能说什么,还不是聊你,你自己不把身体当回事,我也跟你一起胡闹不成?你这脾气,未免太霸道。"

待两人吃起了中饭,位置也是秦水凝选的,一家粤菜馆子,谢婉君吃了两口就不肯再动了,显然不合她胃口。

小佟独自在另一桌吃,四下再无旁人,谢婉君才与她说起:"他都把手摸上我的胸了,我还不能走?还怪我霸道?"

秦水凝没想到她是在气这茬,默默给她又盛了半碗粥,强势地放到她面前:"我怎么没看到他摸你的胸?当真如此,我们回去大闹广慈医院好了。人家手里不是拿着诊器,按的也不是你的胸,而是心脏。"

"心脏与胸差到哪儿去?"

"我以前怎么没发现你这般保守?"秦水凝本想说那晚许世藁帮她戴披肩的事儿,又觉小题大作,不过是应景的礼数,她也不想去置喙谢婉君应酬时的人际交往,话说到这儿了,才顺势提了一嘴,"陈万良之流搭你的肩、揽你的腰时,你怎么不起身就走?严先生是医生,做这些还不是为了你好。"

谢婉君觉得她这话说得就不中听了,粥也不肯继续喝,头头是道地反驳起来:"这能一样?我本就不想去医院,看在你的面子上才去自找不痛快,还得为之付钱。陈万良那些臭男人虽急色了些,哪里敢真的动我？揩个油罢了，同为男人之间他们也是勾肩搭背的，我不觉得有什么屈辱。更何况我要借他们的势，否则如何谈生意？我自然会想方设法地从他们身上捞到好处，才不会让他们白占便宜。"

她自有一套逻辑，秦水凝无从指摘："我并非叫你像刚刚对待严医生那般对待酒桌上的人，可我知道你并不乐意，就不能尽量躲着些么？"

谢婉君一门心思咬住人情道理："我怎么没躲着？你当我乐意上赶着送上去叫他们碰么？一个个肥头大耳的，但凡卖相好些，我也要去摸他们的，看谁心里硌硬。"她眼中闪过一丝嫌弃，"罢了，不堪入目，还脏了我的手。"

"许先生和倪少爷算卖相好么？你可挑他们下手。"

"你可真机灵，这二位倒是可以……"

谢婉君正煞有介事地点头附和，她不过是就事论事，哪里能真做，猝不及防对上秦水凝抬头送来的冷眼，连忙闭上了嘴。

两人对视了许久，谢婉君头回露出说错话的表情，小心地打量着秦水凝，等她开口，秦水凝脸色愈绷愈紧，最终还是放松开来，不容拒绝地说道："把剩下的粥喝了。"

谢婉君捧起碗舀了个干净，亮给她邀功请赏："够不够？不够我再吃半碗给你看。"

"再吃点儿鸡鸭肉，剩的那个虾饺也是你的。"

"好嘞。"见她表情恢复如常，谢婉君艰难地啃着虾饺，嘀咕起来："这家馆子忒难吃了些，近几年沪市开了好多家川菜馆，我还没吃遍呢，昨天稚芙给我打电话约我吃饭，到时候我带你一起去，我们吃川菜，比这些好吃多了。"

秦水凝却不觉得难吃，这家馆子还是常来的，闻言不咸不淡地说道："严医生叮嘱过，你的胃不好，要忌辛辣，别想了。"

第四章 漫长的凛冬

看她蹙着眉头不快,又加了一句:"你若非要去,就将我瞒好了,管你和许小姐吃多少家,一概与我无关。"

谢婉君哪敢不带她,忙说:"听你的,全听你的,自然要与你一起,秦师傅比我这个当老板的还忙,请您吃顿饭才不容易,我就眼巴巴地等着。"

秦水凝忍俊不禁,同样阴阳怪气地回她:"谢小姐言重了,您是大主顾,我将您伺候好了才是。"

饭后两人又去了珠宝店,就在霞飞路的另一段,秦水凝自然从未踏足过。她又不懂这些,火油钻虽然颜色各异,看起来也没什么太大分别,不免觉得谢婉君破费,她虽不习惯戴首饰,到时候也是势必要戴起来的,简直是自找麻烦。

谢婉君仔仔细细地挑拣半天,店老板显然认识她,一门心思将保险柜里锁着的顶级货都拿了出来,谢婉君捏着钻石往秦水凝手上比,始终没挑到全合心意的。

她眼睛尖,瞧见了保险柜里始终没动过的一颗成戒,命老板拿出来,大抵觉得那老板是瞧不起她不成?还藏着掖着的,可真小气。

老板有苦难言,说那是已经订出去的,主家是大外交官的太太,明日就会来取。

谢婉君便叫他拿出来看看,她又不会偷走,瞻仰罢了,即便眼下沪市再无第二颗,她大方付订金等他进购便是,谁也跑不了。

秦水凝本想劝她作罢,到底没拦住,于是只能听之任之。

老板将戒指取了出来,没想到是那样漂亮的一颗蓝钻,听他介绍道,洋人将这种钻石取名为"海洋之心",还真是不虚此名。

谢婉君一眼就看中了,之前不论是粉的、紫的、还是绿的,都觉得不衬秦水凝的气质,这颗倒是正好合适,可惜已经有主了。

她当即下了订金,秦水凝看到票据上的数字眉头直跳,走出珠宝店后才开口:"太贵重了些,你非要破这个财,还不如送我幢房子。"

"你就这点儿眼界,说些好听的,我把谢公馆给你可好?"

也不过都是玩笑话罢了。

一元复始,万象更新,民国二十六年悄然而至。元旦日广西路的小花园附近新开了家川菜社,即便当时的沪市阴风砭骨,食客还是如潮水般涌了过去,热络异常。

许稚芙本打算带江楼月去,顺道叫上谢婉君,两人来到谢公馆时,谢婉君正窝在书房沙发上猫冬,只穿了件裖袍,身上披了张厚厚的毯子,烤着火箱。

许稚芙非要叫她一块儿去凑热闹,将留声机的唱针拔了,咿咿呀呀的京戏声随之歇止。

谢婉君断不会说自己正谨遵医嘱,迫于秦水凝的淫威,日日随她攻苦食啖,隔三岔五吃一顿味道重些的,简直要叩谢隆恩,一张嘴都快没味觉了。

"黄妈刚才还说呢,今天外面冷得很,我才不与你们一起出去喝西北风。"

今年夏天热得那般离奇,都以为会是个暖冬,哪承想到冬天会这么冷,又不下雪,真是活见鬼。

许稚芙道:"几次邀你出去吃饭都不肯,婉君姐,你可是有别的妹妹了?"

谢婉君笑不可支,随即使了一招祸水东引:"确实有别的妹妹了,你要与她争宠不成?"

许稚芙负气地转身就走,江楼月抿嘴笑着,正要跟上去拽她,谢婉君的话传了过来:"你们俩最近去秦记没有?我心尖儿上的妹妹正是那

第四章 漫长的凛冬

大忙人秦老板,别说你请我吃饭费劲,我邀她才不容易,你若是能把她叫上,我立马就上楼换衣裳,即便是去白渡桥头吹风我也随你们一起。"

江楼月看许稚芙没绕过这个弯来,低声提点道:"谢小姐是让我们去请秦师傅呢,正好你前些日子不是订了件棉袍?我们去催一催。"

许稚芙听她的,回头和谢婉君说了句话便走:"婉君姐,看来你真是怕秦姐姐,是不是秦姐姐待你太凶了?她对我倒是极温柔呢。"

她也知道说这话要挨谢婉君的骂,牵着江楼月就跑,谢婉君气得掀了毯子,光脚叉腰踩在地毯上,几次张口才吼出了句:"臭丫头,好歹把唱针给我放回去再跑。"

黄妈闻声跑了进来,帮着把唱针放下,书房里再度回荡起京戏的唱腔,谢婉君跷着腿坐下,正打算点支烟,余光瞟到旁边矮几上的电话,踮着脚又去把唱针抬了,房内恢复寂静,她则提心盯住电话,等许稚芙的好消息。

没想到等来的是秦水凝,她忙里抽闲地打这一通,长话短说:"好端端的你折腾人家做什么?昨天陪你听戏,不是下馆子叫你吃了个满意?说出去像我虐待你一般。"

谢婉君听出来她将许稚芙给拒了,脸上虽不开心,语气还是低柔的:"谁知道你连稚芙的面子都不肯卖?再说了,那已是去年的事儿了……"

"今天才冬月十九,大年还没到。况且去年的肉没长在今年的你身上?你还说旗袍紧了,倒是该再给你量个尺了。"

"你来给我量?现在就来好了。"

电话那头的秦水凝下意识捏紧了话筒,咬牙回道:"做什么美梦?我不与你胡搅蛮缠,店里来客了。"

"诶?我就不是你的客么?"

电话已被挂断了。

谢婉君不服输地又打了过去,接电话的已是小朱了,秦水凝正帮顾客试样衣,小朱将之打断,转述谢婉君的话:"阿姐,谢小姐说没衣裳穿了,让你上门去量尺。"

秦水凝头也不回,让小朱直接挂断,小朱哪敢照做,犹犹豫豫的,秦水凝这才跟那位顾客打了声招呼,走过去接电话,背过身低声啐她一句:"搅乱是吧?看我怎么收拾你。"

随之而来的又是电话被挂断的声音,谢婉君一副作恶得逞的表情,满脸娇笑,在书房里也坐不住了,小跑着上楼换衣裳。

黄妈已经打算做晚饭了,见谢婉君要出门,她这两天得闲,便放了小佟的假回闸北探亲,出门也没人给开车,黄包车还要遭风吹,黄妈忍不住劝道:"大小姐还要出去?秦小姐说晚上回来给您炖汤呢。"

谢婉君二十几年喝过的汤都比不过这一冬天喝的,闻言恨不得立马逃走,回道:"你做你的,我去凯司令喝杯咖啡,待会儿就回来了。"

黄妈忙从衣架上取了帽子:"秦小姐,风大叫您戴上帽子,省得又被吹得头疼,我出去给您叫黄包车。"

谢婉君接了帽子,看黄妈要披外套,阻拦道:"不必,车钥匙呢?我自己开车就成。"

"大小姐会开车?秦小姐说您不认路,还是别……"

"我什么不会?还不是为了接她,今天降温,待她打烊时岂不更冷了。还有,你今后改口叫她大小姐好了,一口一个'秦小姐',我看这个家早晚要易主。"

她倒也并非说气话,说完了美滋滋地掂着钥匙出了门,心道整个沪市滩还有谁配得上让她亲自开车去接,秦水凝心里指不定多美呢。若秦大菩萨高兴之下肯略施慈恩,明日便叫上许稚芙和江楼月去吃那家新开的川菜社,再好不过了。

第四章 漫长的凛冬

至于许稚芙和江楼月，二人在秦记被秦水凝劝走，还顺道把严从颐吩咐的医嘱给这两个妹妹说了一遍，她们自不敢再邀，出门坐上车后还是去了广西路小花园。

那日蜀腴川菜社刚开幕，食客排着号在门口等，两人吃了半斤北风，到底等得不耐烦了，就近寻了个馆子吃晚饭，只能等过些时日热闹降下后再来。

可惜秦水凝没开这个恩典，谢婉君本以为蜀腴是难去了，寄希望于哪个老板请客做东，她借机尝个鲜。

不想五日之后，那天正是小寒，秦水凝说晚上不在谢公馆吃，谢婉君顿时精神了起来，问她与谁有约，秦水凝说："还能约谁？你不是要吃蜀腴？我昨日打电话订了桌位，你叫上稚芙和楼月，五点钟去秦记接我。"

谢婉君抿嘴笑了，还不饶人："你肯请客，真是稀罕了，我早早地便去等你，别想跑。"

当晚四人到了蜀腴，谢婉君毫不客气地乱点一通，秦水凝也不拦她，还是江楼月忍不住开口："足够了，再点就吃不下了。"

秦水凝细致地擦着碗筷，淡淡接道："叫她点好了，否则又不定怎么与你们说我苛待她，吃了这顿没下顿似的。"

谢婉君丢了菜单，总算点完了菜，同那两个小的拱火："你们听听，她这是不定在哪儿发了笔横财呢，凭这一顿饭，吃不穷她。"

许稚芙单纯了些，闻言亮着眼睛问秦水凝："秦姐姐当真发了财？"

秦水凝驳道："也就你信她浑说，我能发什么财。不过今早有个订扣礼，主家出手阔绰，给了个大喜封，正好请你们吃饭了。"

这下轮到许稚芙问："什么是订扣礼？还有喜封拿。"

秦水凝也不解释，而是去看谢婉君，给她个卖弄的机会，谢婉君也听她摆弄,得意地给许稚芙说起来:"姑娘出嫁时穿的嫁衣会留个扣子,成婚当日请你秦姐姐去订上,图个吉利,所以要给她喜封。"

许稚芙又问:"现在结婚不是都穿婚纱?搞洋人那一套,新娘子都要出来露面。"

秦水凝点头:"婚纱自然是不必订扣的,穿老式大红嫁衣的越来越少了,一年也就这么两三回,早些年我叔父在时接得倒多,他长了副吉相,都愿请他,喜封收到手软。"

"那我成婚时也要穿嫁衣,请秦姐姐你来给我订扣,我要给你个更大的喜封!"

许稚芙毫不设防地说了这么一句,未必有多么认真,另外三人却神色各异,秦水凝没答话,不着痕迹地扫江楼月,江楼月已低了头,明显有些黯然伤神,至于谢婉君,她大抵算是最平静的,不过是看得太过透彻,抬手给秦水凝添茶。

对上秦水凝略带嗔怪的视线后,她知道这是在叫她开口打圆场,顿时笑了一声。

饶是许稚芙再愚钝也明白了过来,手伸到桌子下面去牵江楼月,脸上挂着愧色:"我随口说的,我还不想成婚,楼月,我想穿嫁衣给你看,我只是没穿过,好奇秦姐姐说的订扣礼而已。"

江楼月脸色本就不好,强扯出个假笑,分外难看,她倒不是与许稚芙置气,只是有些事情心知肚明,如今不过是回避,老话说"船到桥头自然直",依她看来,该叫"船到桥头自然撞"。

谢婉君适时开口,打破尴尬的局面:"你去的哪户人家订扣?楼月,上回你说今天谁成婚来着?"

江楼月怎么也比许稚芙更稳重些,闻言深呼了一口气,回道:"倪家的喜,倪二少爷娶妻,就是夏天被气回绍市老家的那个未婚妻,当时传得沸沸扬扬的。"

第四章 | 漫长的凛冬

这下轮到秦水凝惊讶，木然愣在那儿不动，反应过来扭头看向谢婉君，谢婉君犹在装腔，也摆出副惊诧的样子，问秦水凝："呀？你去的可是丁家？没记错的话，他那个未婚妻姓丁。"

秦水凝心情有些复杂，看来那晚在百乐门外的情形是她误会了，两人并非定情，谁说道别就不能拥抱呢？想到她因为这个误会了谢婉君，不禁有些懊悔，低声答道："不是丁家。"

谢婉君夸张地点了两下头："我想也是，倪老爷子做了不少洋人的买卖，婚礼想必也是西式的，无需订扣。"

秦水凝抬头看她，瞧见她嘴角藏着的笑。谢婉君得意地拎起筷子，菜已陆续上桌，她显然要大快朵颐了。

那顿饭吃得最满意的必定是谢婉君了，秦水凝虽不嗜辣，偶尔吃一顿换换口味也好，仍算满意，许稚芙和江楼月便没那么享受了，许是还未平复那句话激起的余波。

饭后出了蜀腴，谢婉君亮出手里的包厢票，问那闷闷不乐的二人："今晚黄金唱《龙凤呈祥》，稚芙，不是你最喜欢的戏码？还去不去看了？"

许稚芙看江楼月，等她发话，江楼月一则不愿拂逆谢婉君，二则也为了让许稚芙开心开心，于是伸手帮许稚芙系好毛领的搭扣，正是谢婉君送的那条，今日两人恰巧都戴了出来。她低声哄着许稚芙："你可是累了？不累的话咱们就去瞧瞧，我也好些日子没看戏了，《龙凤呈祥》倒是有些意思。"

许稚芙当然乐意，于是四人又上了车，去黄金大戏院。

《龙凤呈祥》演起来有些久，是由四出折子戏合在一起改成的，彼时邵兰声携着戏班在黄金大戏院唱，当晚正是贴刘备，扮相颇为英俊，博了不少彩头。

中途还歇了一刻钟,秦水凝踩着停锣声离了包厢,再回来手里端着个托盘,上面是两碗鸡丝小馄饨,溢着香气,另有一小盅陈醋。

谢婉君心头一暖,可刚在蜀腴吃过饭来的,哪里饿得那么快,同她说道:"你饿了不成?我是吃不下了。"

秦水凝放了一碗在许稚芙和江楼月中间,另一碗和醋盅自然是她们俩的,回道:"刚吃过辣的,喝些馄饨汤润胃,这茶你不是嫌弃难喝。"

谢婉君没有动的意思,接道:"那还要醋做什么,专为了喝汤,自然清淡些更好。"

秦水凝舀了一勺清汤,递给她:"清汤你肯喝的话那可再好不过了。"

谢婉君喝了两勺,很快停下:"不要了,待会儿再喝。"

楼上的包厢都是敞着的,只要不是眼神不好,一南一北都看得真真的,为防落人口实,谢婉君四周打量了一番,确定无恙后撑着下颔同许稚芙说:"都多大了,还要人喂,自己吃。"

江楼月一向谨小慎微,最懂察言观色,当即放下了瓷匙,许稚芙噘了嘴,也不肯动了。

谁知那有心之人早已窥见,包厢的门帘被人掀开,进来了个珠光宝气的富态之人,正是家里开棉花厂的李太太。

李太太上来就招呼谢婉君,佯装热络:"谢小姐,还真是你!我远远地在包厢里瞧见,还不确定呢。"

谢婉君心里咯噔一声,面上仍露出热络的笑:"李太太!倒是许久未见,怎么没到碧城姐那儿打牌了?我可想着你呢。"

"哎哟,我哪还敢去,次次输给你,我得躲着你这尊财神呢。"

"这倒怪我了,回头我得跟碧城姐请罪,她的牌搭子竟是这么跑没的。"

两人半真半假地寒暄着,眼看戏台的九龙口重新上人,下半场戏要

第四章 漫长的凛冬

开锣了,李太太却仍没有走的意思,而是盯上了许稚芙:"这是世藁的妹妹罢?许二小姐。"

许稚芙并不擅长此道,略有些拘谨,浅笑着同李太太颔首:"李太太好,听兄长提起过你。"

李太太笑得合不拢嘴,斜着眼睛瞟她身边的江楼月,台上已开始敲锣了,她掐尖了嗓子,同许稚芙说:"许小姐,瞧你年纪不小了,即便都是女人,同戏子也不好这么亲近的。"

许稚芙正觉得莫名其妙,脸上挂着迷惑,只听李太太的声音伴着锣声传来,分不清哪个更刺耳:"小心落人话柄,不好听的。"

李太太又同谢婉君说了声"再会",扭身出门回自己的包厢了。

台上刘备上了场,包厢里的四个人却谁都没往戏台上看。

谢婉君隔空白了对面包厢的李太太一眼,只觉得好好的兴致都被扫了一半,真是讨厌。

散戏后四人刚迈出戏院大门,谢婉君手里攥着那条狐皮毛领,江楼月一看许稚芙空荡荡的脖子,连忙说:"小芙又落东西了,我回包厢取。"

许稚芙赶忙跟上:"我也去,婉君姐等等我们。"

谢婉君便跟秦水凝在门口等着,人群从戏院里鱼贯而出,两人挪到了台阶旁的角落,秦水凝见她还没戴脖领,正想拿过来帮她戴,不想谢额婉君先一步动了手,将毛领给秦水凝戴上了,还抚了抚毛面。

秦水凝不解,疑惑地看着她,谢婉君笑着说:"我送出的东西便没收回的道理,你可别想着还我。"

这么昂贵的东西,她竟然说送就送了,还补充道:"家里有的是毛领,这条颜色太素净了些,我不喜欢。"

秦水凝没再推辞,下巴陷进了柔软的皮毛,淡笑说道:"确实暖和。"

谢婉君则昂头看着黛色的天,低喃道:"也不知今年冬天沪市还会不会下雪……"

除夕当日,江楼月抱着把琵琶到谢公馆,她孤身一人在沪市,过年也没个伴,历来是看着别家的烟火冷清度过。许稚芙本想邀她去许家过年,许世藁自然不允,年前谢婉君到许公馆送礼,借机应了下来,江楼月推辞不过,也为了让许稚芙放心,这才来了。

楼上客房不少,常年养着黄妈和两个女佣,尚有空余,便给江楼月收拾出一间。黄妈的丈夫已逝,女儿嫁到了山东,她算是孤身一人,女佣也都是身世可怜的姑娘,过年都留在谢公馆,也算有些热闹。

万家灯火之时,外面的花炮声此起彼伏,往常谢婉君也不稀罕这个热闹,虽是除夕,凑合着便过去了,今年就不同了,天黑后几人都钻进了厨房,聚在一起包饺子。

江楼月不擅庖厨,顶多会做几个小菜,饺子更不会包了,便抱着琵琶在一边弹,有了悦耳之声作伴,家里愈发热闹了几分。

秦水凝是包得最熟练的,江楼月一曲弹罢,立好琵琶后凑过来看,问道:"听闻在东北逢年过节皆要吃顿饺子,当真如此?"

秦水凝淡笑着点头,又说:"也不是家家户户都吃得上的,婉君想必是吃腻了。"

江楼月又去看谢婉君,谢婉君正捧着饺子皮,瞧着有模有样的,江楼月便问道:"谢小姐会包饺子?"

大过年的,谢婉君心情又好,说道:"稚芙叫我一声婉君姐,你便也随她这么叫罢,一口一个'谢小姐',怪生疏的。"

江楼月轻轻点了下头,也没敢立刻叫出口,再看谢婉君手里的那一坨面,暗自庆幸夸赞的话没说出来,但凡说了,也太虚伪了些。

秦水凝瞥见江楼月盯着谢婉君手里的"饺子",扭头一看,眉眼挂满了嫌弃:"你那是什么东西?"

"饺子啊。"谢婉君捧起来给黄妈看,"我这叫元宝饺子,复杂着呢。"

第四章 | 漫长的凛冬

　　黄妈拿着擀面杖在一边擀皮，眼神不大好地凑近了看，半晌没说出话，那两个女佣一个在掐小剂子，一个把饺子摆好放在盘子里准备下锅，两人眼神倒好，瞧了一眼便抿嘴笑了。

　　至于秦水凝，她已经又拎了张饺子皮，灵巧地动了几下手指，旋即把成品放在了谢婉君掌心："你是觉得人家没吃过饺子么？这才叫元宝，你包的那个，只能叫'丑东西'。"

　　谢婉君连忙将饺子放下，绝不恋战："我去把留声机搬过来，给你们放京戏听。"

　　秦水凝低头继续忙活，嘴角溢出了笑容。

　　吃过年夜饭后，众人又裹上外套到院子里，年前谢婉君专程叫小佟买了些花炮，除谢婉君外那五个人都不敢点，谢婉君自觉有了用武之地，掏出火柴盒就上。

　　秦水凝见她蹲在花炮箱旁边，凑得极近，已划亮了洋火，下意识出言提醒："你小心些，不然别放了。"

　　谢婉君嗔她胆子小，阴风作祟，火柴没等将引线点燃就灭了，家里不供神佛，她也不喜线香烟熏火燎的味道，不像在东北时还能从佛龛下抽支香。于是她又掏出了烟盒，堂而皇之地吸着一支，秦水凝看得眼睛一瞪，连忙上前想要夺她指间的烟，已是分外熟练的举动了。

　　不过电光石火间，谢婉君蹲在花炮箱旁，有恃无恐地仰头朝秦水凝笑，接着用烟去点引线。秦水凝停在半路，花炮已经燃了起来，谢婉君猛地起身，拉着她往远处躲，一阵嬉笑声。

　　"不敢点花炮，却敢上来抢我的烟，该说你胆子大还是胆子小？"

　　"把烟灭了罢。"

　　秦水凝伸手去夺，谢婉君则把手腕抬起，按住了秦水凝："好生在这儿待着，我去把那些都点了给你看，可花了笔大价钱，不能浪费。"

　　那时秦水凝心作何想？偷得一晌太平，共同仰望烟火，不失为一件浪漫之事。可关乎那年除夕的记忆,关于烟花的记忆,她只记得谢婉君蹲在乍放出光闪的花炮盒旁灿笑的样子,又美又危险。

烟花再亮,也不过是一瞬一息,放得多了,便是几瞬几息,再不可多得了。

热闹散去,众人各自梳洗回房,已近子夜了。

秦水凝推门而入时,谢婉君正坐在长沙发的一侧,撑着双臂,显然等候多时了。

她歪着脑袋问秦水凝:"哟?秦小姐怎么这么早便来啦?发现没地方住,知道来找我了?"

秦水凝懒得理她,谢婉君目不转睛地盯着她看,耳畔传来幽怨的琵琶声,想必是江楼月在客房里弹琵琶,初复寂静的夜里听起来分外明澈。秦水凝回过神来,最后看一眼时间后解了手腕的表,扭头问谢婉君:"快十二点了,你还坐着发什么愣?"

谢婉君见还没到十二点,眼睛一亮,旋即拉着秦水凝推开了坐地窗,走到阳台,冷风灌进房间,秦水凝连忙回去随手扯了条披肩,搭在谢婉君身上,顺便掩了窗户:"大半夜的,又折腾什么?也不怕着凉。"

谢婉君扶着石栏杆,指着远天同她说:"我给你变个戏法儿。"

天公都不忍心让她失望,话音刚落,四处皆燃起了窜天的烟花,散在空中,如梦如幻,想必是十二点过了,丙子年止,丁丑年始。

她在吵闹声中开口,明眸善睐,浓颜昳丽,一如战火纷飞之时初见,说道:"阿凝,新年快乐。"

秦水凝心潮涌动,盯了她许久挪不开眼,声音竟有些哽咽,回道:"新年快乐。"

心中则在暗暗发愿,愿此后年年岁岁皆能共度,愿太平盛世尽早到来,愿,再无分离。

第四章 | 漫长的凛冬

后来她们一起顶着冷风看烟花,想必是沪上的几个阔绰之家,花炮不要钱似的放个不停,秦水凝随手指了个极为漂亮的叫她看,谢婉君脑袋一转,说道:"瞧那个方向,估摸着是远东洋行张家。"

秦水凝不免惊讶,想她一个记不住路的人,却能分辨出这些,随手又指了一个:"那个呢?"

"公共租界最有权势的还能是谁?韩寿亭一把年纪了,不是要修身养性,竟还在放。"

话落,那厢的烟花也停了,大抵是各家各户都看够了,逐渐都跟着灭了,唯有黄浦江的方向迟迟未歇,两人同时看过去,秦水凝纳罕道:"瞧着没有停的意思,这是哪家?竟不让人安寝了。"

"谁家住在黄浦江上?想必是专程到江边去放罢,我是答不出来了。"

谢婉君望着那个方向,也不再说话,神色愈发落寞,秦水凝犹未察觉,一门心思赏烟花,猝不及防看到谢婉君捻着手指揩了下眼角,又不见泪光。

"怎么了?"

"没事,眼睛迷了。"

秦水凝险些信了她的谎话,再扭头看向黄浦江那边,灵光一闪,明白了过来。亏她还问谢婉君那边是哪家,从谢公馆向外看,黄浦江不正在东北方,那是家乡的方向。

秦水凝抬手帮她提了提披肩,掌心触到银狐的皮毛,不禁愣住,几次张口才艰难地说了句:"会回去的。"

谢婉君也去抚身上的皮毛,低声说道:"这张银狐皮是我兄长从东北送过来的,其实他知道,我并不喜欢,只是因为稀罕,不可多得。"

东北故土虽已沦陷,交通却早就恢复了,并非不能回去。秦水凝自认已无家可归,又因责任在身,故而选择不回,至于谢婉君,她便不懂了。

谢婉君看出她在想什么，强撑出个假笑："想必你不知谢家发生了什么。我笑你家不成家，只能为国，可我谢家又何尝不是支离破碎呢？当年举兵回到东北，虽因根基动摇，无奈之举，却仍是最错误的决定，猛虎并非归隐山林，而是笼鸟自投罗网，东瀛人从奉天步步紧逼腹地，溃不成军，家里那么多人，大难临头只能各自飞去，我兄长不肯走，嫂嫂也执意要留，侄儿年幼……"

她身子已经冷透了，四顾看了一圈，下意识找烟，秦水凝喉咙哽咽，拉着她回了房间，烧起火箱，两人捧着杯茶蜷在一起，倒有些围炉夜话之感。

秦水凝用肯定的语气问她："你便独自来了沪市。"

答案显而易见，谢婉君眉间闪过一丝痛苦的愧色，哑声开口："祖宅叫东瀛人占去当司令部，谢家战败，兄嫂被囚禁起来，若非为了我那小侄儿，他们怕是早已饮弹自尽，至于我……"

她突然朝秦水凝露出个自嘲的笑，自我苛责起来："你可知这些年我一直在做什么？每年东北都会派特务潜入沪市，必有一位来谢公馆，我像纳贡一般奉上成箱的大黄鱼，以求他们能够厚待我的至亲。秦水凝，你做的是极为磊落之事，可我，我是不是就是你们口中所说的卖国贼？"

秦水凝温柔地抚摸她的鬓发，一遍遍反驳："你不是，你不是，别这么说，你只是谢婉君。"

谢婉君低喃："我想家了，想我兄长，不知道他们如今过得如何……"

"婉君，想哭就哭罢。"

她到底还是不肯落泪，熟练又艰难地忍住，始终不肯抬头，声音带着过分生硬的冷静："我不愿骗你，我不是为你活的，也不为我自己，我

第四章 | 漫长的凛冬

为谢家而活,为兄长他们而活。至于你,我自私地从你身上获得生趣,让自己看起来还像个有血肉的活人,从始至终都是我将你拖入了浑水……"

直到她彻底闭上双眼,秦水凝才沉声说道:"婉君,生辰快乐。"

她生在辛亥年的腊月三十,虽是家里堂妹们的大姐,却是生日最小的一个,想必没少埋怨母亲为何不能再晚上几个时辰生她出来。

而秦水凝所说的,也不过是一句迟来的、她不愿听的恭贺罢了。

谢婉君做了个很长的梦,亦是朝思暮想的梦。

谢家犹盛之时,每年必请名角儿到祖宅唱堂会,连唱十五日,直到上元,排场颇大。

那年段青山携霓声社赴东北,唱一出他最为卖座的《定军山》,婉君关乎京戏的所有了解都是在那时种下的,她并非有多么嗜好京戏,只因每每听起,都能借机追忆旧事,失神片刻,便当作魂归过故土了。

老宅每逢冬日便挂上了银妆,雪清月冷,风寒料峭,前院的戏声萦绕耳畔。往常这时,她必是带着妹妹们在雪地里玩耍,或是随长辈一起提枪进山打猎,不为所得多少,取乐罢了。

然梦中什么都没有,戏声缥缈远去,人亦化作泡影,她仅着一件薄袍,光脚在院子里徘徊,不觉寒冷,反为寻不到人而惊惶。

明明是熟悉的小径与回廊,宅子里却空荡荡的,只剩她这一缕幽魂,试图张口也叫不出声。她急得泪如雨下,似乎是幻听了,身后突然传来兄长谢钦的声音,熟悉又陌生。

"婉君!瞧瞧我给你猎了什么回来?红狐狸皮!前些日子你不是说脖子有些凉?娘的翡翠项圈儿你是别想了,我找人给你做条毛领可好?"

"婉君,婉君……"

她猛地转过身去，却像是坠入了深渊，不断地向下掉，就在几近触底之时，她睁开了双眼，对上秦水凝关切的视线。

"婉君，做噩梦了？你在哭。"

谢婉君咬紧了牙，眼眶愈红，哭得令人心碎。

本以为那年冬天沪市是下不成雪了，哪承想隆冬之末，天空还真飘起了雪花，大有越下越猛的征兆。当时谢婉君正在公司跟账房一起盘账，盘得心烦之际，窗外簌簌落雪，令她心情大好，抓紧收了个尾，旋即叫小佟开车回家，顺便到秦记接上秦水凝。

江楼月刚到秦记不久，托秦水凝帮她补一件春装旗袍，秦水凝当即坐下开始动针线。那时刚过完年，店里也没什么客人，小朱给江楼月倒了杯热水，两人一个缝线，一个作陪，低声叙话。

秦水凝说："这么点儿小事，哪能要你的钱？账我都没记。"

江楼月仍在坚持："该给的，前几天下雨，衣箱里进了虫，我是补不好的，还得劳烦你。"

秦水凝淡笑道："我拿你当妹妹，你竟视我为外人了，真不必给。"

谢婉君携着一身冷气进了门，见江楼月也在，笑道："这不巧了？你们俩赶紧穿上衣服，咱们回家赏雪去。"

她这一声"回家"说得江楼月心肠一热，扭头看向门外："呀？什么时候下雪了？我来时还干干净净的。"

秦水凝也有些惊讶，同谢婉君说："在这儿不也能赏？何故要回家去。"

"你可真没情调。"谢婉君嗔了她一句，摘了麂皮手套搓手，"去年夏天黄妈收了不少梅子，酿了酒，不是想着叫你们回家去吃上几杯？她还未曾开过罐呢，我早想尝一尝了。"

秦水凝和江楼月对视一眼，眼看天已不早，又下了雪，想必更不会

第四章 漫长的凛冬

有什么客人,秦水凝率先点了头,旋即同江楼月说:"你给稚芙打个电话,邀她去谢公馆,咱们一起热闹热闹。"

谢婉君拍手叫好,她最是好热闹,急匆匆地催二人出门上车,归心似箭了。

黄妈极其不舍地搬出了两罐梅子酒,谢婉君瞧她的样子直发笑,嗔道:"跟动了你什么宝贝似的,你瞧瞧,梅子都沉底了,再不喝就坏了,眼下时机正好呢。"

三人在书房里先尝了起来,黄妈则跟那两个女佣另搬了一罐在厨房喝,还有嘴馋的小佟,也留下来蹭了两杯。

许家的车子开进院门时,秦水凝抱着江楼月的琵琶,在江楼月的指点下乱拨丝弦,谢婉君正站在书房的窗前,本想笑她弹得可真难听,猝不及防看到车子里下来的男人,笑容也凝固了。

那人明显没有进门的意思,谢婉君识趣,当即放下了酒杯出门:"稚芙她哥哥来了,我出去与他寒暄几句。"

秦水凝略带提防地抬起头,到底只是提醒了句:"披上大衣再出去,小心受了寒。"

谢婉君拽下大衣搭在身上,出去迎许世藁了。

许稚芙见谢婉君出来,大抵是碍于她哥哥在旁,礼貌问好:"婉君姐,我来迟了。"

谢婉君直道"无妨",又听许世藁跟许稚芙说:"稚芙,你先进去,我同谢小姐说几句话。"

许稚芙犹豫地看了二人一眼,还是跑进了门。

院子里只剩下谢婉君和许世藁,幸亏雪不算大,并非东北常见的那种成形的雪片,更似湿雪,落在地上晕湿了水门汀。

许稚芙一进书房便脱了大衣,江楼月迎了上去,低声关切:"冷不冷？要不先喝杯热茶？"

许稚芙摇头，瞥见秦水凝不知何时走到了窗边，接替了谢婉君的位置，她拿了江楼月的杯子抿了口梅子酒，又因酒量不济，整个喉咙都热热的，旋即和江楼月也到了窗边。

只见谢婉君和许世藁对立在车旁，许世藁不知在说什么，谢婉君抱着手臂听着，两人的神色都不大轻松，一如屋内的三人。

许稚芙偷偷瞟了一眼秦水凝，不自觉地低下了头，江楼月看在眼里，她鲜少露出这种愁容，也不知在想些什么。

她低声跟江楼月说："我让哥哥别来，他偏要来，唉……"

秦水凝始终没动，一言不发。

院中，许世藁同谢婉君叮嘱道："稚芙酒量不好，别叫她饮太多了，醉酒事小，恐她难受胡闹。"

谢婉君点头："许老板放心，我心里有数，稚芙她还是个孩子呢。"

许世藁又说："你打来电话时，恰巧我也要出门。城内那边的店有些事，我得过去一趟，顺便送稚芙，也见见你，自过完年，竟一直没见。"

谢婉君假装没听到他后半句颇带暧昧的言辞，劝道："许老板既有事忙，还是尽快去罢，下了雪，天黑得也要早了。"

许世藁凝视着她，迟迟没开口作答，也不上车，正待谢婉君要再催一句时，许世藁才莽撞地说了句："其实我就是为了见你才来的。我已习惯了说虚伪的假言，刚刚骗了你。"

谢婉君眼看逃不掉，不如迎上去："许老板……"

可没等她继续往下说，许世藁沉声打断道："你以前都是叫我'许先生'的，不知何时开始，变成了'许老板'。"

他到底是读过书的人，子承父业才经了商，想必在饭局上没少为同僚的行径和言辞暗中讥嘲，然他自己也是局中之人，这种复杂的情绪没少令他头疼。

第四章 漫长的凛冬

明人不说暗话,谢婉君浅笑着问他:"许老板当真不知我何时改的口?倒也不必计较这些,原是我不该那么叫。"

"陈万良入伙之事,我与你说过,不过是在商言商……"

"我赞同许老板的在商言商,与许老板仍算交好,并视你的妹妹如同亲妹般对待,还要如何?恕我直言,不明白许老板顶着风雪与我说这些莫名其妙的话所为何意。"

"你当真不知我所为何意?"许世蕖的眉间也不禁染上一抹恼色,或许说是自我羞恼更为贴切。

"许老板,我当真不知。"

"婉君,不,谢小姐,你是个心思玲珑之人,我……"

"许老板,许先生,你若是喜欢我叫你'许先生',我再改回去也未尝不可,但有些话,我不得不劝你一句,还是不要说出口为好,徒增尴尬罢了。"

话已至此,许世蕖任是再坚持,也不好说出口了,他憎恶自己的理智,虽能规避险情,到底活得过于无趣了些,留下许多懊悔。

书房中,窗边早已只剩秦水凝一人,她也不知他们都说了什么,却看得出交谈终止得突然,两人许久无话,最终以许世蕖开门上车结束。

许家的车子驶离了院子,谢婉君拂着大衣上的细雪,踱步回了屋内。

进书房的瞬间她脸上便挂上了笑容,朗声跟许稚芙说话,像个广散恩泽的活菩萨:"稚芙,你酒量不好,少喝些。我跟你哥哥说好了,留你今日在家里住,只是楼上的客房仅剩一间,你和楼月挤一挤罢。"

许稚芙一扫刚刚的愁容,笑眯了眼,险些要高呼"婉君姐万岁",扭头对上江楼月的视线,两人都笑得极甜。

谢婉君回到窗前拎起了杯子,饮了一大口入喉,暖暖身子,看到秦水凝冷着一张脸,问她:"怎么不开心呢?可是嫌雪太小了,不好看?"

秦水凝还是没忍住问了出口:"说了什么?非要顶着雪聊。"

"还能说什么?他自然是叮嘱我看紧稚芙,千万莫叫她喝多,我便跟他说今晚让稚芙留宿,他哪里肯?真是不好说话,求了半天才答应。"

秦水凝才不信她的鬼话,转身回到沙发坐下,谢婉君也凑了过来,心情大好地跟江楼月说:"楼月,给我们弹上一曲如何?这么静的天儿,听京戏还是吵了些。"

江楼月听话地抱起了琵琶,含笑道:"那就给你们弹一首,是我最近新编的曲谱。"

拨弦声起,江楼月边弹边唱,竟是一首小调。

宵同梦,晓同妆,镜里花容并蒂芳,深闺步步相随唱。
拂花笺,解语心,从今诗琴相依傍,清风吹鸳帐。

窗外湿雪纷飞,冬风阵阵,屋内暖风匝地,有佳人妙音相伴,梅子酒清甜略酸,头未晕,心先醉,实乃不可多得的惬意。

一曲作罢,秦水凝问:"此首小调可有名字?"

江楼月立好琵琶,饮了口梅子酒:"戏文里改的,并无名字。"

许稚芙好奇心大,先问出口:"什么戏文?我最爱听故事了。"

谢婉君顺势接道:"不妨让楼月讲给我们听,我也是头回听说。"

江楼月娓娓道来,从薄暮冥冥讲到夜幕降临,从书房讲到餐厅,又从餐厅讲回书房。直到夜色已深,酒都快喝光了,许稚芙仍为故事的结尾而不满,抒发满腹的愤慨:"怎么是这样的结局?如此说来,竟是一出悲剧了,虽有可取之处,也不足称赞……"

谢婉君无奈地摇头,避重就轻道:"稚芙想必是喝多了,这梅子酒也非同儿戏,你晚上可别闹,搅得全家都睡不安生,我明日还有事要早起呢。"

秦水凝适时开口,柔声提点:"楼月,带她上楼回房罢,早点歇下。"

第四章 漫长的凛冬

江楼月点头答应，拉着许稚芙上了楼，轻声劝她："你既不满意，大可以自己写一个，随你心意，不是读过书么……"

书房里谢婉君和秦水凝对视，眼中藏着无限的哀思，尽在不言之中。

茶几上的梅子酒还剩了些底，酒气更浓，谢婉君全数倒了出来，与秦水凝一人分了一杯，轻碰杯壁，默默饮着。

谢婉君不难察觉秦水凝有话要说，却始终未说，她就靠在沙发上，侧着身子看着秦水凝，像个极有耐心的渔翁，等待秦水凝开口。

秦水凝双颊发烫，又或许是喝酒喝的，于是放下了还剩半杯的梅子酒，起身去拿包袋，同时命令谢婉君："起来，我给你量个尺。"

她这些日子脸上总算长了些肉，身上也丰腴了起来，前几日秦水凝收拾架子，小朱说谢小姐又来了料，想必是要做春装了。

"哪有大晚上量尺的？我才刚用过晚饭，还多吃了半碗米，量出来的怎能作数？"

谢婉君嘴上这么说，身体倒是诚实地站了起来，踱到沙发旁边，挺直了腰板。

秦水凝拎着软尺凑近，先比上了她的肩膀，回道："怎么不作数？平日里赴饭局，哪次不是喝得满腹酒水？也不怕撑破了旗袍。"

谢婉君低头看着，软尺滑到腰间，秦水凝双手收拢，捏住了尺子，迟迟没动。

两相坚持，终是谢婉君闭不住气，肚子也吸不住了，放松开来，秦水凝本来板着一张脸，看到她腹部的肉还是没忍住抿嘴笑了出来。

谢婉君也在闷笑："量好了没有？磨磨蹭蹭的。"

秦水凝低喃道："胖了。"

谢婉君狠狠拧下她的腰，死要面子："就你有嘴，我还不知道了？"

两人都有些微醺，秦水凝压根没记住量好的尺寸，不过是跟她玩闹罢了。

谢婉君也玩心作祟，非要跟人学手艺，夺过软尺，秦水凝不给，两人打闹片刻，忽然安静下来。谢婉君开口问道："忍了一下午，你当真不想问我什么吗？"

秦水凝沉默。

谢婉君捏着软尺催她："说话。"

她认输般叹了口气，"之所以不问，是因为我大致能够猜到你们说了什么，你不想说，我也不想听，仅此而已。"

谢婉君低声娇笑："我没骗你，当真什么都没说，我没让他说。他不仅是稚芙的兄长，还是我不能切断的合作者，我无法与他老死不相往来，你能否理解？所以我劝他别说，他是聪明人，所以走了。"

这桩事到底说了个清楚，才算了了。

秦水凝坐在沙发上，谢婉君给她讲那夜她说醉话胡乱喊娘的事儿，秦水凝断不肯承认，只一味绷着脸："胡说。"

书房安静下来，秦水凝险些以为她睡着了，谢婉君侧着身子，幽幽开口："其实我确实有话瞒着你，不肯说，亦不敢说。"

秦水凝没做多想，"嗯"了一声等她继续说下去。

"这个冬天过得越快活，我心底里就越惊慌。你明明什么都没做，我却还是担惊受怕。你喜欢开裁缝铺，就守着秦记，也无需接那么多订单，日日点灯熬油，还不是为他人作嫁衣裳？我说不愿见你那般辛苦，绝不是一句空话。可那些危险的事，就不能不做？我说句自私的话，总有人会做的，不缺你这一个，我只想你安全，这样有错吗？"

没错，这样当然没错，秦水凝低头看她，神色复杂："你说的不无道理，有我没我并无多大的差别，可是婉君，你不做，我不做，他也不做，那还有谁来做呢？总有人要在暗中行走，我无法抽身了。"

谢婉君就知她要这么说，回避着她的视线，低声叹道："我劝不动你。是我欠缺了觉悟，你也不要与我说那些大道理，我不肯听的。"

第四章 漫长的凛冬

秦水凝试图张口，还是什么都没说。

她想起今早在利爱路路口见董安，明明已沉寂了整个冬天，甚至一度以为自己已被放弃，她又何尝没有想过自私地过起平淡的日子。

仍由董安来与她接头倒是在意料之外，秦水凝心知肚明，董安的哥哥董平算是因她而死，董安对她，既抱有同志之间的友爱，亦有私心作祟的仇恨。

她识趣地没有问董安，也永远不会问出口，当日在四马路口是否真的有人与她接头？那把枪当真需要由她来转移？她不敢问，唯恐换来失望。

她这颗生锈的齿轮已开始重新转动，危机四伏。

书房阒静许久，秦水凝发现她除了耳垂那枚孔眼挂着只耳坠子外，另有两个已经闭合的耳洞，不仔细看难以发现。

她佯装轻松地问道："我才发现，你穿了三个耳洞，不疼么？"

谢婉君淡淡开口："我母亲是旗人，她们的习俗叫'一耳三钳'，我五岁那年便穿好了三个，早不记得疼了。"

秦水凝闻言扭头看向身后，早在第一次进谢婉君的书房时，她便注意到了墙上唯一的那幅画，画上的妇人端庄而娴静，身穿红缎绣地的袍服，上面刺满了牡丹，样式颇有些年头，想必是传下来的。

"那是你娘？"

"嗯，我画的。"

秦水凝惊讶连连，她虽不懂，却也看得出画工精湛，还以为是哪个名家的手笔，回过头来问谢婉君："你还有什么是我不知道的？这么长时间，怎么没见你再画过？"

谢婉君抬起了手，五指发出细微的颤动，语气也哀戚了："刚来沪市时，为了同那些大老板做生意，让他们带上我，喝酒喝伤了，手变得不听使唤,握不住笔了。"

秦水凝沉默着看着她,心里一阵阵发酸。

谢婉君还反倒宽慰起她来:"你难过个什么?我自己都不难过。何况我本来就不喜欢画画,倒是了却了一桩烦恼。"

秦水凝假装信了她的谎话,低声说道:"你可相信,婉君,你可相信,将来我们会建立一个新的世道,时局终会安稳,战火亦会平息,所有女子都可以做自己想做的事,不必依附男人,不必委曲求全,你应该活在那个时代。"

"我们还能看到吗?"

她问的是"我们",秦水凝却只能回答:"你一定会看到。"

那夜书房的灯始终未灭,秦水凝从包里抽出本集子,随便翻了一页给谢婉君诵读。

天地有如此静穆,我不能大笑而且歌唱。天地即不如此静穆,我或者也将不能。我以这一丛野草,在明与暗,生与死,过去与未来之际,献于友与仇,人与兽,爱者与不爱者之前作证。

为我自己,为友与仇,人与兽,爱者与不爱者,我希望这野草的死亡与朽腐,火速到来。要不然,我先就未曾生存,这实在比死亡与朽腐更其不幸……

第五章 我心如此镜

那年初春是个风声鹤唳的初春。

沪市各处都开始增兵,街上常见纺绿色的军用卡车招摇过市,看得百姓人心惶惶。冬天早已过去,沪市却始终热不起来,阴雨绵绵的,难见日光。

那天谢婉君去秦记试样衣,秦水凝见她早就脱了风衣,只穿一件府绸旗袍,双手直到露出的一截手腕都是冰凉的。

她叫小朱再去烧壶热水,自己则翻箱倒柜地找汤婆子,冬天店里难免阴冷,手冻僵了握不住针线,少不了要用汤婆子焐手,开春后被她收了起来,竟不记得放哪儿了。

秦水凝一边找一边念叨着:"今年春天不比往年,风衣脱得那么早就罢了,也不穿上件绒线衫,再不济披件短褂,给你做的从未见你穿过,放在柜子里等虫子蛀么?"

谢婉君优哉游哉地坐在那儿,听着她的数落,只一味娇笑,也不说话反驳。

待到回谢公馆,秦水凝仍记挂着这件事,找黄妈去问:"她的绒线衫可找出来了?去年秋天不是还织了件新的,怎么不叫她穿?冻得浑身冷冰冰的。"

黄妈警惕地看了眼谢婉君,谢婉君一回来便进了书房,想必是有事要忙,黄妈又拉着秦水凝躲远些,神秘兮兮地说道:"大小姐是为照顾您的生意,一年四季的衣裳都在您店里裁,样样不肯落下的,短褂倒是还肯偶尔穿穿,绒线衫就罢了,送过来都是放着,穿不了。"

秦水凝不能理解:"怎么不能穿?都是按照她的身量织的,不合适的话为何不送回去改?"

黄妈摇了摇头:"大小姐不让我跟您说,您也别说是我说的,更别在大小姐面前提。她穿不了毛线做的衣裳,即便是隔着旗袍也嫌痒,早些年穿过几次,晚上就让我找药,我一看,浑身都是疹子,娇贵着呢。"

秦水凝一愣,这才明白过来,心道给她做衣裳必是用最好的料子,绒线衫都是用纯羊毛线,竟还会起疹子。如此说来,每逢春秋不冷不热之时,她便都是仅穿一件旗袍冻过来的,心里也跟着疼惜起来。

黄妈见她听了进去,比了个"嘘"的手势:"大小姐不让多嘴,每年多在秦记订两件绒线衫对她来说也不算什么,衣柜里不知多少新衣裳没穿过,您可千万别挑明,当作不知情就好了。"

秦水凝点了点头,叫黄妈放心:"我知道了,不是大事,谁又能拗得过她。"

谢婉君在书房里迟迟没出来,晚饭已经摆上了桌子,秦水凝便去叫她,进书房的时候她正在跟人打电话,似乎在催促什么,语气有些不悦。

"说好的两个月,你现在告诉我东西还没到沪市?钱老板,要不是信得过你,我都要当你打算闭店跑路了。"

那头不知说了什么,定是在解释,谢婉君说:"我何尝不知道入港不易？我也是做生意的，你最好上些心，就怕你不拿我的事当回事。"

又聊了几句，谢婉君才狠狠撂了电话，秦水凝立在桌边等她，见状问道："还没忙完？可以吃饭了。"

她坐在那儿仰头看秦水凝："不是什么大事，珠宝店的老钱，就是上次在他那儿订的火油钻，拖拖拉拉的，我都要疑心他亲自去采钻了。"

秦水凝宽慰道："时局不稳，想必他也有苦衷，莫为了这个生气，早晚会做好的。"

谢婉君莞尔一笑，摆了摆手："哪有这个闲心跟他生气？我不过是吓唬他罢了，走，咱们吃饭去。"

她已经起了身，秦水凝却没急着出去，而是拿起了桌边的请柬，张开放着，叫人想不注意都难。

谢婉君也没瞒她，同她说道："经济司来了个新部长，虽是副职……你可知道严从颐的堂兄是谁？就是你当初去送旗袍的严家，我同严太太交好，严先生就是在经济司谋职的，眼下这个调动，于严先生不利，严太太没少跟我念叨。这不是新官上任，商界怎么着也得办个酒会迎一迎。"

秦水凝并未多看，很快放下了请柬，两人离开书房，她随口问道："我说你上次来料怎么要裁裙子，可是打算去？"

"自然要去，不是为了凑热闹，我得去嗅一嗅风向。"

"新上任的副部长是谁？可是当地的？"

"你竟同我打听起这些来，怎么，你们连经济司的事儿也要管么？"

她不肯说那人的名字，秦水凝也没再追问，入座动筷后，谢婉君又说："其实我挺乐意帮帮你们的，不，不是帮你们，而是帮你。你的同志们可缺少什么？我看看怎么给你弄来。"

秦水凝低笑着摇头："我看你是在寻找商机，看看什么东西紧俏，囤上一番。"

谢婉君露出个俏皮的表情:"竟叫你识破了?你不说我也知道,眼下这个世道,还有什么比枪支和西药更紧俏的?枪支我是动不得了,西药么,被那些人攥得死死的,怕是难分一杯羹……"

"你少操心这些,什么都不用你做。"

谢婉君蓦地想起那个雨天,她泪眼婆娑地说知她不易,嘴角不禁溢出了笑容,没再多说。

那日她确实未将秦水凝的话放在心上,只当是闲谈罢了,不想到了酒会当日,礼查饭店的宴会厅中,众宾齐聚,衣香鬓影,觥筹交错之中,谢婉君的视线穿过人群,远处端着杯酒站在不起眼的角落里的可不正是秦水凝。

秦水凝显然早就看到她了,四目遥遥相对,谁也没有上前的意思。

她们都觉得对方离自己很远,人海亦是山海,于谢婉君来说,她的心已经提到了嗓子眼,明知今天这种场合秦水凝不该出现,既已出现,势必有事发生,唯愿不是见血的场面。

于秦水凝来说,她不能上前与谢婉君相认,即便宴会上的不少人,譬如许世藁、陈万良等,皆是知道她们相熟的。她始终躲着,绝不能同谢婉君说一句话,假使被有心之人注意到,那么危险的便不只是她,还要加上个谢婉君了。

两人心照不宣,同时挪开视线,各做各自该做的事,互不相干,宛如陌路。

严先生引着新上任的副部长走到了谢婉君这几人面前,为他们介绍:"这位便是孔部长。"

"列位好,鄙姓孔,孔春实。"

孔春实抬臂上前,轮番同许世藁等人握手,论理说谢婉君是几人中唯一的女子,他合该率先同谢婉君握手,竟将谢婉君留到了最后,众人也并未放在心上,更没注意到孔春实握着谢婉君的手不放,谢婉君强撑着假笑,不着痕迹地将他挣开。

他身后还跟着位秘书,孔春实旋即引荐起来:"这位是我的秘书,有事欢迎找他,孔某自然也会恭候。凤群,过来一起喝一杯。"

谢婉君虽不是初见孔春实,亦早就知情他便是新上任的部长,却不知道他还带着个秘书。她心不在焉地拿酒与众人一起碰杯,不着痕迹地打量着陈凤群,心下已经了然秦水凝为何潜入了酒会——陈凤群正是当初在提篮桥监狱负责审讯秦水凝的人,没想到他谋了个好差事,不再继续做刀尖舔血的勾当,摇身一变成了经济司副部长的秘书。

严先生带着孔春实和陈凤群已经走远,去与别人应酬了,谢婉君愈发紧张起来,背后乍起了一层冷汗,秦水凝难不成要刺杀陈凤群?不可能,简直是疯了。她四周打量了一圈,已寻不到秦水凝的身影了。

接下来的整场宴会她都提心吊胆的,似乎在等待着随时有可能到来的危险。当时孔春实正在台上致辞,说些没完没了的官话,许世藁就站在她身旁,早就看出来她有些魂不守舍,低声问道:"谢小姐可是身体不舒服?"

谢婉君摇了摇头:"昨晚没睡好,有些心悸,抱歉,我去趟盥洗室。"

许世藁担忧地看着她穿过人群,没等确定她安全出了宴会厅,耳畔骤然传来一声枪响,人群轰动,乱作一团,男男女女发出此起彼伏的尖叫声,蜂拥着向外跑,孔春实也不知是否中了枪,许世藁只看到他和陈凤群在手下的簇拥下挤进人群……

谢婉君听到那声枪响的时候浑身汗毛都竖了起来,她倒是率先走出宴会厅的,那些身着华服的宾客忙着往礼查饭店外面跑,她被挤得难辨方向,却还是冲出了人群,并未跟着一起出门,耳边似乎听到许世藁的喊声:"婉君!"

可她无暇理会许世藁,走廊尽头的楼梯口闪过一抹月白色的身影,谢婉君连忙跟了过去,耳鸣淹没一切,她茫然大叫着:"阿凝!秦水凝!"

她要救她,她得带着她一起跑。

接连不断的枪响唤醒了谢婉君的耳识,耳鸣声总算终止,谢婉君停住脚步,距离楼梯不过几步之遥,却不敢向前迈了。

她颤声叫道:"阿凝?是你吗?"

枪声已停,仿佛昭示着尘埃落定,谢婉君不敢上前去看,怔了几秒还是冲了过去,正好撞上秦水凝,两人皆在颤抖。

"婉君,是我,我没事。"

"你怎么不跑?你在干什么?不怕死吗?!"

谢婉君哭着骂她,那瞬间恨不得甩她个巴掌。她却拖着谢婉君往回走,谢婉君胡乱挣扎,执意扭头,想看清楼梯口发生了什么。

她只看到一眼,那是永远无法忘记的画面。

孔春实的额心被射出个弹洞,头颅周围流出一摊殷红的血,渗进地毯,陈凤群捂胸倒在楼梯上,显然也没了气息,再往上看似乎还有几个穿着黑西装的尸体,呼吸之间皆是难闻的血腥味……

秦水凝用冰冷的手覆上谢婉君的眼:"婉君,别看了,快走。"

酒会骤然中断,警察和特务冲进礼查饭店,另有一队人马在门口有序地遣送宾客,众人纷纷上车,各回家去,许世藁穿过人群,焦急地问谢婉君:"谢小姐,你可有事?"

秦水凝正想松开谢婉君,谢婉君垂着头,冷不防地瞥见了一抹血红,连忙将秦水凝揽了回来,整个人颤抖着挂在她身上,惊魂未定地答许世藁:"我被人群冲散了,有些害怕,多谢许老板关心,你也赶紧回去罢,免得稚芙担心。"

许世蕖当她吓软了腿，帮着秦水凝扶她上车，小佟打开车门，谢婉君却将秦水凝先推了进去。秦水凝虽觉莫名，和许世蕖一样都没多想，待到谢婉君上车后许世蕖带上了车门，转身去找他许家的车了。

汽车驶离礼查饭店，小佟从后视镜投来关切的视线，秦水凝正想安慰谢婉君，却发现她紧紧攥住自己旗袍的下摆，捏得骨节泛白，不肯松开分毫。

秦水凝闻到一丝淡淡的血腥，低头一看，被谢婉君抓住的衣角周围仍有几滴细小的红点子，像是她这件旗袍上的纹饰，她心下了然，不禁懊悔起来，早知该穿深色。

谢婉君仍在发出细微的颤抖，她看过那么多死在枪下的野兽，却从未见过死在枪下的人，孔春实额头上的洞令她胆寒，她更不敢想楼梯口到底发生了什么，秦水凝又在其中担任什么样的角色。

她已等不及回家再问了，即便小佟就在前面开车，她哽咽地问秦水凝："你做了什么？你都做了什么……"

秦水凝反复抚摸着她的背："婉君别怕，别怕……"

她还在问，执着于答案："你说，你做了什么？"

"我什么都没做，婉君，我是听到枪响冲进去救你的，你记住了，我是进去救你的……"

"你别想糊弄我！"

"我真的什么都没做，婉君，别怕，我们回家。"

谢婉君瞪大双眼盯着她衣料上的纹理，注意到她绑在腿侧的枪，手柄正顶着旗袍，露出起伏。或许她应该把枪夺过，强势地拆开弹夹数一数子弹，可她不敢，她只能一遍遍地跟秦水凝确认："你当真是进去救我的？你什么都没做？"

秦水凝虽然心跳仍乱，至少没像谢婉君似的瑟瑟发抖，耐心地重复："我是进去救你的，我什么都没做。"

她低头凑近细声说道:"我真的是进去救你的,真的什么都没做。婉君,相信我,我连花炮都不敢点,怎可能杀人?孔春实和陈凤群勾结东瀛人,卖国求荣,想杀他们的人远非你我能想象,动手之人早已逃走了。"

谢婉君终是信了,缓缓闭上了眼:"我信你,我信你……"

秦水凝护着怀里昏迷的谢婉君,扭头看向窗外,车子穿梭在沪市滩的街头巷尾,一片平静。她的心潮却如黄浦江般奔涌不休,她确信,今夜注定无眠,只因浑身的血脉迸发着前所未有的躁动,她不免好奇,负责死刑的刽子手可会夜夜饱受如此的煎熬?

回想一刻钟之前,早在宴会厅里发出第一声枪响,陈凤群为保护孔春实手臂中弹,被逼到楼梯口。枪从上方射下,陈凤群转身要逃,还是因胸前被击中而倒地不起,孔春实尚有一丝生机,旋即被抵住额头的漆黑枪口掐断。

那一刻她心作何想?并非想起在提篮桥监狱遭受陈凤群主使的酷刑折磨,而是想起谢婉君。

她们形成默契,绝口不提那一个月来互相都经历着什么,她所经历的谢婉君不难想象,至于谢婉君到底是如何将她救出来的,她不得不要个答案。

或许她还应该感谢孔春实,毕竟是孔春实开了金口,她才得以捡回性命。可她不敢问,更不敢想谢婉君遭受了何等的屈辱,不过刹那之间,食指扣动扳机,枪声融于前面的那几声,孔春实目眦尽裂,缓缓向后倒去,死前听到的最后一句话是女声冰冷的问候。

"谢小姐向你问好。"

从礼查饭店回谢公馆足有半个多钟头的车程,外面明明还刮着萧瑟的凉风,车子里也算不上热,谢婉君浑浑噩噩地睡着,前额到颈侧发

215

了层细密的汗。秦水凝拿着帕子轻轻地帮她揩拭，待到小佟将车平稳地停在谢公馆门口才出声叫她。

"婉君？婉君醒醒，到家了。"

她睡得不熟，睁开迷蒙的双眼，身子总算不抖动了，打算开门下车。秦水凝看她两条玉色的胳膊并无衣料遮挡，今日参加酒会，她穿得更轻薄了些，原本披着那条银狐皮披肩，在混乱中不知掉到了哪儿，于是秦水凝脱了身上珍珠白的绒线衫，给她披上，进门后就赶紧摘了下来，挂上衣架。

黄妈想必还没听说礼查饭店发生的惊心动魄之事，惊讶问道："大小姐这么快便回来了？"

秦水凝朝她摇了摇头，扶着谢婉君上楼。

换过衣服后，谢婉君躺在床上，秦水凝将沏好的安神茶塞进她手里，劝她喝了。谢婉君饮了两口，摇头不肯再喝，秦水凝便让她躺下休息。

大抵过了一刻钟，她彻底合上了双眼，似是睡着了，秦水凝起身打算离开房间，却被谢婉君拽住了手，她满眼警惕地问："你干什么去？"

秦水凝重新坐下，用手掌轻轻拍打她的肩，柔声道："你那件披肩落在礼查饭店了，我去给你取回来。"

谢婉君眼皮一动，虽觉心疼，还是咬牙拒绝："你别去，我不要了。"

"那是你哥哥送你的，怎能丢了？放心，我叫小佟去一趟，给你找回来。"

谢婉君仍抱着怀疑，攥着她另一只手腕不肯松开，秦水凝停下拍打她的动作，手指旗袍上的血迹："我得去把衣裳给洗了，带了一路，都干住了，怕是不好洗。"

"你去我衣柜里随便挑一件，换下来。"谢婉君再不肯看她旗袍上溅的血点子，硬生生地把眼睛闭上，手腕也松开了。

只听见秦水凝又起了身,脚步声走远,却并非奔着衣柜的方向去,接着房门被打开,谢婉君心头一沉,想她到底还是走了。

眼中正感到一丝潮意,房门再度被推开,秦水凝回到床边,谢婉君缓缓睁开双眼,只见她掰开了自己的左手掌,用沾了水的帕子擦上面的血迹,想必是攥衣角时不慎蹭上的。

两人谁也没说话,秦水凝确定擦干净了,这才过去拉开衣柜,选了条颜色素净的旗袍,簇新簇新的,她八成从未穿过,试都没试。

秦水凝走到门口,扭头看谢婉君缓山似的背,低声说道:"我下楼让小佟去礼查饭店给你取披肩,然后洗个澡换衣服,你睡一会儿可好?晚饭之前我来叫你。"

眼看着天光仍亮,秦水凝又踱到窗前,轻声把窗帘拉上,恐扰她睡眠。谢婉君始终无话,直到秦水凝低落地准备带上房门,谢婉君才微不可见地"嗯"了一声,算作应答。秦水凝这才放了些心,关门出去。

小佟从外面回来的时候秦水凝已换好衣服了,见他空手而归,心下了然,又不免有些哀戚,恨起自己来。她同家人的联系本就日渐淡薄,兄长好不容易从东北送来的银狐皮,就这么丢了,任是花多大的价钱再寻块好的也是弥补不了的。

"礼查饭店被封锁了起来,不让人进,我说给家里小姐取披肩,也不准,花钱问了饭店的人,也说没瞧见。"

"辛苦你跑这一趟了,回家休息罢。"

小佟离开的时候已经日薄西山了,院子里的灯亮了起来,秦水凝没叫黄妈帮忙,独自进了车库。角落里放着只废弃的炭盆,她又提了两块冬天剩下的炭火,用从谢婉君包里拿的洋火点燃,随后蹲在车库门口,将那件还是头回穿的月白色旗袍丢了进去,平静地看着它一点点烧成灰烬,似乎这样就能将中午发生的事情在脑海中抹除一般。

217

殊不知谢婉君就立在卧室的窗前,掀开窗帘的一角,纵观一切。

秦水凝将沾血的衣服处理好,又把炭盆放回了原处,进门后搓着双手去厨房找黄妈。黄妈正在准备晚饭,砧板上放着切好的红肉,隐隐约约还带着血丝,秦水凝看得眉头蹙起,擅自作主道:"她今日吓到了,怕是吃不下肉,做些清淡的罢。"

黄妈这时已知道礼查饭店发生过什么,怕是没少双手合十地念"阿弥陀佛",庆幸谢婉君并未受伤。听秦水凝如是说,她连连点头:"有道理,有道理,我这脑袋糊涂了。"

晚饭是由秦水凝盛好端上去的,谢婉君不过动了两口,中午便没吃什么饭,按理说她早该饿了,可东西嚼碎了咽进肚子里,她竟觉得恶心,脑海里不断回想孔春实的死相,赶紧推开秦水凝跑到盥洗室去抠嗓子。

她肚子里空空如也,自然什么都吐不出来,秦水凝拎着晨袍追了过来给她披上,瞧着她脸色不好,伸手抚了下额头,又摸了摸自己的,竟有些发烧,看来回来时进门的那几步路里还是着了凉。

饭菜已经撤下,秦水凝打电话叫严从颐来,谢婉君听到"严医生"三字,眼中闪过一丝不耐烦:"我不想见他。"

秦水凝算是看出来了,语气悻悻地说:"你不想见的怕是我。"

"我没说。"

"就让他来看看,看一眼便走,我不放心你身体。刚养了一个冬天,为了个孔……"秦水凝连忙止住,重新开口,"为了这些事生病,不值当。"

谢婉君拽着被子躺下,蒙住了头:"随便你。"

秦水凝心中虽有苦楚,到底更心疼她,悄声出了房门。

外面的天已经彻底黑了,还未等到严从颐登门,家中便来了几个不速之客,显然是为调查今日礼查饭店之事的。

谢婉君在楼上听见声响,由黄妈搀扶着下了楼,脸色十分苍白,嘴唇涂了层淡淡的口红,提一提气色罢了。

她挡在秦水凝面前,邀那两位警察进书房详谈,并叫黄妈沏茶,礼数半分不差。

领头之人姓吴,谢婉君从书桌抽屉里拿了名片夹,主动递上名片:"吴探长,你好。中午在礼查饭店受了惊,我这个人胆子小,让你见笑了。"

吴探长说:"原是我们的疏忽,才令谢小姐受惊,谢小姐无需自责。"

谢婉君同他虚与委蛇地寒暄了几句,吴探长便问起中午宴会厅内发生之事,这才是他们的来意,想必正按照名单逐家调查。谢婉君如实讲述了一番,自然隐去了在走廊尽头看到秦水凝才追过去这一点,只说是被人群冲散的。

秦水凝也一起进了书房,就坐在谢婉君身边陪着,手下翔实地记录了谢婉君的话,吴探长则盯上了秦水凝,抬手比着秦水凝问谢婉君:"谢小姐,恕我多问一句,这位小姐可参加了今日商界的酒会?"他转头让手下翻宾客名单,又问,"请问小姐芳名?"

没等秦水凝张口,谢婉君如常说道:"她姓秦,秦水凝,是霞飞路秦记裁缝铺的老板,并不在宾客名单上。但我也不瞒你,吴探长,我这个妹妹是去了礼查饭店的,我同她约好,酒会散了之后一起去凯司令咖啡馆吃栗子蛋糕。本想让司机去接她,她店里忙,时间对不上,便自己过来找我,刚进门不久就撞上了这么惊心动魄的场面。不怕你笑我,我被枪声吓得腿软,摔了一跤,还是她把我拖出去的,许世蕖许老板都瞧见了,委实丢人。"

她倒是将秦水凝说的话给记住了,秦水凝在礼查饭店出现过,不管有没有人注意到,都不能同吴探长说没去过,这已是最好的说辞了。

吴探长听过后点了点头,又跟手下确认了一番名单上确实没有秦水凝的名字,便打算起身告辞。一行人已走到了门廊,吴探长又扭头杀了个回马枪,指着秦水凝问道:"霞飞路、秦记裁缝铺,秦水凝秦小姐,对罢?"

秦水凝点头,摆出副沉默寡言的样子,谢婉君则从中打圆场:"吴探长,可是有什么事?你同我说就行,她啊,半点儿人情世故都不通,我教也没用,你别怪罪。"

吴探长面色轻松地笑了,摆手道:"无碍,秦小姐莫怕,我并非怀疑你,不过手下愚笨,我让他们记好了。这几日或许还会有同僚到店中叨扰,还望海涵。"

秦水凝又点了点头,低眉顺眼的:"好,我一定配合。"

谢婉君亲自送了吴探长出门,直送到大门口,秦水凝在廊下等着,看她衣着单薄,就那么生生受着夜晚的冷风,满心焦急。

待到谢婉君再进了门,挺直的腰板瞬间垮了,扶着门廊的矮柜连咳了数声,鼻息也变得粗重。

严从颐在医院被病人绊住了脚,姗姗来迟,他从外面过来,身上的味道分外清晰,谢婉君全然顾不得礼数,捏着鼻子扭头不肯看他。

秦水凝心头一紧,严从颐身上那股难闻的味道正是血腥味。

严从颐露出个尴尬的表情,如实解释起来:"不好意思,谢小姐,医院忙完我便赶紧过来了,也没洗个澡换身衣裳,下午送来了受枪伤的患者,抢救了半天。我给你打过针就走,你多担待,不过是寻常感冒,明天再吊次水就好了。"

听他这么说,谢婉君和秦水凝对视一眼,又同时望向严从颐,非要比较出谁更紧张,那必是秦水凝,倘若当时还留有活口,她绝对百口莫辩。

可是,离礼查饭店最近的难道不是公济医院?怎会送到严从颐所在的广慈医院？一定是弄错了。

谢婉君问出了口："枪伤？可是礼查饭店的客人？"

严从颐略微颔首，双指捏着针头："正是，谢小姐今天受惊了罢？"

谢婉君不答反问："怎么没送到公济医院？那些枪响真是骇人，我还想不知要死多少人。"

"似乎是个要员的护卫，堂兄都跟着过来了，先是送到公济医院的，公济不肯收，说是没救了，所以才来了广慈，那人身上中了有三四枪，好几个弹孔，血肉模糊的……"严从颐并未设防，随口说起来，眼看针扎进谢婉君的手背，她反应比往常要大，这才迟钝地察觉过来，"是我说多了，你们并非医生，难免恶心和害怕这些，不说了。"

秦水凝始终没说话，严从颐打完了针，叮嘱秦水凝看着药水，上回谢婉君大病，她专程跟严从颐学了如何拔针，并不困难，严从颐便果断告辞了，他也嫌自己身上的味道难闻，虽然并不怎么能闻得出。

谢婉君看出秦水凝的担忧，此时也顾不了别的，见状忙道："你还不快去送送严医生，帮我送送，我是动不了了。"

秦水凝木着一张脸点头，披上绒线衫跟严从颐出了门。

其实那件事上，她多少是怀着利用严从颐的心思，先是推心置腹般说了自己也在礼查饭店亲历了惊险。严从颐自然担心她，连忙问她可曾受伤，若非碍于礼数，怕是已经上手了。

秦水凝摇头否定，与他站在大门外车子旁："我和婉君有约，想着去等她，便撞上了。"

严从颐叹了口气："真是无妄之灾，这世道可越来越乱了！"

秦水凝目的明确，只问他："你待会儿可还要回医院？毕竟那病人伤情险峻，辛苦你们要熬夜守着了。"

"我不回医院了，直接回家，医院里有人看着，大抵明日需得值个夜，例行轮换罢了。"他当秦水凝关心自己，语气愈发温和了些，"多谢秦小姐挂记。"

秦水凝心思愈发深沉，一则为利用他而感到愧疚，更多的则是担忧，听严从颐的语气，他明晚还打算值夜班，那个护卫显然是留住了条命，这对她来说可是个天大的坏消息。

严从颐借着月光看她一脸愁容，恰巧拂过阵阵晚风，他便连忙催秦水凝："秦小姐，你赶紧进屋去罢，其实不必送我的，我这就走了，你快回去。"

秦水凝点头，心不在焉地说了句："注意安全，再会。"

严从颐回了句"再会"，看着秦水凝关了院门后才开走。

再回到书房，秦水凝也不知与严从颐在外面聊了多久，谢婉君竟躺在沙发上睡着了，药瓶挂在挪到茶几旁的衣架上，打针的手耷拉在沙发边缘，摇摇欲坠。

秦水凝悄声拿出毯子给谢婉君盖上，再将她的手挪到沙发上安稳放着，自己则坐在对面，找些事做打发时间，每隔一会儿便看一眼头顶的药瓶。

谢婉君睡得久了些，直到半夜才醒，手背上的针已经拔掉了。书房仅开着一盏昏暗的台灯，灯光是橘黄色的，秦水凝坐在灯下，左手拎着件旗袍，瞧着颜色和样式定是她衣柜里拿的，右手则在穿针引线，不知在缝些什么。她的衣裳素来是只扔不补的，何必费这个劲，还要熬坏眼睛。

她本想说话，张开嘴后还是改了主意，不愿出声惊扰，打破眼前梦一般的美好画面。

她享受着这份安谧，暗自为前路思虑着，心绪百转千回，虽不算彻底下了决意，答案也已昭然若揭了。

翌日，谢婉君清早起来后往公司打了个电话，派人到码头与弘社洽谈新货到港之事，时局动荡的缘故，开春后入港的船只愈发削减，物价也跟着涨上了一番。

秦水凝还是得去秦记，说是有客人几日前便约好了时间，不能爽约。谢婉君心事重重，想到广慈医院那个从鬼门关爬出来的护卫，不免担心秦水凝做什么出格之事，可若她执意要做，谢婉君心知肚明是拦不住的，只能随她去。

断断续续又睡到中午，谢婉君觉得元气恢复了些，中午独自用的午饭，也没什么食欲，只叫黄妈随便做点儿凑合，黄妈刚接过秦水凝的电话，代她转达："秦小姐说下午会早些回来，严医生还得来给您打次针。"

谢婉君懒得反抗，刚进书房不久，前去码头的职员便来家里了，同谢婉君在书房里说个不停，烟熏火燎的。

这时严从颐到了，谢婉君也没命人走，就坐到沙发上让严从颐给扎了针。严从颐见秦水凝不在，生怕没人帮她拔针，有意留下。可谢婉君哪有工夫招待他，声称不过拔个针头，这几个月来她都病了两次了，拔针这点小事不至于非要人帮，催着严从颐走。

谢婉君道："不是说昨日来了个棘手的病人，严医生还是赶快回去，我应付得过来。"

严从颐见她执意如此，收好了东西准备告辞，闻言长叹一声："堂兄三令五申，命令必要将人保住，可哪有那么容易？昨天半夜情况就不妙，依我看，挺不过去了。"

谢婉君心思活泛，暗道挺不过去才好，表面装作漠不关心的样子："如此说来，严医生是必得回去了，恕我不方便起身相送，黄妈，送一送严医生。"

严从颐连连拒绝，黄妈自然还是跟着出了门，谢婉君已再度拎起了票据单，指指点点地跟人谈起价格的问题："再往下压压，这个王老板……"

严从颐前脚刚走,许稚芙后脚就来了,不顾黄妈的阻拦风风火火地冲进了书房,谢婉君还当是秦水凝叫她来给自己解闷的,纳罕着江楼月怎么没跟来,不想许稚芙丧着一张脸,竟是来诉苦的。

谢婉君已提前头疼了起来,看来正事是没法儿聊了,便命人先回公司,等她明天过去再说。她转头问许稚芙发生了什么,许稚芙又支支吾吾地不肯说,抿着嘴哭了起来,公司的那两个职员正在收拾堆叠成山的公函,谢婉君心累难言,强撑着姿态坐在那儿等她哭个够。

很快院子里又进了辆许家的车,这下许稚芙想说也没得说了,率先进来的是许家那个管家荣伯,由黄妈引着入书房时还算客气,谢婉君常去许家,荣伯自然认识:"谢小姐,我来带我们家小姐回家。"

许稚芙躲在谢婉君身后不肯走,谢婉君便问荣伯:"出什么事了?她不愿回去,你还要把她拖走不成?许老板呢?"

荣伯绷着一张脸,老肉都跟着横颤,冷漠答道:"谢小姐还是别打听我们许家的家事。"

谢婉君冷哼一声:"你当我乐意问?"

荣伯已上前拽许稚芙了,大步将人拖到门口,许稚芙又哭又叫:"婉君姐救我……"

谢婉君低头看一眼手背上的针,急忙叫那两个发愣的职员:"愣着干什么?还不去拦? 都敢跑到我谢公馆来抢人了。"

正好今日来家的是两个男人,一个上去拦荣伯,一个护着许稚芙,本就已经乱了套了,许家的司机见荣伯迟迟没出来,找了进来,也加入了"战局",弱小的许稚芙被挤在中间,手腕又被荣伯攥得生疼,吓得哭更厉害了……

谢婉君只觉刚复原的精神全都被摧灭了,拽掉针头就冲了过去,吼道:"当我死了不成?黄妈?黄妈!打电话叫巡捕房!"

第五章 · 我心如此镜

那一场闹剧最终以许世藁姗姗来迟告终，抑或说从谢婉君手背的血流到地板上而中断。

许稚芙瞧见谢婉君过来就觉得不妙，低头看到了鲜红的血，尖叫道："血！流血了！地上有血，荣伯你快放开我，婉君姐！"

许世藁扶着谢婉君回到沙发前坐下，从西装口袋里掏出帕子想帮谢婉君擦手背上的血，谢婉君只觉手背凉飕飕的，隐隐作痛，倒并不明显，她脸色不好，更不给许世藁颜面，将他拿着帕子的手打掉，等黄妈提着药箱进来给她处理。

那两个职员见没了自己的事儿，跟谢婉君打了声招呼赶紧走了，许世藁也给荣伯和司机使眼色，两人先出去到院子里等着。这下书房里就剩下许家兄妹和谢婉君，黄妈拿纱布帮她按住手背后也赶紧退了下去。

许稚芙坐在谢婉君旁边，低头哭着跟她道歉，谢婉君跟她生不起气，由她帮忙按着纱布，冷脸坐在那儿，颇有些不怒自威。

"许老板，你最好给我解释清楚，今天这唱的是哪一出？"

"抱歉，谢小姐，家丑而已，让你受了牵连。"

许稚芙这下也顾不得脸面了，赤红着脸先一步说了出来："张家今早上门来议亲，想我尽快进门，可我不想嫁人！哥哥自己都还没娶亲，凭什么催我？"

许世藁脸上也挂不住，顿觉尴尬，尤其谢婉君向他投过来的眼神带着鄙夷，他只能撑着兄长的姿态，沉声道："同张家的亲事在你少时便定下了，拖了这么些年已不应该，你也不小了，我难道做了什么错事不成？"

"你就是做了错事，我没有你这样的哥哥，这与卖人有何分别？"

"住口！当着谢小姐的面，你还嫌不够丢人？"

"你可觉得丢人？我还没闹到大街上去呢！"

兄妹俩左右开弓，谢婉君夹在中间，双目一黑，恨不得立刻晕过去逃避此事。论理说许家的事情她一个外人不该插手,可论起情分,她不能就这么将许稚芙扔给许世藁,小妮子怕是得恨死她。

于是谢婉君摘了手背上的纱布,血已经止住了,只是肌肤仍旧挂着干涸的血迹,化作尖锐的针直往许世藁身上扎。

谢婉君换了副客气的语气,同许世藁说:"许先生,稚芙眼下正在气头上,你执意要擒她回去,我家里都是女眷,确实拦不住。可我们心平气和地讲讲道理,你想让稚芙恨上你吗?"

许世藁叹了口气:"她是我亲妹妹,我怎会想她恨我。"

"这便是了。如今稚芙正在气头上,你和她讲话她听不进去的。昨天我受了惊吓,害了风寒,正好得在家里养几日,你将稚芙留在我这儿,我帮你劝劝她可好?待稚芙想明白了,气也消了,我立刻派车把人给你送回去,你难道觉得我会帮她逃婚不成?我哪有那个本事。"

她一席话四两拨千斤地把大事化小,许稚芙的婚事她是说不上话的,只能尽量拖延些时间。再者说,许世藁眼下心情也不好,真要不管不顾起来,她是半点辙都没有的。

许世藁沉吟许久,终是叹了一声,起身走了。

听到许家的车子驶离谢公馆,谢婉君悬着的心才算放下,扭头一看,许稚芙仍低着头在那儿垂泪,分外委屈地问道:"婉君姐,你也要做我哥哥的说客吗?"

谢婉君也在无声叹气,伸手帮她擦掉眼泪,语重心长道:"稚芙,你哥哥有句话没说错,你确实不小了。有些事逃避终究不是办法,而我是外人,能够帮到你的实在有限,你得自己去寻解法。公允地说,张家是户好人家,张大少爷名声也不差,得婚如此,实属难得。可我亦知你的心思,从私情出发,我疼惜你、可怜你,也仅仅如此了,路还是得由你自己摸索。"

许稚芙不再说话，泪水也止住了，谢婉君满心疲累，起身打算上楼，否则势必要晕倒在这儿。

"我回房休息片刻，你仍住上回那间客房，我叫黄妈收拾一番，再让她打电话给楼月过来陪你，晚上下来与你们一起吃饭。"

不等许稚芙答话，谢婉君转身就走，刚要迈出书房之时，身后突然传来许稚芙的声音。

"婉君姐。"

她神色哀戚地盯着落在地上的针头，针眼仍旧向外渗着药水，像苟延残喘的鱼在吐气，一如她此时的境地。

"婉君姐，我羡慕你，我是个无用之人，如果时间能停在冬天就好了，我们一起坐在包厢里看戏，那碗馄饨我还没吃……"

谢婉君不愿回头看许稚芙，过去只当许稚芙是妹妹，因她虽无亲妹，却有不少堂妹，少时也是感情亲厚的，可惜世道纷乱，早已不知四散何处，境地如何。可听许稚芙说这些天真的话，她知道她一回头会看到曾经的自己，二八年华的自己，鲁莽冲动，不谙世事。

假使没有连年的兵燹，她还是谢家大小姐，定然也要面临许稚芙眼下的境地。她会反抗吗？答案其实是不会，这不过是女子皆要面对之事，时代的困境使然，而以一己之力对抗这股巨大的洪流，迎击而上，代价注定是惨痛的。

可这种假设毫无意义，战争已经爆发，数年来客居沪市汲汲为营，她已经很久没有天真地想过"如果"一说了。

"稚芙，这件事，注定是辛苦的，更别说在乱世之中。我也还在苦海里挣扎，自欺欺人地过活，咱们便都自求多福罢。"

那天的晚饭吃得很是冷清。

江楼月接到电话就急匆匆赶来了，秦水凝晚她一个钟头进家门，听黄妈说许小姐和江小姐都在家里,还亲自下厨添了两道菜。可惜四人各怀心事,都没什么胃口。

晚上秦水凝到厨房洗苹果,问了黄妈才知道谢婉君被针头划伤之事,黄妈也不清楚谢婉君和许家兄妹在书房里说了些什么,更别提到底出了什么事了。秦水凝随便问了几句,心中有数,端着盘子上楼。

谢婉君倒是无碍,不过是惊吓之后着了凉,休息一日就好了,她明天还得出门去见韩寿亭,同许世蘱说什么休养不过是留下许稚芙借口罢了。

秦水凝削了个苹果,两人分着吃完了,谢婉君还要回书房去草拟一份公函,秦水凝没打搅她,而是去了客房见许稚芙和江楼月。

也不知她们都聊了什么,总之说了很久才回来,脸色也有些凝重。

谢婉君知她是面冷心热的人,想必没少为许稚芙担忧,可她如今自己还麻烦缠身,更别说许世蘱绝不是好招惹的,谢婉君生怕她做出什么蠢事,低声开口。

"这些话原不该说出口,倒像是我太冷漠了,可如今你我都是泥菩萨过江,自身难保。稚芙这件事,只能靠她自己,你安慰安慰她就罢了,千万别做其他的无用功。"

秦水凝无声叹了口气:"你都没办法,我能做什么?"

谢婉君又说起今天严从颐来家里打针时说的话:"听他的意思,广慈医院里的那个护卫是活不成了,不过是多喘两口气的分别。你也无须过度担忧,再不济还有我呢,我去广慈医院把他的呼吸管给拔了,顺手的事儿。"

秦水凝没绷住嘴角,扑哧笑了出来:"你能耐那么大?还敢去拔人家的呼吸管。"

"那不然怎么办?抽出枕头将他捂死?你干脆借我把枪好了,我再给他补一发子弹,保准叫他去见阎王。"

第五章 · 我心如此镜

竟是越说越放肆了。

"他住在重症病房,门口三四个人轮流监视着,哪里是那么容易进去的,还打枪,你想死在里面不成。"

"你怎么知道这些?你去广慈医院了?我与你说的话你是半分都不放在心上,不是告诉你别去……"

"大小姐,谢大小姐。"秦水凝忙将她打断,"我听你的,我没去。是别人去打探的,总要知道些情况,心里有个数。"

谢婉君虚惊一场,故意板着脸勒令她安生一些,秦水凝乖顺地听从,后半句话终究隐了下去,说不出口。

今日她确实没去广慈医院,外面也不见什么风吹草动,可若是那个命大的护卫挺过了今晚,明天清早她怕是不得不去了,这些话说给谢婉君也是徒增担忧,还不如干脆不说。

秦水凝蓦地起身,走到谢婉君面前:"酒会那天的事情将你搅了进来,已非我所愿,看你这两日忧心忡忡的,我心里更难受。别再想这些,就像过去一样,平静地过日子,好吗?"

谢婉君蹙眉看她:"怎么能放心?要是真的全然放下心,秦水凝,我怕是都不知道去何处收殓你的尸身。"

她还语气轻松地揶揄谢婉君:"既是无人收殓的尸体,必会登报告知,你还能看到……"

谢婉君赶紧捂住她的嘴:"你气死我好了!"

秦水凝淡淡发笑,全不在意似的,没再说话。

直到恢复安静后许久,谢婉君都已合上双眼了,秦水凝用虎口环上她纤细的手腕,问了句:"还疼不疼?"

谢婉君嘀咕着:"能不疼吗?你可别又说叫严从颐过来,那我肯定疼得更厉害了。"

秦水凝无奈道:"这么晚了还叫他过来做什么?我想着也不是什么

大事，倒是低估了你的娇气了。"

谢婉君也不否认，将带着针孔的手伸出来："你给呼呼就不疼了。"

秦水凝白她一眼，扯掉那只手，轻轻向她手背吹气，像对待孩子似的。谢婉君又开始躲："行了，别吹了，吹得我痒痒。"

"你可真难伺候。"

第二天天刚亮秦水凝就出门了。

中午谢婉君和韩寿亭一起在明月饭店吃饭，谈了许久，也不知是包厢里过于闷热了些，还是这两天没养好，仍有些虚弱，她莫名觉得心慌，又说不上来缘由。

出了明月饭店坐上车子，小佟始终没听到谢婉君开口说去哪儿，忍不住问了句："大小姐，回公司吗？"

谢婉君心不在焉地点头，车子刚启动，她又去拍小佟的肩膀："去广慈医院，我就不下车了，你去找严医生给我要一瓶管头疼的药，就说上次拿的吃光了。"

小佟答应下来。

车子还没开到广慈医院门口，谢婉君便瞧见了门口的围墙边排着长龙，小佟连忙下去问，回来得也有些急，解释道："说是上午医院出了点事儿，有间谍潜入，故而加强了防备，进出都得登记排查。"

谢婉君心头一紧，她竟还是来晚了，回过神来赶紧叫小佟开车："去秦记，开快些。"

小佟一路开得极快，没等汽车停稳，谢婉君已经冲了下去，推门而入，只见小朱在给客人介绍手里的料子，她也顾不得礼数，朗声问道："你阿姐呢？"

小朱答："阿姐今日有事，说要迟些再来店里，这都晌午了，估摸着也快到了。"

谢婉君问:"她可说了什么事?去哪儿了?赶紧把你知道的全告诉我。"

小朱草草安抚好客人,回到柜台里翻了下电话簿,指给谢婉君看:"南市老白渡街有家毛线铺子,阿姐去进毛线了。"

谢婉君记下位置,也不跟小朱道别,气势汹汹地出门上了车,叫小佟开过去。路上她又急又气,急自然是因为担心她出事,气则更多,气她还是没把自己的话听进去,更气她不把性命当回事,还真打算让尸首见报不成?

昨天刚开始热起来,谢婉君浑身都发了层细汗,想着夏天马上就要到了,她进哪门子的毛线?什么客人会在这个时候订毛线制的衣裳?这借口委实太蹩脚了些。

可无论如何,谢婉君还是得去趟南市,就看能不能抓到她,寄希望于今日上午广慈医院的事与她无关,那便是虚惊一场,再好不过了。

驶入老白渡街后,小佟便放慢了车速,低着头仔细看各家的匾额,终于寻到了一家:"大小姐,可是那家老街线庄?这条街快到头了,想必就是这家。"

谢婉君进了线庄,小佟下车守在门口,店里的伙计瞧见谢婉君一身不俗的打扮,尤其是手上几枚价值连城的戒指,还当是来了大主顾,急忙上前给谢婉君介绍:"这位小姐可是要进毛线?眼下天虽然热了,我们家的毛线也有夏天能……"

"秦记裁缝铺的秦水凝老板可曾来过?"谢婉君一边问他一边从手袋里掏出了两张钞票,不由分说地塞进他手里,很是阔绰。

那伙计年纪不大,良知尚存,颇觉受之有愧,也不敢往自己口袋里塞:"这位小姐,我,我是刚吃过午饭来换班的,店里才来了您一个客人,不知什么秦老板。"

谢婉君又问他什么时候到的店里,伙计答:"也就半个钟头之前。"

她知道问不出什么了,转身出了铺子,迷茫地望着有些萧瑟的街道,委实不知下一步路该往何处走。

小佟看出她是来寻秦水凝的,提醒道:"大小姐何不再往秦记打个电话?说不定秦师傅已经回去了,正好跟我们错过了。"

她是当局者迷,经小佟提点有些茅塞顿开之感,就近找了个公共电话亭往秦记打电话,可惜接电话的仍是小朱,称秦水凝还未回到店里。

这下她是彻底没了主意,靠在车边接连抽了两支烟,却发觉双指在颤抖,夹着的烟都掉了。

小佟也蹲在不远处吸烟,忽然高声叫谢婉君:"大小姐!您快看!"

谢婉君扭头一看,远处黑烟弥漫,瞧着大概是半里地外的王家码头走了水。这场火起得突然,谢婉君不免疑神疑鬼,心道难不成广慈医院的事情与秦水凝无关,她当真来了老白渡街的毛线铺子,那王家码头的大火是否跟她有关系?

那瞬间谢婉君像是有些疯魔了,不管不顾地奔着大火的方向跑,小佟吓丢了魂,赶紧追上去拦:"大小姐!大小姐!您干什么去?危险!"

街口被看热闹的人堵住,谢婉君一通推搡,试图挤出去,眼看着浓烟渐歇,想必是有人在扑火。小佟仍在人群中叫着"大小姐",谢婉君充耳不闻,冥冥之中像是认定了秦水凝就在王家码头一样。

这时她只觉眼前一黑,险些因情绪激动而晕倒在地,电光石火间,扶住她下坠的身躯的人并非小佟,是个女人。

"婉君……"

她瞥见一抹鹅黄色的衣尾,耳边传来熟悉的呼唤声,谢婉君连忙捞回神智,抬头对上秦水凝关切的视线,接着她用力地把秦水凝推开,趔趄了两下站稳脚跟。

"婉君?你怎么来了?"

秦水凝犹想上前,谢婉君狠狠地朝她吼道:"你不是去线庄了?来这里凑什么热闹!这儿是回家的方向吗?"

任是再亲近的人,也难以做到真正的感同身受。秦水凝不明白谢婉君为何这么大的反应,却还是扒开了挂在手臂上的竹节布包,让她看里面的东西:"我是去了线庄,你看,我专程托老板做的棉线,拿了两捆样子,打算给你织绒线衫,秋天穿……"

谢婉君哪有心思看,质问道:"那你为什么在这儿?伙计半个钟头前换班都没见过你,你来这里做什么?"

"取完线我便在附近逛了逛,瞧见王家码头起火,就出来看看什么情况,正打算回去……"

谢婉君突然上前将她紧紧拽住,哽咽道:"我不听你的解释,我受够了这种提心吊胆的日子了,我告诉你,不,我命令你,月末的船票,去港岛……"

秦水凝满心莫名,正想着安抚她,她却已经掏出了船票,捏在手里:"票我已买好,你必得走。"

秦水凝注意到那是两张船票,还当她要和自己一起走,不想她说:"我买了两张,你带稚芙一起走,你不是想帮她?和她一起去躲一躲,沪市的事一切有我。"

秦水凝眼眶一潮,那一刻满腔的话说不出口,只能一遍遍说着,"别怕,别怕,婉君别怕……"

谢婉君在这方面的消息还是闭塞了些,回到家后,秦水凝才告诉她:"广慈医院的那个护卫已经死了。"

人既已死,她的危险便解除了,也就是说,她并非一定要离开沪市。

听到这个消息,谢婉君不过愣了一瞬,很快还是继续往藤箱里放衣服,卧房内叮当乱响,衣柜也被翻极乱,她边收拾边说个不停。

"月末定已入夏了,虽然今年沪市冷了些,港岛还是暖和的,厚衣裳就不必带了,占地方。这几件夏装旗袍我都没穿过,颜色也是你中意的,还是我旧年的尺寸,去年冬天腰身胖了两寸,你穿着正好,全都带走,不合适你自己便能改……"

"婉君,那个人已经死了!"

她像没听到似的,仍在自说自话,又想到秦水凝若是在港岛度了夏怎么办,倒也不费事:"待久的话,衣裳再裁便是,港岛又不是没有好裁缝,正好你跟稚芙一起,结伴去选料子,有个参谋。只不过稚芙挑料子的眼光委实不怎么样,你可别听她的,还是得自己拿主意……"

"婉君……"

"稚芙呢?你到门口喊她一声,让她来我这儿选选,看看有没有喜欢的,都拿走。她是回不了家收拾行李了,那些漂亮的洋裙便放一放,等到了港岛你再给她订两件,她还是小姑娘,爱美的……"

秦水凝终是叹了口气,妥协道:"我答应你去港岛,你别这样。还有半个月,无需现在就收拾东西。"

她擦了擦额头上的汗,笑道:"是有些早,不过没事,省得到时候再准备,仓促了些。我再命人取箱小黄鱼送来,大黄鱼重了点儿,不方便你拿,万一再被贼人瞄上……"

房门忽然被敲响,想必是许稚芙听到了这厢异样的响动,寻过来问了。江楼月今日下午有一出早场戏,到戏院去了,并不在家。

"婉君姐?秦姐姐?你们在屋里吗?"

进屋时秦水凝随手锁了房门,许稚芙被拦在门外,谢婉君双眸发亮,径直要去开门,显然打算立刻告诉许稚芙这个消息。秦水凝赶紧上前将她拽住,压低声音说:"你先别跟稚芙说,万一生了变数,她岂不失望?船期近了再告诉她也不迟。"

谢婉君瞪着眼睛剜她:"什么变数?你还要跑不成?我告诉你,即便是将你捆着,我也要把你押送上船……"

"谢婉君!你能不能别这么刚愎自用?你我已经脚踩在钢丝绳上,月末的事哪里说得准。稚芙天真,你非把她也拖进浑水?我已经听你的了,你听我这一句不成?"

谢婉君总算恢复些理智,想到许稚芙心无城府,提早知道若是没藏住心思,叫许世蕖那个精明的人瞧出端倪,秦水凝的出行势必也要受到影响,非她所愿见到。

于是她缓缓点了点头,妥协道:"我不说,你去开门好了。"

秦水凝这才放下心来,打开了卧室房门,许稚芙见屋内气氛凝重,两人明明在屋子里,却过了这么久才开门,想必是在吵架,定有什么棘手之事。她吞吞吐吐道:"你们,你们在吵架?别吵架呀,我听见响动还以为家里遭了贼……"

谢婉君仍旧负气站在原地,转身踱到窗前透气,一阵春风拂进卧室,吹散了沉重的气息,秦水凝则牵着许稚芙下楼,坐到客厅柔声安抚着她。

不多时谢婉君也下来了,换了身干净的旗袍,两人虽吵了几句,却都是为了互相着想,并非真正的吵架,秦水凝问了句:"你还要出去?"

谢婉君"嗯"了一声:"去见严太太,晚上严先生在家,想必得在严府用饭,你们别等我了。"

秦水凝又叮嘱道:"少喝些酒,早点回来。"

谢婉君答应下来,匆匆出了家门。

眼看着天色不早,秦水凝便没再去秦记,打了通电话告知小朱情状,又问了店里可有要事。小朱自那一遭无妄之灾后稳重了不少,办事还算妥帖,大致给秦水凝汇报了一番,秦水凝便知不必再去了,明早必会准时到店。

电话挂断后,秦水凝拿出包里的线,许稚芙正愁无事打发时间,她便教许稚芙怎么缠毛线,两人将线理了,秦水凝便用竹针开始打毛线。

许稚芙看不明白,只觉得有趣,不禁问道:"秦姐姐,眼看着入夏了,你还织绒线衫做什么?若是为秋天准备的,也太早了些。"

秦水凝低声答道:"给你婉君姐织的,你可摸得出来,这团线与你穿的那些羊毛线不同?"

"是不太一样,软了些,像是一拽就要断呢。这样织出的线衫,岂不是一洗就坏了?"

"这不是羊毛线,是用棉线专程制的,线庄的掌柜看在我是老主顾的面子上,才帮我做了几捆,工期也是不敢保证的,所以我得提前准备,否则天凉了她未必穿得上。"

"婉君姐也太会要东西了,我以为羊毛线就是最好的。"

"羊毛线固然是最好的,只是你婉君姐没福气,穿不了。这种线想必是能穿的,我先织出来一块,往她身上蹭蹭,看她起不起红疹。"

许稚芙这才明白过来情况,听秦水凝说谢婉君会起红疹,她连忙伸出自己白净的手臂:"那还是用我的手臂试验,万一起了红疹,婉君姐岂不是难受死了?"

秦水凝闷笑着按下了她的手:"你试怎么行?你穿绒线衫又不会起红疹。"

"也对。"许稚芙迟钝地点头,"我真是太没用了,婉君姐对我那么好,我却没什么可报答她的,这点小事都不能帮她做。"

秦水凝盯着竹针上绕着的花青色棉线,意味深长地回答许稚芙:"她是能者多劳,劳者多累,你既没什么能做的,只管听她的话,也叫她少些烦忧,便算作报答了。"

许稚芙老神在在地品着秦水凝的话,没再吱声。客厅里一片阒静,秦水凝勾着竹针,手上的动作没停,双眼却始终盯着不动,神智已跑到九霄云外了。

她想起上午在广慈医院发生的事。

昨日已有同志去医院探过虚实，便是她与谢婉君说的那些，重症病房外层层把守，进去打针换药的医生护士都要经过搜查，简直连只苍蝇都飞不进去。

今天一早轮到她和董安过去"探望"，两人扮作兄妹，董安手里拎着网兜，提着一袋苹果，秦水凝除了手里的布包还多拿了份报纸，进医院后两人直奔重症病房区域，就此分开，各自行动。

秦水凝坐在不远处的长凳上，展开报纸假意在看，作为眼线，董安则不着痕迹地靠近重症病房，试图寻找入内的门路。

一切发生得那么迅速，董安消失在走廊交会处，不出五分钟，秦水凝眼观六路，只觉这么短的时间内根本不会发生什么。耳畔陡然传来清晰的枪响，原样复刻当日礼查饭店酒会的情况，病人和家属慌张躲避，医生护士惊得瞪大双眼，纳罕发生了什么。

她看到苹果滚落在地面，毅然迎难而上，断不可能丢下董安就跑，许是当初没能救下董平的缘故，她虽厌恶董安为人，危急之时仍想着救他一命。千钧一发之际，严从颐闻声从重症病房中走出，一眼看到冲过来的秦水凝。

下一秒，严从颐拽起秦水凝就走，枪声没有再响，楼上楼下回荡着匆忙的脚步声，似乎在上演追逐之战，秦水凝挣脱不开严从颐，被他带进了办公室，反锁上门。

不等秦水凝发出疑问，严从颐先开口，厉声呵斥道："你来这里干什么？！"

秦水凝沉默应对，她岂会不知严从颐是个聪明之人，她已经迈到了重症病房的对面，迷路的借口太蹩脚，她懒得多言。

严从颐攥着她的手腕便没松过,此时收得愈发紧了,捏得秦水凝隐隐作痛。那瞬间他一贯温厚的脸上闪过明显的狠厉,与其堂兄严先生冷静的精明如出一辙,秦水凝见过严先生,过去不觉得兄弟二人有多么像,此时身影竟重叠上了。

接下来严从颐说的话委实让她胆寒,从头凉到了脚底。

严从颐说:"我没想到竟会是你。那个护卫早在送来的路上就死了!这几日不少的人同我打探虚实,有意无意皆有,可我没想到,我怎么也没想到,来送命的是你!"

那一刻她才意识到,她真是低估了严从颐。

正当她以为严从颐要将她交出去时,房门被大力踹响,外面定不止有一个人,想必是巡捕房到了,正如同夺命的凶煞般不断叫着:"里面有没有人?开门!赶紧开门!"

严从颐将她拖到桌边的椅子旁,秦水凝被按着坐下,总算让手腕恢复自由,幸亏他攥住的地方比较靠上,秦水凝将袖子向下扯了扯,遮住勒痕。严从颐已经打开门,巡捕冲了进来,秦水凝转头一看,倒是巧了,领头的正是那日去谢公馆的吴探长。

吴探长眯着眼睛盯着她,似乎是在将眼前熟悉的人与记忆对上号,幽幽开口:"秦小姐?又见面了。"

严从颐竟没有揭发她,反而帮她解释:"秦小姐来医院拿药,我听见外面枪响,担心匪徒闯进来,故而才落了锁。"

倒是虚惊一场,秦水凝本以为吴探长会为难自己,不想他什么都没说,反倒与严从颐一通寒暄,似乎想借此攀上严家的关系。

广慈医院门口被看管起来,秦水凝由严从颐亲自送出了门,最后看一眼他难以捉摸的表情,她则怀着一颗不安的心,乘电车前往老白渡街。

唤回秦水凝神智的是刺耳的电话铃响,黄妈闻声跑过来要接,秦水凝先一步放下针线，拎起了话筒，摇头示意黄妈不必再过来。

电话那头的人迟迟没说话，秦水凝"喂"了一声，董安才开口，声音低而紧张："我逃出来了，近几日不便见你，有事借斐德路信箱联络。"

话一说完董安就挂断了，秦水凝仍旧攥着话筒，又"喂"了一声，才把话筒放下，对上许稚芙疑惑的神色，从容解释道："想必是拨错了，怎么问都不说话。"

后来的事一桩接着一桩，秦水凝早做好万全的打算，当真到了那个棂节儿上，她竟觉得意外的平静。

广慈医院之事她并非故意隐瞒谢婉君，她已经答应谢婉君乘坐月末的船离开沪市，带着许稚芙一起，而谢婉君刚因护卫之死放下了悬着的心，知道后势必又要提心吊胆。对于谢婉君来说，不知情是好事，知道得越多，也就越危险。

吴探长不过是个色厉内荏之人，眼下又没抓住她的把柄，最多禀告上面派几个特务跟踪她，她只要离开沪市就能摆脱。至于严从颐，眼下倒是成了心腹大患，可秦水凝确信，男人所求之事无外乎那些，严从颐也不是不能安抚。

她已经决定，船票还在谢婉君手里，倘若这十几天中出了变数，她便告诉谢婉君，让许稚芙和江楼月一起走，定不会浪费船票。

不出五日，董安失去联络。

秦水凝和董安约好，借斐德路的信箱联络，每天清晨董安会在信箱上留下记号，秦水凝则在到店之前去一趟斐德路，悄无声息地抹去记号，以此来确保互相平安。

而在广慈医院戒严的第五天，秦水凝并没有看到该有的记号，她便知道，董安想必出事了。

接下来的几日里，她仍旧做着离开沪市的准备，将秦记的生意托付给小朱，声称要去港岛探望一位远房的伯父，小朱不疑有他，更多的是因要独自撑起秦记而惴惴不安。

每天早晨她仍旧会前去斐德路，董安却像是人间蒸发了一般，信箱上始终没有出现让她放心的信号。

直到船期将近，秦水凝终于下了决定，告知谢婉君："婉君，我暂时走不了了，董安出事了。"

谢婉君眼中染上一股恼色，秦水凝连忙解释："我只是暂时不能走，既答应了你，你叫我去哪儿我便去哪儿，你先别生气。"

"董安出事与你何干？"

当初秦水凝进提篮桥监狱，谢婉君便记恨上了董安，眼下她不免自私地想，他当真出事才好。

秦水凝放下手中乱作一团的棉线，对她动之以情、晓之以理，柔声说道："怎么会与我无关呢？以我和董安的联系，他若出了事，我岂能幸免？"

谢婉君才不会被她牵着鼻子走，一语道破："正因你不能幸免，才更要送你走。我还嫌这船期太晚了些，恨不得今晚就将你安全送走。"

"婉君。"秦水凝轻叹一声，"我知你不愿听这些冠冕堂皇的话，可越是到这个时候，我越不能只保自己的性命，罔顾千千万万的性命。固然我后日顺利登船，脱离险情，你想没想过，那些不知情者又该如何自处？我得想办法联络他们，告知他们。"

"你如何告诉他们？我并非没给你时间，你瞒我这么多天，我已不同你计较，可你若是早些跟我说，我还能帮你，何必落得这番田地？明天还有一天时间，你去通知你的，我不拦你，正好我去将稚芙接来，后日，后日你……"

"我不要你帮我。"秦水凝几乎是嚷出来的这句，一向自持的人暴露出前所未有的情绪波动。

240

"我不要你帮我,我从来不要你帮我,别告诉我你不懂其中的原因。我以为你是聪明人,但怎么还是犯傻,我以为我们之间早有默契,乱世之中朝不保夕,你我同行一程,已是三生有幸……"

"是啊。"谢婉君强撑出个笑容,面对激动的秦水凝,她反而平静,"我怎会不知,只是过了段太平日子,难免得意忘形,多谢你提醒啊。你走,你现在就离开这儿,出了我谢家家门,不论你是死是活,与我无关,便是尸首见报,我也不会多看一眼。"

她静静地坐在那儿,低着头,气氛僵持下,眼眶的泪水终究落了下来,滴在已有雏形的绒线衫上,她紧紧捏着柔软的棉线,挂着泪痕抬头看向谢婉君,确认般问道:"你当真要赶我走?"

谢婉君沉默了,板着一张脸盯着她,牙根咬得酸疼,张不开口。

秦水凝说:"我没说不走,我不仅想走,我还想跟你一起走,眼下沪市的时局愈发叫人捉摸不透,危机四伏,你独自留在这儿,我不放心。"

谢婉君僵硬地开口:"若像你似的,只守着一片店,我今晚就打点好,随你而去,可你知道我身上肩负着什么,我走不了。"

谢婉君想,不过是出去避避风头,她在沪市等着她回来便是。

"眼下我不是也肩负着不可推卸之责?我无意与你争吵,说那些互相伤害的话。我早就做过最坏的打算,稚芙的事迫在眉睫,我带着她一起走不是不行,可楼月独自留在沪市,许家若是针对她,你能保证护得住她吗?"

谢婉君似乎知道她接下来要说什么了。

"明日我与你一起去见稚芙和楼月,你将船票交给她们,让她们俩先走,我与你留在沪市。一旦确定董安并未叛变,一切只是虚惊一场,我们再买张船票,不论去哪儿,我定立刻上船,听你命令,如何?"

"你说得轻巧。秦水凝,你就是不将自己的性命当回事,万一你出了危险,你想看我后悔不成?"

"我也怕死,我自会顾好自己,出了危险我肯定第一个跑。"

谢婉君轻笑一声,心道她若当真能做到第一个跑,便不会浪费这么多口舌了。可她也知道,秦水凝心意已决,与其计较这些,不如尽力帮忙遮掩。于是她走到衣架前掏出了船票,甩到秦水凝面前:"随便你,船票我给你了,你爱送谁送谁,丢了也与我无关。"

秦水凝知道她松了口,长叹一声。

谢婉君冷声道:"明天还要跟韩寿亭谈生意,我上楼了。"

那年新历的四月三十号,太古轮船公司的英吉利亚号客轮将在上午九时离沪,途经港岛、苏禄,稍作停留,最终到达法兰西。

许稚芙和江楼月轻装简行,各提着一只小号藤箱,低调前往轮渡码头,满目拥堵的人群,似乎预示着即将终结的平静,不免让人心戚。

谢婉君和秦水凝并未亲自送行,只远远地站在高处,紧盯着那两抹乔装打扮过的身影,心皆悬到喉咙。

谢婉君已连点了两支烟,面色凝重,秦水凝知道她在担心什么,也讨了一支,沉声道:"你似乎很紧张。"

她手里攥着的怀表就没收起过,几乎是盯着时间流逝,更恨不得指针走得再快些。

"这件事没那么简单,我可是冒着得罪许世藁的风险,今日不论她们走没走成,我都要折本,断了好大一条财路。"

秦水凝知道,她并非贪财,只不过是用尽量轻松的语气掩饰担忧。

距上午九点还有一刻钟时,船舷下的船员吹响了悠长的哨声,两扇铁栅栏门被推开,人群涌了进去,长龙缓缓移动,乘客皆高举着船票,逐个登船。

许稚芙和江楼月大概排在中间,秦水凝紧张地看着,谢婉君却低头盯着怀表,仅用余光注意登船的进度。

八点四十六分，八点四十七分，八点四十八分，八点四十九分，八点五十分……

秦水凝忽然抓上谢婉君的手臂："婉君，你看！"

谢婉君抬头，以一辆洋车为首，车后跟着足有上百个穿拷绸短打的弘社打手，直接闯进渡口。当车门打开时，她寄希望于下来的是韩寿亭的义子韩听竺，这样她还能凭借那点儿微薄的私交上前攀谈，来为许江二人拖延时间。

可下来的并非韩听竺，而是韩寿亭的另一个"左膀"，她说不上话。

事已成定局，谢婉君拉着秦水凝就要走："别看了，该走了。"

秦水凝不解，仍抱着一丝侥幸："婉君？她们俩马上要登船了……"

"我该说你什么好，距离开船还有十分钟，足够他们上船把人带下来了。"

"稚芙他兄长没来，未必就是抓她们……"

"你信不信？不出三分钟，许家的车子必到。"

一切都被她言中，许世藁很快赶来，上百的打手在登船的队伍中将许稚芙和江楼月找到，简直是再容易不过的事。

两人仍在挣扎，还是被精壮的打手押到了许世藁面前，许世藁提起右手，似是想打许稚芙，到底没舍得下手，不知在说些什么。

紧接着，他身后的荣伯大步上前，狠狠给了江楼月一个巴掌，江楼月被打得歪了脑袋，甚至向后趔趄了两步……

秦水凝也不忍心看了，别过头，神情哀伤，谢婉君面色十分从容，仿佛木然地接纳着一切磨难。

她正是太清楚了，在这个腌臜的世道，人命本就贱得不值一文。许世藁再嫌恶韩寿亭又如何？到了这种事上，照样还是要请韩寿亭出手，日后再还韩寿亭人情，一来二去，过不了三五载，两家便成世交，关系就是这么联结上的。

她毅然拉着秦水凝步下楼梯，匆匆离开渡口。

当晚，秦水凝在秦记的案台上发现了一卷袖珍胶卷，不知何人何时送来。

那时的船票早已不好买了，离沪的客轮数量锐减，船期本就紧张，谢婉君托了不少关系，花了笔大价钱，总算要到一张头等包厢票，时间已是七月下旬了。

她想着此去甚远，若在船上没个自己的独间，总归是不方便且不舒服的。

秦水凝听闻船票吃紧，为变化莫测的局势担忧，张口却摆出副轻松的语气，同谢婉君打趣："七月下旬，还有两个多月，我若当真侥幸逃过这劫，危险也解除了，何必再走？干脆留下来好了。"

谢婉君剜她一眼，显然下定了决心："你休同我说这些，我岂会不知你心作何想，你留在沪市一日，我便不安生一日，即便是为了让我多活几年，你也得赶紧去避避风头，别在眼前气我了。何况又不是一去就再也不回来了，少则一年半载，多则两三年，风声过去了你便回来，我倒是怕你在港岛乐不思蜀……"

"今日不是没应酬？怎么跟喝醉了酒似的，说起胡话了。"

谢婉君好声好气地要她承诺："你跟我发誓，这段时日不论发生什么事都要告诉我。你要去哪儿、要见谁、做些什么，事无巨细，都要提前跟我说。"

"好。"秦水凝拎起怀里织好了半截的绒线衫，跟她禀报，"我明天上午要去趟老白渡街，上回拿的棉线用完了，也不知道掌柜备好没有。"

"这才刚入夏，你急什么，天天抱着织，也不嫌热。"

"你着急赶我走，我不得在走之前给你织好？不然等天冷了你穿不上，还要受冻。"

"我禁得起冻,即便没织完,到了港岛托人送回来不就得了?再不然,我寻个由头去港岛,亲自取回来总行。"

"那这件绒线衫的价钱可贵了起来,谢大小姐一来回的路费都够买个成百上千件了。"

"我以前怎么没发现,你这张嘴也是厉害的?"

次日秦水凝如常去了老白渡街,又取了两捆棉线,也仍是不够的,秦水凝好说歹说央求掌柜务必上心,她着急用。然这单生意到底利薄,掌柜拖延也在意料之中,秦水凝懒得与他浪费口舌,很快回了秦记。

不知是否是她多想,总觉得秦记周围有几个面色不善的男人,打扮倒是低调了些,手里的烟也非内部特供,秦水凝心中起疑,只默默提防着,明面上一切如常。

小朱听闻她延后了离沪日期,心中大喜,这几日愈发勤勉了些,像是生怕秦水凝一离开秦记便黄在他手里一样。

当晚天色刚暗,秦水凝收拾好东西走出秦记,正在揉着酸疼的脖颈,一抬头便看到等在那儿的严从颐。

最近她始终避着严从颐,当然,二人本就没什么相见的机会,过去还多是因为谢婉君的病情,今日他突然出现,来意定然不善。

两人就在秦记门口的不远处交谈,街头人来人往,谁都不会多注意两眼。

严从颐说:"秦小姐,那日我好歹救了你一命,本想着你会主动请我吃顿饭,也算报答了。"

秦水凝只是不擅长人情世故,并非孩童心智,她知道严从颐不可能差这一顿饭。如今严从颐对她来说,更似债主,还是个不知深浅的债主。

"严先生所求只是一顿饭?我没有找你,正在于不知该如何报答你,严先生若已有思量,不妨直说,我洗耳恭听。"

"当日你用一枚婚戒将我挡了回去,我确实灰心了一阵。可我素有看报的习惯,姜叔昀出事时,我已经回了沪市,虽然时间久了些,也不难想起。但我也一直没说什么,你亦不解释,这件事上,你故意诓骗了我,难道不该同我说声抱歉?"

"严先生,你我的年纪都已不小了,我为何故意戴上婚戒,借亡夫来回绝你,你难道不知何意?有些话是不该说得那么清楚的。"

"我并不计较你的过去,自古有以身相许的报答之说,我想要你这么报答我,你肯吗?这种话还不是要我来点明?"

许久以后秦水凝回想起这晚二人对峙的场景,她对严从颐,无爱亦无恨,可令她后悔的是,那么一瞬间里,她竟对严从颐抱有希望,认为他还是个温厚之人,他们好好地把话说开,救命之恩她必会报答。假使某天严从颐身陷囹圄,她不惜舍命相救,偿了这个恩情,而不是闹到后来那种难看的境地。

秦水凝看着他,诚恳地同他陈情:"严先生,固然你可以借用此事胁迫我,我遂了你的意,可这对你公平吗?"

"当初你假意关心我,借机打听广慈医院之事,可想过公平一说?"

此事秦水凝理亏,无可辩驳,她只是语气坚决地说:"我对你无意,亦不打算再嫁,你若以此要挟,逼我就范,那我自然不敢不从。"

严从颐发出一抹自嘲的苦笑,向后退了半步,满脸迷惑地盯着秦水凝,许久没说出话来。他是书香世家出来的阔绰少爷,二十多年来从未受过挫折,初次遇阻便是在秦水凝身上,他心底的不甘心在叫嚣,更生出了一股高尚之情,他视秦水凝为误入歧途之人,分外可怜,他得救她。

严从颐迈步上前,攥住秦水凝双臂,用一副学究的口吻温柔地跟秦水凝说:"你错了,你只是做了错事,你那位亡夫死得早,你还不懂感情为何物,我可以教你,水凝,给我个机会。"

即便他已尽量说得委婉,秦水凝还是皱起了眉头,像看陌生人一样重新审视严从颐:"严先生,我并不需要老师……"

严从颐已不给她开口的机会,仅存的那么些涵养在多年的克制下荡然无存,俯首就要吻秦水凝,秦水凝连忙错开脑袋,任他撞上自己的肩头,接着她狠狠地给了严从颐一巴掌,恼火道:"严先生!我一直敬你是个绅士,看来是你伪装得太好,将众人都蒙骗了!"

严从颐狞笑:"我做错了?我不是在教你?你体会过这种滋味吗?你也并非对我毫无感觉,我知你性子冷、不爱笑,可你每次见我,不是都面含春水?你骗不了自己!"

"那是因为……"

她正想解释那并非勾引,只是礼数,他已经又压了上来,秦水凝双手并用,胡乱推他,寄希望于店里的小朱听到外面的争执声,赶紧出来救她,单论力气,她绝非严从颐的对手。

这时远处驶来的洋车亮起车灯,径直朝纠缠的二人射来,秦水凝和严从颐都不免眯起眼睛,转头看过去,正是谢家的车子,一个急刹抵在严从颐的车头。小佟飞冲下来,顶开严从颐,护在秦水凝面前。

"严先生!你在做什么?!"小佟自然畏惧眼前之人的身份,涨红着脸嚷道。

秦水凝拍打小佟的肩膀:"没事,我和严先生有些争执,这就回去了。"又跟严从颐道别,"严先生,再会。"

回谢公馆的路上,秦水凝整理了一番衣领和发型,小佟频频通过后视镜看她,脸上挂着关切。

秦水凝语气如常地问道:"婉君叫你来接我的?"

小佟"哦"了一声:"大小姐有应酬,已经去饭店了,她说您最近关门有些晚,就叫我开车过来,看看能不能顺便送您回去。"

秦水凝动了动喉咙,压抑住心中的委屈,低声说道:"劳烦你跑一趟了,还得赶回去。"

"不麻烦,不麻烦,幸亏我来了,不然谁知要出什么事,秦小姐,我明晚还来接您。"

车子停在谢公馆的外门口,秦水凝并未急着下车,而是跟小佟说:"待会儿你去接她,千万别说这件事。"

小佟不赞同:"秦小姐,恕我多嘴,您不该瞒大小姐,大小姐有一双火眼金睛,最不喜欢别人瞒她了。"

"谁说我要瞒她?你去接她,她刚喝过酒,也不知几分醉,知道了必要动怒,在那些老板面前出丑怎么办?等她到家了,我定会跟她说,你别担心。"

小佟这才点头,待秦水凝下了车,他便又去明月饭店等谢婉君了。

谢婉君今晚赴的酒局有些突然,叫小佟来接便是趁机告诉秦水凝一声,家里也打过了电话。黄妈见秦水凝迟迟未归,晚饭就没急着做,秦水凝被严从颐搅得没了食欲,借口已在外面吃过,黄妈便只做了几道小菜,和女佣一起吃,吃完收拾好就上楼了。

秦水凝则独自坐在客厅等谢婉君,客厅里只开了一盏壁灯,昏暗暗的,她撑着额头,越想越难受,反应过来时眼泪已经垂到旗袍上了。她便抬起手狠狠揩了下眼睛,泪水又落,她再狠狠地揉,终是将眼睛挤得通红。

直到午夜,谢婉君才踩着醉步进门,声音传到客厅,想必是小佟搀着她进来的,她叫小佟赶紧回去休息,屋门一关,小佟便走了。

瞧见客厅里亮着灯,谢婉君还以为是守门的黄妈,朗声吩咐道:"快给我放热水。唉,真磨人,今天喝得多了,我可是拼着命爬出来的,你小点儿声,别吵到人……"

看到秦水凝的那一刻,谢婉君快速眨了两下眼睛:"我真醉了?你怎么还没睡?"

秦水凝既心疼又无奈，晚饭后她便跟黄妈说自己在楼下等谢婉君，叫黄妈去歇息了，没想到谢婉君会回来得这么晚，早已夜深人静了。

压制住情绪，她佯装无碍地扶谢婉君上楼，醉酒之人一脚轻、一脚重，不知碰到了什么，晚香玉的芬芳匝地而起，过于浓重且甜腻。

秦水凝缓缓开口，陈述事实："你的香水好像碎了。"

谢婉君的酒已经醒得差不多，除了疲倦只剩下头疼，闻言闷哼一声："定是你打碎的，你得赔给我。"

秦水凝知道她不过是随口说说，并未当真，只听谢婉君又说："罢了，念在我今日心情还不错的份儿上，就不与你计较这些了。"

秦水凝笑她小气，如实禀告道："我明早要去一趟红星印刷厂。"

谢婉君立刻警惕起来："你又要有什么行动？"

"前些日子不知是谁送了卷胶卷到秦记，董平仍旧毫无音讯，我思来想去，还是决定送到红星印刷厂。"

谢婉君不语，显然又担心起来，秦水凝补充道："那里是信得过的地方，你放心，我知道变通，绝非自投罗网。"

"我不管你，谁愿意趟进你们的浑水。"

"我从红星印刷厂回来后定第一时间给你打电话，这下总行？"

"你怕没人给你收尸？"谢婉君嘴上是不肯饶人的，佯装冷漠地说道。

秦水凝犹在笑，还有心情跟她打趣："竟叫你言中了。"

谢婉君站起身，说要睡觉："别吵了，我得赶紧睡觉，否则明天还不知怎么熬过去。"

隔了许久，秦水凝又低声跟她保证，"这次我过去，定会说清情况，这是最后一次，然后我就乖乖地在家，秦记的客单我都少接了许多……婉君，你能看出来，我有多珍惜这条命吗？"

谢婉君这才放心，很快便睡过去了。

待她醒来，秦水凝早就出门了。

中午她还得去明月饭店见韩寿亭，虽然心底里仍有些惴惴不安，可这顿饭是免不了的。

幸好韩寿亭也有事，二人不过简单用了个午饭，签订好转让合同，她从韩寿亭手里接过了一批紧俏货，数量说大不大，说小亦不小，是难寻买家的。

饭后韩听竺进来奉茶，谢婉君正同韩寿亭商量着货轮到港的时间，韩寿亭道："听闻你前几日到处寻关系买船票，想必也知道船期紧张，难以保证，我与你是老相识了，不愿胡诌骗你，夸下海口。"

谢婉君便心中有数了，笑道："我还怕您诓我不成呀？眼下生意不好做，我难免有些心急，韩先生你……"

韩听竺给她递了茶水，低声提醒："小心烫手。"

谢婉君接过，掀了两下盖子带走浮叶，润了一口，又同韩寿亭商量，务必要让手下盯紧了，多有劳烦之类的场面话，韩寿亭笑着答应。

两人相偕下楼，谢婉君耐着性子送韩听竺上了车，车开走了，她才匆匆上了自己的车，连忙叫小佟开回公司。

到了公司楼下她也没下去，而是让小佟去问秘书，可有收到秦小姐的电话，秘书自然知道秦小姐是个什么人物，断不敢怠慢的，答案却是没有。小佟下来禀告，谢婉君面色一沉，旋即果断地让小佟开车前去红星印刷厂。

她只让小佟把车远远地停在红星印刷厂的斜对面，周遭一片平静，就连行踪鬼祟的眼线都没有，谢婉君只觉得又放心又担心，明明是再寻常不过的一条老街，她疑神疑鬼，总觉得危机四伏。

就在这时，秦水凝出现在街口，立在路灯下翻看报纸，谢婉君心潮一动，丢了指间的烟就朝她挥手，兴奋得像回到了十岁的孩童时期："阿凝，这里！"

　　秦水凝看到她的瞬间眼中明显闪过惊讶，随后将报纸夹在腋下向她跑来，谢婉君同样迎了上去，十几步的距离，她想到默片电影里的画面，不禁左右晃头，生怕横穿出辆汽车，酿成惨祸，心已经要跳出喉咙了。

　　幸好什么都没发生，两人双手各攥着彼此的臂，谢婉君将她上下打量了一番，焦急问道："你出来了？胶卷呢？可还有事？"

　　秦水凝鲜少喜形于色，当时却很是激动地跟她说："我和上面联系上了，胶卷果然有问题，不是他们送过去的，幸好我留了个心眼，婉君，我没有带胶卷，胶卷被我放在斐德路的信箱里，我不管了。我已经向上级汇报，他们也认为我现在的处境很危险，我说我已经买好了船票，会在近期离开沪市躲避风头，婉君，我在港岛等你，不，你在沪市等我回来……"

　　她从未一口气说过这么长的一段话。

　　谢婉君放下悬了半天的心，身子都在发出细微的颤抖，又哭又笑的，很是滑稽。她赶紧掏出帕子轻擦谢婉君的脸颊，谢婉君抬手攥着她的手，紧紧攥着。

　　"好，你告诉我，是不是直到你离开，都不再做危险的事情了？"

　　"是，谢婉君，我现在无事一身轻，就等着去港岛度假，你羡慕不羡慕？除非特务非要把我抓去喝茶……"

　　"呸呸呸，你少说这些不吉利的话。你又没犯错，凭什么抓你？"

　　"欲加之罪，何患无辞？"秦水凝意有所指，不愿多想不开心的事，语气变得更加笃定，"随便他们怎么说，我不反驳，唯有一错到底，错个一生一世，错个生生世世，如何？"

　　谢婉君罕见她这么自信澎湃的样子，眉头立刻舒展开了，笑容也掬不住，推着她上车："你这话我爱听，从你口中听到顺耳的话可真不容易。"

"我过去就只会气你？"

"你难道不知道自己说话是什么德行？冷冰冰的，像往出掉冰锥子似的，哼，不提也罢。"

秦水凝正默不作声地回想，心道她店里的顾客也从未表达过不满，殊不知谢婉君本想叫前面开车的小佟做证，又猛然意识到，小佟哪里知道这些，过去她是见人下菜碟的，唯独对谢婉君这一位暗放冷箭，竟连个证人都寻不到。

了却了一桩心事，谢婉君又提起玩乐的心思，忽然同秦水凝说起："严太太约我后日一起吃饭，她想去吃蜀腴，吃完了想必还要去黄金听戏，到时候我将你带上，消遣消遣，反正你也没事。"

秦水凝不着痕迹地打听："只有严太太自己么？"

谢婉君没做多想，点头道："我同她隔三岔五就要见一次的，没有旁人，你也不喜欢吵闹，就咱们三个。对了，我家里还有件私藏的旗袍，可贵重呢，到时候一并送她，就说你裁的，你可别拆我的台。当初你被抓进提篮桥监狱，她没少帮我，该记她这个好。"

秦水凝全听她安排，答道："你提早同我说一声，我为她赶一件就好，何必……"

"还不是怕你年纪轻轻双眼就熬花了，连我打扮得有多漂亮都看不清，那我是要生气的。"

小佟在前面听到了这句话都忍俊不禁，谢婉君佯装生气凶他："你笑什么？这好笑吗？"

小佟连连摇头，秦水凝嗔道："他脾气老实，你欺负他做什么？"

"就是看他老实才欺负他呢。"

"秦小姐，无妨，我们大小姐最是嘴硬心软之人了。"小佟憨厚说道。

秦水凝只无奈地低笑，没说什么。

车子先送秦水凝回秦记，秦水凝进店之后，谢婉君脸上的笑容立刻荡然无存，双眸因提防而挂上一抹寒意，旋即命令小佟："先别开车，下去抽支烟。"

小佟一向听话，下了车自己蹲在路边擦亮洋火，谢婉君却转身走到不远处，站在一个穿着西装的男人面前，对方显然不认识谢婉君，挂着疑惑收起报纸。

谢婉君带笑问道："先生，可否借支洋火？"

小佟蹲着，正好躲在了车前，那人也无从确定小佟有没有火柴，还是从口袋里掏出来自己的，谢婉君并未伸手去接，而是端臂衔好香烟，显然是让他帮忙给点上。

男人擦亮火柴，娴熟地用另一只手掌护着，凑到谢婉君近前，谢婉君垂着眼眸，将烟吸着，男人便很快收回了手，甩灭了火柴。

停留不过片刻的工夫，谢婉君和小佟前后上了车，打算折返公司，小佟憋了半路，还是没忍住问出口。

"大小姐，您没带洋火，为何不跟我说？反而去找旁人借。"

"蠢材，你当我就是为了跟他借个火？我是去看他虎口有没有老茧。"

那可不是做粗活磨出的茧，而是常年使枪所留下的，她与韩寿亭相识这么多年，总要学到点儿什么。

到了约见李太太那日，三人先到蜀腴吃晚饭，以严太太的身份，自然不愿坐在堂座，谢婉君提前一日便订好了包厢。路过上次与许稚芙和江楼月一起吃饭的桌位时，秦水凝眼中闪过一丝黯然，谢婉君自然瞧见了，不着痕迹地拍拍她的背，秦水凝扯出个假笑，与严太太前后脚进了包厢。

小佟跟在后面,放下东西便出去了,独自在堂座用饭,悉数记在谢婉君的账下。

包厢里正等着上菜,谢婉君把包好的旗袍递到严太太面前,示意她打开,严太太倒也没客气,一边拆一边说:"我瞧你让司机抱着东西过来,就猜到是要送我的,让我看看是什么好东西。"

谢婉君言道:"还不是水凝,记挂着你当初帮过她,专程赶制的,料子是我私藏的好货,虽然花样老派了些,陪严先生应酬时穿也是极显身份的,你定会喜欢。"

秦水凝笑着应和,没有反驳。

谢婉君的话滴水不漏,又说:"只不过是按照你去年的尺寸裁的,还不是想给你个惊喜,若是不合适,你再派人送到秦记去改,可不能怪我。"

严太太被哄得笑眯了眼,显然得意这件旗袍,抱在怀里比量了两下:"还是婉君知道讨我开心,老严何时能有你这般情调,我喜欢得紧,下回请你吃饭穿给你看,绝不辜负你的美意。"

谢婉君又揶揄起她来:"穿给我看做什么?自然是穿给你们家严先生看呀,碧城姐说这种话,也不怕严先生同我吃醋,那我可罪过了。"

秦水凝默默喝着茶水,看谢婉君游刃有余地与严太太攀谈,心道,这些漂亮话她怕是下辈子都学不会。

酒菜上桌之后,谢婉君给秦水凝递了个眼色,秦水凝心下了然,连忙提着杯盏起身:"严太太,当初那件事儿多谢您从中周旋,我这个人嘴笨,就敬您一杯,我干了,您随意。"

严太太坐在那儿没动,虚虚伸手按她坐下:"哎哟,就我们三个,不过私下里吃顿饭,无须这么守礼,快坐下,我跟你喝这一杯。"

谢婉君紧接道:"带我一个。"

杯盏轻轻碰撞,三人皆饮光了杯里的酒,谢婉君脸上始终挂着笑,手藏在桌底拍秦水凝两下,表示肯定。她知道秦水凝并不擅长做这种事,可她又不得不带秦水凝来这一遭,虽说是私宴,将来难免有求得着严太太的地方,她是在为秦水凝谋划。

吃过饭后,三人散着步走了半条街,霓虹灯下来往之人络绎不绝,还有报童举着晚报沿街售卖,险些撞到谢婉君身上,秦水凝见那小报童可怜,布包里还装着不少报纸,正想掏钱买上一份。

严太太看到了,假意看了眼手腕的表,朗声说道:"得赶紧去戏院了,再晚怕是要误了时间。"

严太太发话,秦水凝也不好非要买这份报纸,谢婉君拉着她的手臂摇头,严太太已经转身上车了。秦水凝便没要报纸,随手把银币塞给了那个小报童,报童要给她找零,又给她递报纸,她摆手拒绝,紧跟着上车了。

坐进黄金大戏院的包厢之后,秦水凝敏感地察觉到上楼这一路吸引了些不友善的目光,正打算跟谢婉君说,谢婉君却拉着她看斜对面的包厢,可不正是许家兄妹俩。

自从当日码头闹剧之后,许稚芙便被关在了家里,俨然一心待嫁的样子,不见外人,更别提找谢婉君了。严太太本想去四雅戏院,然江楼月在四雅戏院给邵兰声傍戏,许世蘩是断不可能让许稚芙去的,只能指望在黄金大戏院见她一面。

许稚芙遥遥与谢婉君和秦水凝相望,目光沉静如水,却压抑着万般的感情,可惜无法面对面地一一诉说。谢婉君这些日子始终避着许世蘩,就是怕许世蘩的气还没消,虽不知许稚芙供出她这个主谋没有,许世蘩那么聪明的一个人,想必也猜得到,她便不主动迎上去引火烧身了。

大戏开锣之前,严太太想起这么一茬,拍了拍脑袋,同谢婉君说:

"你瞧我这记性，险些忘了正事，光顾着高兴你送我那件旗袍了。"

她从手袋里掏出了个袖珍钱夹，又从钱夹中抽出一张船票，保得极其仔细，船票被推到谢婉君面前："虽然你没求我，可我也听说了，你正着急买去港岛的船票呢。我不过跟老严提了一句，原没指望能拿到，故而也没跟你说。不想他们部里有人原定五月下旬要去港岛，早早买好了船票，可惜前阵子人出了事，老严便把船票收下了，拿回来讨我夸他呢。"

谢婉君欣喜地接过船票，仔细看上面的信息，时间是五月二十二日下午三点，头等包厢，简直再合她心意不过了。

"碧城姐，你真好，这才刚送了你件旗袍当谢礼，你就又帮了我，我回去又得绞尽脑汁地想送你些什么呢。"

"你送我什么我不开心？你是最会选礼物的人了，上次送老严那幅字画，老严可是没少跟人显摆。"严太太又忍不住问，"你着急要去港岛做什么？眼下世道乱，你还是别乱跑，又不像老严那种谋公职的，风险多，难免要去避避风头，这偌大的沪市滩我可是唯有你一个贴心的姊妹，你要是走了，我连打牌都不知道叫谁。"

谢婉君自然不能说是为了秦水凝要的船票，笑着跟严太太客套着，无暇关注身旁秦水凝的表情。

这两人相谈甚欢，皆是发自内心的开心，秦水凝便没那么愉悦了。她略低着头，看戏台上忙着检场的人，楼下乱纷纷的，吵得人头疼，一如她此时的心境。她本以为了却了身外事，即便七月末离沪，也能再陪谢婉君两个多月，甚至有些痴心妄想，干脆不走了，即便上峰已经多次督促她赶快撤离沪市，秦记外的特务也虎视眈眈的。

她甚至连船票上的时间都不愿看，总之剩不了几天，像是无形中有一股浪打过来，她被推着往前走，丝毫没有回旋的余地。

那晚大戏唱的是《苏三起解》，一出女人饱受苦难的戏，严太太听得

第五章·我心如此镜

潸然泪下，谢婉君也沉默起来，秦水凝同样。

可她却并非因戏里的故事而伤怀，她根本无心赏戏，只是慨叹身不由己四字。

散戏之后，三人随着大流走出戏院，今晚戏院爆满，许是天气暖和了些，都出来看戏了，人群中又有素质不佳的心急者推推搡搡，谢婉君顾着跟严太太说话，总不能叫严太太冷场，扭头发现不见秦水凝，想必是被冲散了。

谢婉君也并未多担心，小佟和车子就等在路边，她一向聪明，到时候在车子旁汇合就是。

好不容易挤出戏院大门，门口也极为喧嚣，遇上认识的人难免寒暄几句。谢婉君松一口气，四顾搜寻秦水凝的身影，找到后刚想开口叫她，就看到个身着短打的男人径直走到她面前。

谢婉君还以为她遇上了熟人，并未叫出口，携着严太太打算过去，只见那男人拎着手里的报纸，指指点点地不知在跟秦水凝说什么。她的脸皮肉眼可见地染上羞臊的红，谢婉君不禁蹙眉，刚想快走两步上前，就被严太太拽住了。

"碧城姐？"谢婉君疑惑地看着严太太。

严太太起先并未说话，只拽着谢婉君瞧向秦水凝的方向，秦水凝显然打算抽身，不愿与对方多言，那个男人又伸手去拉扯她，秦水凝自然要挣扎，引周围的人围观过来。

谢婉君已经心急如焚了，刚要甩开严太太的手，便听严太太低声道来："从颐素来有看报的习惯，晚上我出门前他来家里瞧我，带了份今日的晚报，我看了两眼，上面写了秦小姐的是非，都是不中听的……"

秦水凝已经被男子拉扯得原地趔趄了两下，男人脸上带着看热闹的坏笑，甚至张扬地同周围的看客说："你们瞧瞧，报纸上说的就是她，秦记裁缝铺的老板……"

谢婉君心头一动，挣开严太太的手，急忙说道："碧城姐，我怎能坐视不理？在你眼中我就是这样的人？"

严家的司机瞧见这边的纷乱，因担心严太太已经找过来了，严太太转头命令他："赶紧去叫巡捕房过来。"

她又跟谢婉君说："没说不管，叫巡捕房过来便是，你何苦给自己找麻烦？"

严太太觉得她是关心则乱、沾事则迷，认为秦水凝并非柔弱到连这么点儿事情都抵挡不住，谢婉君却已经无暇再听了，用力甩开严太太的手便冲进了人群中间。

她先是推开那个男人，狠狠地甩过去一巴掌，旋即转身扶起秦水凝，秦水凝哪里经历过这些，攥着谢婉君的手臂直抖。

谢婉君指着男人便骂："大庭广众之下，你还想欺负人不成？当你谢姑奶奶是好欺负的，今晚你最好躲在地窖里睡，否则我肯定叫人把你丢到黄浦江里喂鱼！"

男人当即被谢婉君镇住，捂着脸没敢还手，很快又嚣张起来，捡起落在地上的报纸跟周围人说："你们都读过晚报没有？我来给你们讲讲这上面写的什么……"

秦水凝下意识摇头，明知那报纸上说的不会是好话，想叫谢婉君先走，她当众丢人无妨，谢婉君还要做生意，生意人最看重的便是脸面，何必陪她一起被当笑话看？不等她上前，谢婉君已经抄起手袋砸了上去，边砸边骂："叫你嘴贱！叫你乱打听是非！你爹死得早，我就替他教育教育你这个大孝子！"

周围的人已经议论开了，秦水凝拦不住谢婉君，她像发了疯似的打人，那男人不敢动谢婉君，只一味躲闪，用一副插科打诨的可恶嘴脸嬉笑道："怎么着？你还护着她？看来你们是一类人，敢做还不敢让人说了?"

秦水凝双颊已经变得滚烫,快速扫视了一周,还在人群中看到了想要上前的许稚芙。许稚芙满脸急切,又满心不忍,自然被其兄许世藁紧紧拉着。许世藁大可以出面帮忙维护,可他并非谨慎,更不是怕惹上麻烦,他只是记恨着谢婉君想要私自送走许稚芙之事,他在惩罚谢婉君。

严太太也是指望不上的,她是政府官员的内眷,即便帮忙也只能在暗地里,秦水凝不怪她。不想又看见一抹熟悉的身影,是那位调侃过她们的李太太,李太太老早就瞧谢婉君不顺眼,妒忌她风光的样子,眼下见人出丑,正用手掩着嘴跟旁边那位珠光宝气的太太讲私话……

秦水凝短暂闭上双眼,睁开后上前拉住谢婉君:"我们走,我们走,别理他……"

谢婉君气喘吁吁,被秦水凝拽着还挥动手臂,眼下脚边若是有把猎枪,她定会提起给那男人一发子弹,保准一枪命中命门。

战局总算平息些许,没等男人说话,李太太尖锐的声音传来:"哎呀,谢小姐你这是干什么,怎么也不能当街打人……"

谢婉君立刻单指指着她的脑门,眼风凌厉地申饬道:"你闭嘴!"

李太太被她吓得缩了下肩膀,舒展开后又阴阳怪气道:"真是狗咬吕洞宾,我好心帮你,你还骂我。"

四周议论纷纷,对着处在是非中心的谢婉君和秦水凝指指点点,像无数根针扎在她们的心头,谢婉君气得冷哼了一声,已经又抄起手袋打算上前揍那李太太了,秦水凝连忙收紧手臂:"婉君!别上她当……"

她到底没见过这种场面,心中的酸楚上涌,语气也略带哽咽,谢婉君听出来了,暂且按捺住揍那李太太一顿的冲动,转身给秦水凝擦拭莫须有的泪水,语气坚定地跟她说:"哭什么!我们又没杀人放火,行得正坐得直,我今日就替天行道,打死这些造口孽的人……"

议论声更甚，秦水凝越发难过了，低声重复着："我们回去好不好？我们回去，别管他们……"

谢婉君挺直腰板，拉着秦水凝的手推开人群，巡捕房姗姗来迟，遣散众人，并将那带头闹事的男子抓走。男子指着脸上的红痕，又指谢婉君，声称谢婉君打了他，巡捕便追上来留谢婉君。

谢婉君冷笑道："我今日就拒捕了怎么着？叫你们探长来谢公馆找我！"

话毕，她带着秦水凝上车，小佟哪里知道那厢吵得火热的风云人物就是自家大小姐，他素来老实，不爱凑热闹，如今只能暗恼自己懈怠，未能及时冲进去解救。

回去路上两人谁也没说话，谢婉君不过是故作坚强，安抚着秦水凝，像撑起家庭的顶梁柱，秦水凝余惊未定，咬牙忍着泪水。

直到后来她们也不知道报纸上到底写了什么，谢婉君恨透了幕后主使之人，拜李太太这个出头鸟所赐，她难免将仇记在李太太头上，更未曾注意到马路对面冷漠旁观的严从颐。

经过那一晚的风波，倒是让谢婉君愈发坚定决心，势必要让秦水凝乘二十二日的船离开沪市。

秦水凝余惊未定，眼眶含着泪跟她说："眼下这种情况，我怎么能自己走？正如你刚刚不肯听严太太的劝，不惜让自己也陷进风波里，我又怎能……"

"你留下有什么用？除了徒增我的担忧，上面不是催你尽快撤离沪市？别告诉我你不知道秦记外面又增加了特务，眼看着你这只饵没能钓鱼上钩，他们还剩下多少耐心？某日破门而入把你抓走怎么办？我正觉得七月末的船期太远了些，幸亏碧城姐送了我一张票……"

秦水凝几近跪在脚下的地毯上，以哀求的姿态伏在她的膝头，用一双泪眼求她:"别让我走好不好,我求你了……"

"这又是说什么胡话?"谢婉君哪里知道她和严从颐发生的龃龉,她心底里的委屈已经积压了许久,断不是被那个陌生的男人吓了一下就哭个不停。

谢婉君轻柔地帮她擦干净泪水,好声好气地给她讲:"你听我说,我们现在不是有两张票?你坐过几日的船离开沪市,顺利的话六月上旬便会到港岛,等你安顿好了,我正好在港岛那边有生意,就坐七月末的船去看你,八月中旬到,还能赶得上陪你过个中秋,这不是两全其美?"

秦水凝深知此事已经无可转圜,不得不认命,并未说话,只是神色挂着明晃晃的哀戚。

谢婉君笑着哄她,跟她打趣:"不是给你说过,我那东北老家还有打秋风的亲戚呢,估摸着要不了多久就会来跟我提金条了。我不愿骗你,我走不了的。我在沪市,能赚取更加丰厚的身家,在这乱世,没钱怎么能行?苦日子我是过不得的,等风头过了,你再回来,帮我数钱,咱们白日里数钱,晚上还数钱,吃饭的时候也数钱……"

秦水凝没忍住被她哄笑了,虽然那笑容转瞬即逝,随即故意板着脸反驳:"你是掉钱眼里了,自己同那臭烘烘的钞票睡觉去,我不理你。"

谢婉君放下心来,非要听她个答案:"我同你说的话你听进心里没有?"

秦水凝见她不饶人,起身擦干净脸,又恢复如常了,冷声答道:"知道了。"

自那日之后,沪市便开始下雨,这场雨来得蹊跷,明明已经入夏了,空气里却阴得瘆人,那大抵是一种无情之冷,为即将到来的灾难敲响警钟。

彼时绒线衫已经织好了身子,还差两个袖管,眼看着船期将近,秦水凝接连三日前往老白渡街，催促线庄的掌柜。

可如今生意难做，掌柜只能推诿，不肯给个准确日子。秦水凝失望而归，谢婉君把没有袖管的绒线衫挂在身上，打趣道："这不也能穿？谁说绒线衫非得有个袖子呢。"

秦水凝却笑不出来："专程给你打这一件就是为了让你御寒的，露着两条胳膊像什么样子？"

谢婉君则说："等你去了港岛再找人做就是，我还不信什么东西只有沪市有，港岛没有了不成？不是说了八月份去见你，港岛暖和些，我正好回沪市再穿。"

秦水凝总算宽慰了些，颔首答应，不再死皮赖脸地去求线庄掌柜了。

可就像那件未完的绒线衫，还有那枚迟迟未能到沪的海蓝火油钻，这一年的夏天注定要写满遗憾，漫长的余生也要在遗憾之中度过，这大抵就是人生的常态。

临行前一晚，二人竟分外的平静，秦水凝将日常谢婉君爱吃的菜的做法都记了下来，交给黄妈，让一个略识字的女佣给她读，细致到连盐放多少都有个定量，谢婉君默默地看着，心潮涌动。

她又督促谢婉君务必要好好吃饭，应酬上尽量少喝些酒，天冷了必须加衣裳等等，谢婉君低头听着她的啰唆，巴不得她说得越多越好，将分别后的空缺全都给补上。

直到谢婉君察觉到脸颊一凉，抬手揩拭，那是来自秦水凝的泪，谢婉君心软得一塌糊涂，给她擦干，可她还是无声地哭着，并非悲痛欲绝，只是泪止不住。

夜雨拍打着窗面，急躁地袭击着所剩无几的良宵，她们只能用尽全力道别，并期望早日再见。

客轮于次日下午三时出发，驶离沪市。谢婉君原本说不去送她，声称不愿经历分离的场面，秦水凝答应了。她想起那日与谢婉君一起到码头送许稚芙和江楼月，情感到底是不同的，那时她们还抱有侥幸，许江二人一定能走……

可如今，清早《沪报》送到家里，谢婉君不常看报，今日更没心情去看。黄妈虽不识字，却也能认出报纸刊登的那张照片上的人是许稚芙，连忙送到餐桌，倒是将谢秦二人的食欲生生给搅没了。

张许两家联合登报，宣布喜讯，张大少爷张裕之与许家二小姐许稚芙订婚，佳期暂定于金秋时节，盼亲朋好友前来沾喜。

秦水凝不免叹道："好些日子没见过楼月了，往她住处打电话都没人接，也不知她如今怎样了。"

谢婉君不愿她再操心旁人的事，承诺道："等送你上船，我去找她，别担心这些。"

秦水凝先是点头，旋即意识到："你决定去送我？"

谢婉君含糊地"嗯"了一声，眉眼也有股哀意，秦水凝便未再多说。

昨夜刚下过雨，空中满布着灰蒙蒙的雾，阴风匝地，向上泛滥着砭骨的凉意，下午的客轮码头依旧拥挤异常，喧嚣得犹如闹市。

小佟本想跟下来帮忙拎藤箱，谢婉君拒绝了，只叫他在车上等。秦水凝知道她要面子，小佟在场的话，她是说不出那些脆弱的话的。

周围准备登船的旅客皆有家人送行，少则三四个人，多则七八个人挤在一起，大多哭哭啼啼，场面哀伤。相比起来，她们俩倒是最冷清的，明明心中有千言万语，恨客轮终要离港，柔肠诉说不尽。

可两人谁也没开口，藤箱放在脚边，两双手紧紧交握，捏得掌心发出一层汗，手却仍是冰凉的，那种时刻，一切都已在不言之中了。

铁栅栏门霍然打开，耳边响彻着哨声，乘客乌泱泱地涌了进去，携着不舍的家眷，谢婉君和秦水凝恨不得走一步退两步，终是挪到了检票的船员附近。

秦水凝并未急着去排队，俨然一副不打算上船的意思。时光终在流逝，眼看着行人纷纷登船，谢婉君再忍不住，猛地将她抱住，秦水凝同样紧紧地回抱着，谁也不肯放手。

她今日穿了件水墨色的正绢旗袍，外面又加了件珍珠白的短褂，头上戴了顶羊毛毡帽，险些与远天的雾霭融为一体了。海边风大，一阵风袭过，帽子被掀翻带走，她也无心去追，只低声叹息，唤一句"婉君"。

时光终在流逝，眼看着行人纷纷登船，谢婉君缓缓松开手臂，秦水凝还以为她要催自己上船，眼眶已经红了，不想她低头翻起手袋，万般珍视地拿出了个物件，用一绣样老派的帕子包裹着。

秦水凝正满心不解，她也没将帕子解开，而是将东西塞到了秦水凝的手里。秦水凝亲自打开，帕子轻轻一松就露出了里面的东西，只消一眼便能看出有多贵重。

那是一面嵌满螺钿的手镜，巴掌大小，镜面已经有些浊了，黄铜的底子生着淡淡的锈迹，仿佛人生的疮痍。

谢婉君低声道："我姓谢，名镜，字婉君。到沪市后才开始用谢婉君这个名字。这面手镜是我出生时父亲做的，上面的螺钿由族中长寿的妇人亲手所嵌，图个吉意。我今日把它送给你，你一定要像我一样，收好它，它会护佑你，陪伴你。"

秦水凝抓紧那面手镜，仿佛带走的不是手镜，而是灵魂。两双手紧紧交握，她们好似只是在这个无情的夏日里相偎取暖。

不远处的警戒线已经摘下，想必除了秦水凝以外的乘客都顺利登船了，那时是下午两点五十八分，登船的舷梯即将关闭，汽笛声响起，作最后的催促。

"到了港岛记得给我拍电报。"

谢婉君狠心将藤箱塞到她手里，旋即不顾船员阻拦，推她上前走上舷梯，自己则立在下面，摆手命令她赶紧登船。

秦水凝缓慢地挪着步子，一步一回头看她，她今日穿了件玄黑色的刺绣旗袍，秦水凝记得，上面用银线绣的祥鹤绕梁，出门前让她加件短褂御寒她也不肯，远远看着只觉她的身板仍旧单薄，像要随风而逝了。鬓发亦被吹乱，挂着两绺垂在额前，映着那张秾丽的脸，到底过于凄厉了些。

又迈上两级舷梯之后，常年做针线活的缘故，眼睛多少有些花，尤其遇上这种迷蒙的阴天，当秦水凝发现看不清人的时候，心底深处的慌乱骤然上涌，顶着喉管，她眯起眼睛试图分辨，却只挤出泪水，经风一吹仅剩凉意。

下一秒，她拼了命地往下跑，想要远离这艘巨大的客轮，她不走了。

可谢婉君像是猜到她会跑一样，同那位最后上船的船员说了些什么，似乎还塞了钱，在这纷纷乱世，就没有钱做不到的事儿。

船员在舷梯中段将她拦住，一手捞起落在地上的藤箱，几乎是拖着秦水凝上船。秦水凝用尽全力挣扎也是徒然，终是离谢婉君越来越远，远得看不到人了。

舷梯收回，汽笛声越来越响，客轮细微的移动她也能感觉到，双眸已经彻底被雨幕给遮住了。

那天码头的画面对她来说是黑白色的，像老照片，她们因离别不约而同地选择了最单调的衣着颜色，致使她想给回忆上色都无从下手。

民国二十六年五月二十二日下午，怡和号客轮缓缓离港，渡口变得遥远，她心中的沪夏便就此尽了。

尾声 沪夏已尽

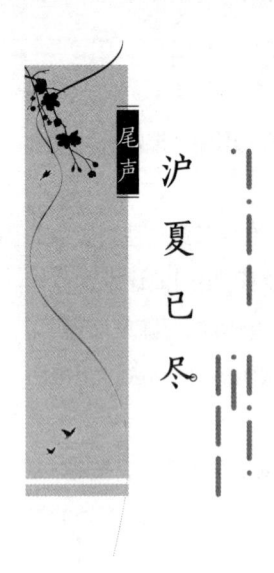

秦水凝怎么也不曾想到,会与韩寿亭乘同一艘船离沪。

韩寿亭并未正面见过她,更不会记得她这个毫不重要的小角色,可秦水凝却清楚他的长相。除了报纸上、饭店外的仓促一瞥,谢公馆墙上不少的照片都有韩寿亭的身影,谢婉君更是详尽地给她讲述过韩寿亭的生平。

韩寿亭已年过花甲,身形虽不如年轻时那般健硕,清癯了些,神情依然矍铄。近些年保养得宜,凶相都消弭了不少,大多数时候都像个过分斯文的老先生,叫人难以想象他的真实身份竟是赫赫有名的流氓大亨。

至于他的私生活,曾经结过两次婚,妻子皆已病逝,早没了世俗的欲望,如此说来,他倒是比陈万良之流还要正经。

实话说,他帮衬过谢婉君不少,过去秦水凝因谢婉君与韩寿亭交情不浅而鄙夷过谢婉君,可知道她的不易之处后,这些也就释怀了。

如今秦水凝坐在客轮的餐厅中等候用餐,背后隔着两个桌位便是韩寿亭,正与一位叫不上名号的中年男子边吃边谈,大抵是心情不错,韩寿亭长臂一挥,又要了瓶红酒。

秦水凝拿着刀叉默默吃餐盘里的食物，那二人也没防备什么，交谈的声音传到秦水凝的耳朵里，她无意多听，只想尽快吃完这顿有些迟的午餐，回到自己的房间。

韩寿亭正说道："那批货确实有些棘手，你没接是对的，我收到了风声，时局要变，若非急于离开沪市，也不会让她给收了。这倒也怪，她这个人是投机了些，西药针剂却是不碰的，即便想从中赚上一笔，货量还是太少，抽不到油水的。"

中年男人接道："韩先生一向审慎，我是跟着您的风向动的，这沪市滩再没有比您消息更灵通的人了……"

大多是些恭维之话，秦水凝已经放下刀叉，正打算离席，可韩寿亭下一句竟提起谢婉君的名字，秦水凝心头一紧，这才迟钝地意识到，难不成他上一句话里说的"她"就是谢婉君？

"婉君这个人，其实我是喜欢的，不然也不会让她借我的势，临上船之前我还帮她摆平了桩麻烦。如今这种局面，只能让她自求多福了。"

男人又问："当真这般棘手？那批药何时到沪？"

韩寿亭说："我同她说的是已经装船出发了，实际上……我同你说句实话，还没有，只怕等到东西到了，就要变天了……"

韩寿亭不再继续说，而是摇了摇头，像在悲悯一个将死之人。

秦水凝已经僵在座位上了。

她即便再不懂生意上的事，也听出端倪了。谢婉君从韩寿亭那儿收了一批西药，不知何时到港，眼下时机敏感，西药成了烫手山芋，谢婉君简直是接了个麻烦。

中年男人帮秦水凝问出担心的问题："不过是些西药，花钱打点一番不就是了？掉层皮而已……"

韩寿亭否定道："非也。真要简单的话，我又何必脱手？本就是打

◆ 尾声 | 沪夏已尽 ◆

算自己留着的。听竺现在帮我守着家业，我拿他当亲儿子待，否则叫他接手便是了。机场那边已经开始闹事，真要打起来，谁禁得住两方的盘剥？岂止是掉层皮，那可是刮骨之痛啊。另外我还听闻她跟个女间谍走得极近？被盯上了都不知，并非我给她下圈套，是她自寻死路，依我看，那批药恐怕也是要送人的，糊涂……"

秦水凝猛地扭头瞪向韩寿亭，暗骂他是个彻头彻尾的小人，韩寿亭也看了过来，眯着眼睛似乎是想认出她是谁。秦水凝便赶紧转了回去，手里的帕子已经被扯得变形，她什么都明白了。

昔日谢婉君问她和她的同志们可短缺什么，她不愿谢婉君涉险，并未多说。临走之前谢婉君又神秘兮兮地跟她说过要送她份厚礼，正好她的生辰要到了，她几番追问谢婉君也不说，只说等到了再告诉她，难道厚礼就是这个？

她浑身僵冷得彻底，因心跳异常，双手不自觉地抖动着，而韩寿亭和中年男人仍在笑着饮酒作乐，甚至轻描淡写地说："不提她了，生死有命，我人既已走了，便在港岛休养一阵，回去再看罢。"

客轮持续在海上航行半月，餐厅每晚都会举办酒会，靡靡之音盘旋海面，好一番太平盛景。

当晚韩寿亭踏着醉步从盥洗室出来，走在狭窄的长廊，秦水凝攥着尖锐的餐刀，手掌裹着条白手巾，藏在手袋里。

两人迎面擦肩而过，秦水凝忽然抬头，嘴角还带着一抹诡异的笑容，礼貌地叫他："韩先生。"

韩寿亭还记得中午在餐厅她突兀地扭头看他那一眼，正想开口问她是谁，因为喝过酒有些迟钝，迟钝地发觉腹部在流血，他赶紧抬起手想要抓秦水凝的手腕，秦水凝却已用尽全力又将餐刀插得更深了些，恍惚觉得自己的拳头都要伸进韩寿亭肮脏的身体里。

韩寿亭虚虚攥着她的手腕,人有些站不住了,歪着身子要向后倒,秦水凝收手,笑容已经消失不见,冷漠地看着他倚着墙壁向下滑,像死神宣判似的告知他。

"韩先生,您回不去了。"

六月中旬,秦水凝顺利抵达港岛,下船后第一时间给谢婉君发电报报平安。

谢婉君早已安排好一切,保她衣食无忧,还通知了人接应她,秦水凝很快在港岛安顿好,同时收到谢婉君的回电。

谢婉君说:中秋见。

七月中旬,消息在港岛传开,沪市客运码头已悉数封闭,情势严峻。

秦水凝没有等到谢婉君过来与她度中秋,等来的是沪市开战的消息。

可她也回不去了,那年中秋终是未能团聚。

十一月中旬,那天她独自在蜀腴吃饭,通过敞开的大门听到街头报童的吆喝声,事已成定局。

沪市沦陷,开始了长达四年的孤岛时期。

邻座一片哀恸之声,秦水凝双手掩面,泪如雨下。

秦水凝在民国二十八年的夏末回到沪市。

沪市恢复通讯后,她第一时间给谢婉君发去电报,收到安好的回复让她放下了心里的石头。

交通也在去年年初恢复,谢婉君却寄来长信,叮嘱她切莫急于返

尾声｜沪夏已尽

回沪市,当时的沪市时局不明,风云变幻,不是个回去的好时机。若非确定信上的字迹是出自谢婉君之手,她都要疑心发生了什么变故。

彼时她还是能走的,谢婉君大抵看出她返回沪市的心意坚决,来信又变成安抚,声称准备前来港岛与她团聚,秦水凝这才暂时歇下心思,以免错过。

后来她在港岛有了任务,谢婉君却迟迟不来,当她敏感地察觉到异样时,谢婉君再没来信,她又等了一个月,果断买了船票,并向上级申请,连忙返回沪市。

甫一下船她便提着藤箱坐上黄包车,直奔福开森路的谢公馆,迎接她的却是一片死地,院子里杂草丛生,门窗悉数被撤下,谢公馆已非记忆里的模样,满目荒凉。

她强迫自己稳定心绪,又前往许公馆,打算找许稚芙询问谢婉君的下落。

门房通禀许久,迎接她的是满脸疲态的许世蘽。

两人就在许家大门外交谈,许世蘽连着吸了好几支烟,不知谢婉君下落。

"沪市沦陷后,生意不好做,经济被上面控制着,关系全都得重新来过,这么一番伤筋动骨的洗牌,我都被从庄家的位置拽了下来,婉君比我更难。"

秦水凝喉咙哽咽,颇有些天真地问他:"你便没帮她一把吗?"

"我还自顾不暇,如何帮她?我也并非在你面前充好人,可我确实向她伸出过援手。稚芙已经嫁了,我倾慕她多年,自认但凡她肯入我许家,我们还有东山再起的可能,我愿意帮她保住谢氏,可惜她拒绝了。"

那面嵌满螺钿的手镜还装在藤箱里,秦水凝想到谢婉君赠镜时的决绝心志,不禁骂谢婉君固执,她不在意这些,只要谢婉君能好好活着。

　　与许世蕖分别前,她还是要了张家的地址,决定去找许稚芙。

　　那个天真烂漫的许二小姐终究消逝在岁月里了,许稚芙穿着件紫黑相间的旗袍,披了条灰白色的披肩,头发烫成妇人偏爱的鬈发,面容忧愁,分外老气。

　　坐在张公馆奢华的客厅中,下人送上茶点,空间大得仿佛能听到回音。

　　"我与婉君姐也许久没联络过了。还是半年前一起在蜀腴吃了顿饭,她瘦了很多,好像还病了,现在大抵好了罢。我不便与她交往过密,我公婆他们……不大喜欢婉君姐,不准我频繁与婉君姐走动。秦姐姐,抱歉,我没办法,既然嫁了过来,难免要受制于人的。"

　　她还叫秦水凝一声"秦姐姐",秦水凝不得不按捺住心中的担忧,执着她的手安抚她:"你过得如何?我瞧着你也像病了。"

　　许稚芙摇了摇头,强颜欢笑道:"别担心,虽然公婆强势,裕之待我倒是极好,只是我心里没有他,更愧对于他,将就度日罢了。"

　　秦水凝硬着头皮问道:"楼月呢?她常在外面走动,或许会知道得多些。"

　　许稚芙眸色一暗:"也有阵子没见过她了。"

　　旋即她便找借口赶人,虽无礼了些,秦水凝却看得出她忍得艰难。

　　"秦姐姐,我有些头痛,回房间歇息一会儿,你喝完这盏茶再去找楼月罢,她想必还住在原来的地方。"

　　秦水凝便识趣地起身告辞,离开了张家。

　　江楼月并不在住处,秦水凝敲了许久的门,邻居出来答道:"她好些天没回来了,别敲了。"

尾声 | 沪夏已尽

秦水凝想跟邻居打听江楼月,邻居却一脸讳莫如深的样子,摆手赶她走,赶紧关上了门。

报童在街头吆喝:"快报快报,吴州河惊现无名女尸,颈间有明显勒痕,苦主速去认领!"

秦水凝心头一紧,连忙买了份报纸,看清上面的照片后瞪大了双眼,正是江楼月。

她不知道沪市这些日子到底发生了什么,只能先行去收殓江楼月的尸身,顺便问清情况。

可她来迟了一步,尸身已经被人带走,秦水凝深知江楼月无亲无故,还能有谁前来收殓?

她问了警局的管事,管事见她拎着个藤箱,知道她是从外地回来的,语气嘲弄地说了句:"你还不知道前阵子发生了什么罢?来人确实没说名字,可我认出来是许家的家仆,当然是那张家少奶奶许二小姐命人来收殓的。"

秦水凝还想跟他打听细节,那人像是怕惹祸上身,再不肯多说了。

天黑之后,街道上车水马龙,霓虹斑驳,周遭交杂着寻欢作乐的声音,若不是频繁见到日籍面孔,秦水凝都要怀疑仍在昔年的沪市滩。

她始终流浪在街头,不知道该去往何处,本想找严太太,可严公馆惨遭战火焚毁,并未再建,已经夷为平地了。

她又询问附近的商贩,才知道严先生早已离开沪市,去了重庆,严太太自然同行。

严府与韩公馆皆在福煦路上,一东一西,万念俱灰之际,秦水凝硬着头皮揿了韩公馆的门铃。

她没想到韩听筼会见她。

更没想到,仅有的关乎谢婉君的消息竟是从韩听筼那儿得到的。

韩寿亭已死,如今韩听竺接手了弘社,气度自然不可同日而语。他到底是韩听竺的义子,秦水凝不免心虚,艰难地同他询问谢婉君的下落。

韩听竺轻描淡写道:"上次见她,她说她思乡心切,许是回东北老家探亲了。再不然,她还有不少族亲在南方一带,邀她做客避乱,一叙乡情。路上波折,通讯延误也是常事,秦小姐无须担心,你人既已在沪市,总能等到她回来的。"

秦水凝正要追问,韩听竺的手下走了进来,似乎有话要说,秦水凝本应告辞,却不肯起身,执意要再问韩听竺几句。韩听竺也没赶她,睃了手下一眼,那手下便开口了。

"许家二小姐投河自尽了。"

秦水凝立马扭头看向那个禀告的手下,先韩听竺一步开口,问道:"许稚芙?"

手下看了她一眼,点头。

韩听竺的语气有些冷漠:"前阵子张家跟我借人,我借了,人也带回来了,死活便与我弘社无关。"他起身要走,又跟秦水凝说,"想必秦小姐一定好奇发生了什么,我还有事,不多留你,让他给你说罢。"

秦水凝这才知道了事情原委,许稚芙嫁入张家后始终与江楼月保持来往,两人蓄谋一起出逃,于半月前行动,还真跑出了沪市。张家带人在嘉兴车站把她们抓到,产生争执,混乱之中许稚芙滚下台阶,流掉了不足月的孩子。

回到沪市后,江楼月失踪,于昨夜遇害。许稚芙大抵就在见过秦水凝后看到报纸,悄无声息地离开了张府。她在吴州河畔看了最后一次日落,天色刚暗、霓虹未亮之际,怀着一潭死水的心毅然投河。

秦水凝终于回到了秦记,盛夏已尽。

◆ 尾声 | 沪夏已尽 ◆

民国二十八年秋初,秦记裁缝铺重新开门营业,宾客如云。
秦记会一直开着。

番外一 暗房春秋

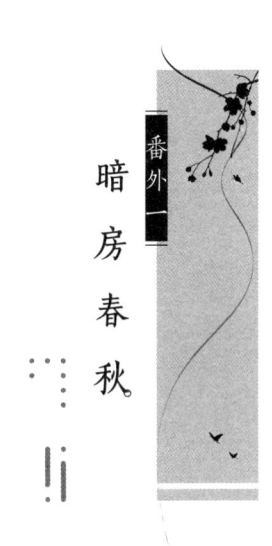

战火爆发之前,谢婉君还在因事烦心,一则渡口突然封锁,她无法前去港岛,甚至连电报都不能保证顺利送达,只能爽约。二则,东北早该派人过来,若是肯发慈悲,她还能拿到一张兄长的近照,可人却迟迟没来,她备好的一箱大黄鱼送不出手。

持续数月的轰炸将一切都打散了。

当她在昏暗闷堵的防空洞中躲避空袭时,那种慌乱的氛围下,婴儿的啼哭声分外清晰,母亲的呜咽压抑在哭声中,她的心情却分外的平静,恍惚间像是嗅到了死亡的气息,可又能确定自己是活着的,大抵更像魂魄离体之感——她在给秦水凝寄去的书信上如是写道。

一切已成定局后,她得以重见天日,常带到防空洞中的本子写满了崎岖的字,她再也没打开看过。

战后经济恢复运作,局势重新洗牌,残酷的现实令谢婉君意识到,原来眼下才是最煎熬的阶段,而迎接她的第一份大礼就是从韩寿亭那儿接手的那批西药,她本来打算为了秦水凝直接送到红星印刷厂的。

这批货来得太晚了些,或许又不晚,因为此时的沪市太短缺这种物资了。

新上任的关长狮子大开口，不厌其烦地重申这批货的重要和敏感，声称需要打点的关系太多，甚至打算将货扣下，虽然他开出的价钱已经远远超出这批货的价格了。

秦水凝发来电报专程提醒此事，可那件事并未能将谢婉君击垮，她还是将货保了下来，又藏了数月，才低调送往红星印刷厂，未留名姓。

韩寿亭给她留下的麻烦，她用自断一臂的代价解决，又将自己伪装成完人，最终在黑暗的生意场上彻底陨灭，被吞噬得渣都不剩。

为结识关系，谢婉君又开始赴饭局，仿佛回到刚来沪市的那两年，回忆起来尽是痛苦的。秦水凝耗费心血让她长回去的十斤肉又快速地掉没了，酒桌上的男人不免用当日黄金大戏院外的闹剧揶揄谢婉君，追问她是否真有此事，言辞不堪入耳，她也一一忍下。

那时觉得，即便是再重来一遍艰辛的打拼，只要能保住家当，便是值得的。

可惜经此一战，人人变得自私利己，攀附上新关系的人断不可能分她谢婉君一杯羹，她一步步被逼进死路。

同样面临危机的还有许世藁。

那天是许稚芙成婚，张家还肯认这门亲事，或许称得上仁至义尽四字，可到了金钱利益上，还是不留情面地吞并了许世藁开遍沪市的一半分店。

当晚汇中饭店的宴会厅内热闹已散，除了负责洒扫的侍应生，只剩谢婉君和许世藁。他们各喝各的，都是闷酒，烟气交杂在一起，像是酝酿着无声的炮弹，指不定何时便轰然爆炸。

次日，许世藁约了谢婉君吃饭，饭后两人去了黄金大戏院，听的是《樊江关》。

照理说正事应该放在饭桌上说，许世藁却拖到了戏院，包厢内只有

番外一·暗房春秋

他们两个,话都不多,过于冷清了些。

吵闹的锣鼓声中,她却能听得清许世藁的声音,他从口袋里掏出一枚戒盒,并未打开,谢婉君知道里面装着什么。

他到底将那个雪天没说出口的话说了出来,只是如今物是人非,他们都没了当初的意气风发,而许世藁想要与她结合的原因也从锦上添花变成了相拥取暖。

他许下承诺,分外真挚,谢婉君并非不信,而是不愿。

她看着台上粉墨登场的角儿,婉拒他:"许先生,我的心里没有你。"

许世藁说不在意。

谢婉君淡笑,那张脸已经没什么肉了,化着浓艳的妆,好似裹着枯骨,幽幽开口:"可人的心就像面镜子,我本名谢镜,少时母亲给我讲过一句话,'赠君以镜,借镜明心'。你可明白?我若是答应你了,便是将自己这面镜子给砸碎了,你叫我今后如何看待自己?"

许世藁知她心意坚决,还是忍不住叹道:"婉君,你独自撑不住的。"

"我如今已要一无所有,只剩下这条命,还会怕什么?"她看着台上的樊梨花和薛金莲一对姑嫂,还有心思和许世藁打趣,"我和稚芙注定做不了姑嫂,枉费你今日专程选这出戏的心思了。"

许世藁落下戒盒,羞愤离席。

第二天谢婉君让黄妈亲自跑了趟许公馆,物归原主。

那时她其实已经累了,家中的两个女佣被遣散,她本想让黄妈也走,黄妈宁愿少收一半酬劳,面含老泪地说不放心她,又说答应了秦水凝照顾她,是不肯走的。

她背着黄妈忍住泪水,到底将人留下了,她即将无路可退,是真心打算前去港岛,换一个新的地方生活,或许还有东山再起的可能。可她挂念着一件事没有得到回音,东宛平静得犹如死水,她托了韩听竺帮忙打探消息,还顺便将家里那个宛平的厨子送他了,也算给人一条生路,谢公馆只剩她与黄妈做伴。

没多久严先生携严太太回了沪市，严先生为日方供职，那时的经济秩序都是靠官商勾结垄断的，经严太太从中牵线搭桥，严先生选择了谢婉君达成合作，算是拉了谢婉君一把。她以为重燃了希望，殊不知到头来只是一场作弄。

生意刚有些起色，谢婉君深知严先生未必长久可靠，一门心思扑在赚钱上，倒也最后风光了一阵，自然惹人眼红。

坊间谣言甚嚣尘上，交际圈子里也传她是爱国企业家，那本该是份殊荣，可在当时的沪市，只会为她招致祸端。

严先生或许也有过将她当作弃子的心思，可他先一步遭人暗杀，死在了海军俱乐部，谢婉君的靠山倒了，经历丧夫之痛的严太太还要靠她安慰。

她邀了严太太到谢公馆休养，劝说严太太离开沪市北上投奔娘家，严太太知她自顾不暇、艰难维计，待了半月便悄然离开了，还给谢婉君留了笔钱。虽远远解不了水火，心意却是可贵的，后来谢婉君再没收到过她的消息，满目动荡的山河，人如草芥，一个人的消失总是悄无声息的。

幸亏她早有谋算，严先生在时，她接手了粮贸，摇身一变也算成了个正经商人，不必再像过去那样四处谋求。可也正因粮贸紧要，想要分一杯羹的人不胜枚举，谢公馆从未那般热络过，关乎她暗中抗日的传言似乎都平息了。

这种时候她一个人是支撑不住的，既然一定要找个同盟，她会选许世橐。

陈万良先一步找上了门。

谢婉君知道他早晚要来，且势在必得，其实如果陈万良态度坚决，她未必会拒绝。抛开陈万良私德不修，用许世蕖说的在商言商四字来看，陈万良是个好选择，更不必说他这个人一向圆滑，这种一点脸面和良心都不要的人，在战后的沪市混得简直叫个风生水起。

她只是没想到陈万良会用秦水凝的事情要挟她。

政府撤到内地，沪市特工站的重要文件皆被焚毁，陈万良趁乱从中拿走了一箱胶卷，专程洗出一张送给谢婉君。当时她已经一年没有见过秦水凝，一度后悔没与她留下张照片，而再看到秦水凝，就是在陈万良送的照片上。

她一时间想不起来是何年何月，似乎还是秦水凝从提篮桥监狱出来后不久，那个凛冬，她与秦水凝在街头漫步，相视一笑。

原来早在那时她们就被盯上了。

陈万良得意的嘴脸分外可恶，靠在沙发上跟她说："婉君，这样的照片我还有很多。就连你那位妹妹的资料我都有，你说，若是送到东瀛人那儿，你的粮贸生意可还能做得下去？"

谢婉君强行支撑着，仓皇一笑："陈老板，你倒是不拐弯抹角，直接胁迫我。你自称是做哥哥的，好好同我说，我答应分你杯羹不就是了？"

"你啊，最是烈性，不见棺材不落泪。我如今也并非拿着勺子来你的碗里捞油水，粮贸你一个人保不住，还不如交给我，我再给你条生路，皆大欢喜不是？"

"给我生路？难道不是在把我往死路逼吗？"

那天陈万良冠冕堂皇的说辞险些真将谢婉君给骗了，粮贸自然被他收入掌中，谢婉君无力抵抗，也不敢抵抗。他将手下的另一间公司转让给谢婉君，附带一些进出口的贸易，不过是些蝇头小利，耗神劳心，她在陈万良手里乞食，从有选择到没选择只在片刻之间。

不出半年公司就出问题了，谢婉君的胃疾本就开始频繁发作，当即气得连咳数声，捂嘴的帕子沾上了血。黄妈心急如焚，要打电话叫医生，谢婉君吼着让她放下电话,她又乱出主意,劝谢婉君让秦水凝回来。

谢婉君已经几近万念俱灰,思及陈万良的威胁,迁怒黄妈道:"叫她回来干什么?你想让她死吗?"

黄妈不懂其中的弯弯绕绕,又说:"那大小姐去港岛,去港岛总行,这沪市是一天都待不下去了……"

谢婉君想着公司欠下的债务,急火攻心,胃已经坏得彻底了,肺也像要被咳出来。她想了很多,想得久久没有说话,最终压制住怒火,蜷缩在沙发上朝黄妈摆手:"我在沪市还有事,你别瞎出主意了,也别担心我,下去罢。"

自那日后,谢婉君自称养病,闭门谢客,如今商界的同僚都去逢迎陈万良了,谢公馆又冷清了起来。

第一个来探病的是韩听笁。

那时她正在书房给秦水凝写信,依旧是些安抚之言,韩听笁被黄妈引了进来,手里似乎拿着什么,也像是张照片,却没有立马给她。

他们是同乡,说起话来一向直接,可那天韩听笁却皱着眉头问她:"派去东北的人回来了,但并非好消息,你还要听么?"

谢婉君颤着手放下钢笔,顿觉喉管上涌起一股血腥,张开口怎么也说不出话来。她隐约意识到了什么,不愿相信,去年夏天没有人来取那箱大黄鱼,任是再艰难的时候她也没动过,就是怕无法交差,兄长一家过得艰难。

她暗哑地和韩听笁说:"你手里拿的是什么?东北带回来的?给我。"

韩听笁见她下定决心,上前把那张照片放到了桌上,谢婉君缓慢地拿起,双眸立马潮了,即便视物模糊,她也什么都看到了。那是谢钦一家三口最后的全家福,神情俱是哀伤,毫无笑意,照片上挂着血迹和脏污,隐约可以看到一排小字:民国二十五年冬末。

她紧紧抓着胸口，按捺不住泛滥的悲痛，听韩听竺用冷漠的语调陈述："早在二十五年，你兄嫂就自杀了，看这照片上的血迹，想必你也能猜到是怎么死的。你那个小侄子下落不明，大抵是被悄悄送出去了，我的人急着回来报信，便没多寻，定已不在东北了。"

谢婉君攥着照片伏在桌案上，泣不成声。她还记得那年盛夏，黄妈抱着银狐皮回来，她嘴上说着刻薄的话，心里却是暖的，那竟是兄长留给她最后的东西，可披肩已经丢在了礼查饭店，再寻不回来了。

她何尝不知道，兄长是不愿继续拖累她，她所做的事情，虽出于被迫，到底是与他的意志相违背的，多年寄人篱下，苟延残喘，兄长的日子也不好过。

她什么道理都懂，也正因将世事看得太过透彻，如今彻底心如槁木，她真的累了。

韩听竺走后，她继续写那封未完的信，泪水无声落在上面，她便再拿一张信笺重写，隆冬的天气里，室内已不如过去暖和了。她的手逐渐变得冰冷，直到彻底僵硬，钢笔被甩到桌角，墨水溅到空的相框上，里面原来装着她十四岁时的小像，上面写着谢镜之名和她的生辰。

如今满室孤寂，桌案一片狼藉，那便是她人生最后的模样。

冬天还没过去，她到底狠心将黄妈赶走了，因她已不知道还能不能给黄妈付得起下个月的薪水。

她在一个艳阳高照的日子出了门，仍觉得天气过分冷了些，似乎已经耐不住寒了。她先是独自驱车去了趟闸北，悄无声息地往小佟家里塞了笔钱。小佟在轰炸中受伤，断了条腿，谢婉君便没再雇司机，时不时给小佟送点儿钱，几次过后小佟自然不肯要了，她便只能偷偷塞进去。

回到租界后，她和许稚芙在蜀腴吃了顿午饭，席间话说得也不多，倒有些相顾无言之感。和许稚芙分开后，她正要去霞飞路的照相馆，路过熟悉的珠宝店，已不知老板还是不是那位老钱了。

门口的橱窗里摆着一枚落了锁的火油钻，蓝汪汪的，下方有一张立牌：海洋之心到沪，欢迎入店垂价。

她险些忘了自己还订过一枚，可惜如今已经无力支付尾款了。她站在街边看了许久，直到店内的伙计打算出来迎她，她拽紧了鹿皮手套，转身进了隔壁的照相馆。

陈万良当时给她留下了不少胶卷，她本想让照相馆的人帮忙冲洗，胶卷都要递过去了又改了主意，出于谨慎，这些照片还是不要让外人知道得好。

于是她买了冲洗照片要用的东西，将书房改成了暗房，照相馆的师傅教她如何冲洗，她学东西一向很快，虽然一开始洗出来的照片不够清晰，慢慢地也渐入佳境了。

她最后的时光便是在那间暗房里度过的。

血红色的安全灯照射下，悬空绑起的麻绳上夹满了照片，每一张都有秦水凝的身影，她也经常出现在上面，照片上的人或动或静，或严肃或欢笑，或匆忙或惬意，全都是昔日的回忆，历历在目。

她呆呆地看着，不觉笑了，或许还应该感谢那些带着袖珍相机监视的特务，否则断没有这个聊慰的机会。

她将自己锁在暗房里，日复一日地冲洗着照片，身子越来越差，与她做伴的只有愈发沉重的咳喘声。

直到她在照片上看到秦水凝和严从颐。

那时谢公馆的院子里已经杂草丛生了，昼夜不见人气似的，路过之人想必都疑心她已经死在了里面，殊不知她还苟活着呢。

她没想到严从颐会来见她。

她并未请医生上门，严从颐却是来看诊的。

那时她已经不是每天都打扮得光鲜亮丽的谢大小姐了，身上的旗

番外一·暗房春秋

袍两天未曾换过，鬓发干枯凌乱，草草绑在背后，她淡漠地打开了门，让严从颐进来。

严从颐一进门就不禁蹙眉，屋内潮湿闷沉，味道很是难闻。他带着管胃疾和头疼的药，放到茶几上，谢婉君满脸病容，双眸也有些浑浊，那一瞬却忽然放出光似的，凌厉地剜向严从颐。

她有一双勘破世情的眼，不留情面地戳穿他："严从颐，你心里有愧。"

严从颐眉眼间闪过一丝惊讶，不语。

谢婉君也不再多说，事到如今，她无力去追究了，可她也并非良善之辈，冷漠地告知严从颐："你想从我身上赎罪是不可能的，我自己的身体如何，自己再清楚不过，你别再来了。"

赶走了严从颐，她又回到暗房中，一呆就是半天。

她撑着一口气活到民国二十八年的春天，江城一位族叔寄来回信，告知谢婉君，她的侄子臻儿安然无恙，已在江城生活下来，准备进学校读书。

谢婉君放了心，给秦水凝写了最后一封信。

为了阻止秦水凝回沪市，她声称已经处理好沪市的一切事宜，安顿了东北的家人，并向秦水凝承诺，于今年盛夏前往港岛与之团聚。那封信写得无比流畅，洋洋洒洒地着墨了近十页，虽没有一个字是真的，差点儿将自己都给骗过了。

她自知已经行将就木，编织出了美好的网，再把自己绞死在其中。她也知道，秦水凝早晚是要回沪市的，于是她打电话给韩听竺，邀他见一面，送上了那箱大黄鱼，这是求他办事的筹码。

在一个惠风和畅的春日，谢婉君已经许久没见过太阳。她先将凌乱的青丝理顺，发尾已经枯死了，缠在一起怎么也解不开，便用剪子直接剪断了，头发盘成了个整齐的髻，镜子里的容颜实在是不堪看了。

她又翻箱倒柜地选起衣裳，最终还是想到了那件苔藓绿的旗袍，拿出来后注意到，颈后的领子下缝着秦记的商标，这个发现令她怔在了原地。

记得她曾跟秦水凝提议过，秦记已是老店，该缝个商标，秦水凝对此毫无兴趣，认为商标是个可有可无的东西，并不重要，谢婉君便没再多说。

她记得她在秦记裁的衣裳是从来没有商标的，并且明确地记得，这件苔藓绿的旗袍送来时也是没有的。她又挨个去翻旗袍的衣领，发现有的有，有的没有，大多数都有，小部分没有，看来是秦水凝临走之前专程缝上的，她就说怎么总见到秦水凝给她缝补衣裳，原来是在做这个。

她坐在卧室的地板上许久回不过神来，最终还是将旗袍都丢在地上，换上了那件苔藓绿的。

她不知道的是，商标的背面还有秦水凝给她留下的密语，可她没有剪下来看。

谢婉君打扮整齐，又下楼回到暗房，那一袭苔藓绿在诡异妖艳的红光下格外突兀，她点了支烟，踱步欣赏挂着的照片，最终停在某一张前面缓慢地吞吐着，那是她最喜欢的一张。

冬天的黄金大戏院门口，她为秦水凝戴银狐皮毛领，身后稀疏的人群中，许稚芙和江楼月并肩挤了出来，正远远地朝着她们笑……

那份惬意穿透了时光，让她恍觉身临其境，一阵虚弱的咳喘声传来，谢婉君将手里厚厚的一沓照片扬到空中，照片四散飘落在地板上，或坠入显影液里，无数的旧日留影与她在暗房作伴，此间再无分离。

火柴被擦亮，发出细微的声响，却并未点上香烟，随后，大火四起。

整个谢公馆陷入火海中，那场火一直烧到凌晨，前尘过往付之一炬，至此风流云散，各安天命，梦断孤岛。

番外二 晚玉花期

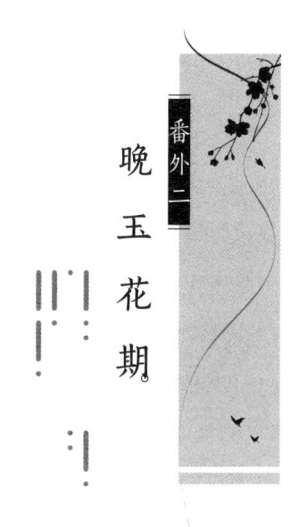

提篮桥监狱外那棵梧桐树被砍下的当天,好些人赶过去旁观,沪市正值溽暑,与记忆里早已久远的那个夏天如出一辙,走两步路就要出一身的汗,仍拦不住他们看热闹的心。

清早,弄堂里炊烟袅袅,一盆水被倒在地面上,散发短暂又微弱的阴凉,秦水凝捏着一把木梳子,对着镜子梳拢头发,双眸乜斜,脸都要贴到镜面上了,用力一拽,拽下两根头发,一根是黑的,一根是白的。

隔壁的房门被推开,朱曼婷拎着个布包出门,朝她笑着打招呼:"水凝姐,怎么就你自己?晚玉还没起呢?"

"去提篮桥了,偏要凑热闹,看人家砍树。"

朱曼婷笑意更深:"晚玉年纪轻,难免爱凑热闹,你别操心,她那副厉害脾气,在外肯定不会吃亏。"

秦水凝一笑置之,抚平鬓边的头发,看出朱曼婷要去店里开门,轻声提出请求:"你晚上回来,看看有没有剩下的边角料,我想要一条红绳,不用太长,能在脖子上绕一圈就成,不麻烦吧?"

"你这说的什么话,晚上保准给你带回来,等着我。"

秦水凝目送她离去。

番外二　晚玉花期

　　朱曼婷是小朱的妹妹，记不清哪一年了，小朱自知不是个做裁缝的料，山河破碎之际，他也不知怎么想的，投军去了，很快死在战场上。她在报纸看到烈士名单，前去朱家告知死讯，小朱父亲死得早，家里就剩下寡母和小妹，朱妈妈一脸愁容，咬牙忍泪，曼婷已经哭得死去活来了，两人都为将来感到无助。

　　看着曼婷的哭态，倒叫她想起许稚芙了，虽然她们是毫不相干的两个人。于是她便主动收曼婷当学徒，从头教裁衣，如今那间老店仍唤秦记，由曼婷操持，她这位秦师傅不在很久了。

　　晚玉回来的时候，天已经黑了，除了屋顶的灯，秦水凝另外点了一盏汽油灯，就放在桌子旁，她则埋着头，正一点点剥开戒圈上缠着的红线。几十年来，一直嫌这枚戒指太大，现在怎么看都觉得戒圈太小，都要看不清线头在哪儿了。

　　晚玉生了一副风风火火的性子，每晚只要她一回来，整条弄堂无人不知，她人缘又好，挨个打招呼，问候两句，嗓门也大，与秦水凝的低调截然不同。

　　秦水凝总是少不了说她几句，今天却因过于认真，没听到她进门。

　　"妈！瞧瞧我带什么回来了？"

　　心跳都漏了一拍，秦水凝缓缓抬头，见她左手抄着一只灯，电线挂在脖子上，右手还拎着个袋子，不知装的什么。

　　朱曼婷闻声过来，端着罐腌菜，接道："我们晚玉又买什么好东西了？"

　　"还是曼婷阿姨捧场。"晚玉迫不及待地显摆起来，"这叫台灯，她现在是不去店里做活了，在家也没闲着，我后年的毛衣都让她织完了，就她那个速度……我教你怎么用，把它插上电，再按这个开关，喏，这不亮堂了？汽油灯就别用了，灰蒙蒙的，你还是看不清楚。"

俩人凑在一起研究那只台灯,秦水凝心里一暖,本想劝她不要乱花钱,到底忍了下去,柔声接话:"我见过台灯的。还在民国的时候,大户人家公馆的书房里,都要放一盏绿油油的台灯,床头放的就更华贵了,珐琅的罩子,上面还挂着流苏,一碰起来叮当响……"

晚玉没见过,也想象不出来,曼婷却眼睛亮了,冥思苦想,记起来个名字,急切问她:"谢小姐……?"

秦水凝失神一瞬,眨眨浑浊又酸涩的眼,忽而浅笑:"对,她家里也有的。"

"就是谢小姐,我大哥给我讲过,他去公馆送衣裳,里面可多宝贝了……"

"谢小姐是谁?什么人物?"晚玉好奇打听起来。

朱曼婷给她讲:"老沪市的一位名媛,不对,女老板,做生意的,以前常在你妈妈店里裁衣裳,生得可漂亮了,性情也好,可惜我没见过,我大哥每次回去都跟我夸……"

笑容凝固在嘴角,秦水凝心想,假使谢婉君听到曼婷这席话,定被哄得合不拢嘴,犹记得她说过,她难道还会被件衣裳抢走风头?那样得意的神色,任谁都忘不了的。

晚玉自小霸道,见秦水凝笑着附和,台灯也不管了,拧头问她:"比我还漂亮么?我不信。"

秦水凝不肯哄骗她,讲实话:"就是比你漂亮。"

"妈?"

"别吵。"

朱曼婷笑不可支,想起另一茬,拽住晚玉急切地问:"上次你妈去医院,检查结果呢?有事没有?"

晚玉沉吟几秒,挤出个笑:"没事,就说她胃不太好,养一养就行了。胃怎么能不好呢?我妈三餐都是定时吃的,不多也不少,合该比我健康的……"

"你年纪小不懂。"朱曼婷不免拿出长辈的语气，教导她，"人的胃啊，是会被心情影响的，她有心事。你闹着要去羊城，辞去现在的工作，你妈能不担心吗？心情能好吗？"

"曼婷，别说这些。"秦水凝适时开口，给朱曼婷使眼色。

朱曼婷不再多说，留下那罐腌菜先走了。

晚玉鲜有地沉默起来，秦水凝不着急追问，而是拿起桌上的戒指，递给她。

"你帮我把上面缠着的红线解下来，眼睛看不清了，摘半天也没摘干净。"

"所以让你用台灯，别操心电费，我心里有数。"晚玉嘀咕着，攥住那枚戒指，很快解开上面缠绕的红线，问道，"怎么？不戴了吗？这么多年没离手，我还想着帮你再缠一遍线呢，还是有点儿松，是不是？"

"本来尺寸就大，我老了，也瘦了，戴下去早晚会丢。今天让曼婷带回来根红绳，你等下帮我穿好，再打个结，挂脖子上。"

晚玉顺从地答应："好，我给你弄，歇歇你那双眼睛吧。"

她安静不下来，很快又找到话说，问秦水凝："妈，你还没给我讲过这枚戒指的来历呢。"

秦水凝自私地在心里回想。

当年她最后在韩听竺那儿得到谢婉君的一点儿消息，大概过了两年多，韩听竺也出事死了，乱世之中，死亡已是司空见惯，没什么好意外的。人死之后，弘社的一位手下造访秦记裁缝铺，给她送来个巴掌大的小布囊，里面就装着这枚戒指，谢婉君的戒指。

红玛瑙的光泽历经岁月的磋磨依然艳丽，缠绕太久的红线不免泛着污渍,她是爱干净的人,却不舍得拆,而是再缠一圈,覆盖住陈年的不堪,欲盖弥彰罢了。

晚玉把穿好戒指的红绳绕上她的脖颈,系好扣子,她手抚胸口,按在上面,简略作答:"故人的。"

"遗物?"晚玉心直口快。

眉眼间闪过一丝不悦,她觉得这两个字未免太残忍,不肯认同,固执地反驳:"不是的,我代为保管,讲不准她什么时候会回来取的。"

"妈妈,我都活了二十五岁了,从没见过你那位朋友呢。"

"会回来的……我等着她……"

她悄声嘀咕,晚玉离得那么近都没听清:"什么?"

"没什么。"她转移话题,"我到底生什么病了?"

晚玉刚把袋子里的绒线衫掏出来,摩挲着柔软的触感,定在原地:"这是什么话?说了你没病,别瞎想。来看看我给你买的新衣服,首先,你可别怪我乱花钱,现在还是夏天呢,反季的衣裳便宜,这件颜色鲜亮,衬你,等到入秋了,就别穿你那件旧的了,二三十年过去,还是不肯扔。"

秦水凝并未赏光,捞上晚玉的手,晚玉顺势蹲在她面前,将那件绒线衫向她怀里送,天气还热,那是一份不合时宜的厚重,秦水凝知道她贴心,心意领了,想着正好颜色鲜亮,她也能穿,不至于浪费。

"晚玉。钱是你自己赚的,你如何使用,我无权管。总是说你乱花钱,没有别的意思,唠叨罢了。你说你想去羊城闯荡,我给不了你什么,可你自己总得有些钱傍身,家里什么都有,不必添。你与我说句实话,我还有几年能活?"

眼泪顿时夺眶而出,晚玉低下头,语气还是执拗的:"满嘴胡话,你这个人就是不会说话。哪里就到那个地步了?我不去羊城了,就留在沪市陪你,陪你到老,陪到你死,你赶不走我的……"

秦水凝忍俊不禁:"你就会说话了?哪有陪着人死的?你还年轻,

番外二 | 晚玉花期

想去哪儿、想做什么都随你,以免将来留下遗憾,我不愿拖累你。人生的遗憾只多不少,所以能免则免。我希望你过得安定,但更想你活得畅快。晚香玉四季花开,前提是生在气候适宜的地方,沪市的冬天,还是不够暖,再往南方去,你会生得很好的……"

晚玉埋在她的膝头无声落泪,她伸手摸她的脑袋,话多起来:"我不怕死。我这一辈子,无悔国家,无愧自己,唯独……死是最容易的事儿,活着才艰难,要不是曾经答应过一个人,要帮她看看如今这太平盛世,我早就不想活了……"

晚玉猛然抬头,用陌生的眼神看着她,许是在心中纳闷,这么多年来她竟有求死之心?

她露出个释然地笑:"我不只是我自己,有人将命借给了我,希望我能走向光明,那我就会好好活着的,活久一点。但你说,活得太久也不是什么好事,对不对?昔日的朋友死得太早了,就剩我一个人,孤独了些。唉,不说这些,我不会作践自己的,一把年纪了,不好那么幼稚的。"

"我们回东北看看吧?妈妈。"晚玉已止住哭意,绝口不提自己的打算,"你说你这几十年都没回过老家,我也没去过东北,趁着你现在还没老到要拄拐棍,你带我去看看。据说东北的冬天最漂亮了,可是会不会很冷?"

"很冷的,很冷很冷。"烙印在记忆里的苦寒,时隔半生,她竟回味起来,泄出一缕乡愁,"夏天一过,秋天很短,很快就冷起来了。你想去看,不如明年开春,天暖一些。但我们讲好,只是回去看看,我要尽早回来的。"

"你的眼睛熬不住了,也没活计要你做,急着回来干什么?"

"我在等人的。"

她想,就算真到死了那天,她也要死在沪市。

秋去冬来，那年冬天的沪市冷得不大寻常，又不下雪，雨倒是有好几场，到处都是阴湿的。

早就翻出了那件绒线衫，正穿在身上，晚玉每年都免不了啰唆，认为她这件衣裳不好，衣片是花青色的，两只袖管却是墨蓝色的，衔接得不够自然，搞不懂她为什么那么宝贝。

唯有穿着这件绒线衫，她才觉得足够御寒，挨过一个又一个凛冬。

夜已经深了，晚玉劝过，她不肯听，年老觉短，她睡得困难，便在那盏台灯的陪伴下补两枚扣子。她现在做活越来越慢了，常年当裁缝的缘故，眼花得厉害，经常被针扎到手，晚玉看到必然被气得直叫。

她想着谨慎一些，慢腾腾地找扣眼，穿线，刚补完一枚，肩背都僵了。

转头略作纾解，通过窗户看到外面，她恍惚觉得好像是下雪了，又不够真切，满目灰蒙蒙的。她挪一挪眼镜，眯起眼睛盯了半天，缓缓张开嘴，双眸也染上一缕欣喜的光芒。

"晚玉？"她凝视窗外不知何时悄然而至的那抹身影，不敢挪开视线，亦不敢上前，想叫晚玉起来帮她看看，"谢晚玉……"

得不到回应，她起身缓慢挪步，想为归来的人开门，又怕眼前只是一场梦，上前就冲散了。

推门而出，风雪袭面，大雾绵延。

她拢紧身上单薄的绒线衫，浑身僵冷也顾不得，急于寻找刚刚看到的身影，追随着虚无。

不知走了多久，外白渡桥溶于夜色与雪色之中，满目哀伤的白，让她以为置身于东北的雪原，她终于看清了。

那人穿着一件深棕色的大衣，嵌有红狐皮毛领，戴一双鹿皮手套，身形丰腴，鬈发飞扬，侧立于皑皑白雪中，扭头朝她明媚一笑。

她去世于那年冬天。

沪夏往事

番外二｜晚玉花期

民国二十年，渝关。

谢婉君强势将一包干粮塞到她手里，背过头用余光偷瞟她，大抵觉得她会立刻狼吞虎咽地填进嘴里，却迟迟等不到那画面。

卡车的车门被拽开，谢婉君利落地跳上去，搭在车窗旁俯视她："上来，我捎你一程。"

她那时应该报以笑容的，即便讲不出口感激的话，至少礼貌应当如此，而不是冷着一张脸。无妨，记忆可以被篡改。

"好啊。"她仰头迎向她，朗声回应，欣然一笑。

- 全文完 -

电报破译对照表

A	·—		N	—·
B	—···		O	———
C	—·—·		P	·——·
D	—··		Q	——·—
E	·		R	·—·
F	··—·		S	···
G	——·		T	—
H	····		U	··—
I	··		V	···—
J	·———		W	·——
K	—·—		X	—··—
L	·—··		Y	—·——
M	——		Z	——··

图书在版编目（CIP）数据

沪夏往事 / 是辞著. -- 武汉：长江出版社，2025.
4. -- ISBN 978-7-5804-0055-0

Ⅰ.I247.5

中国国家版本馆CIP数据核字第202569GK70号

沪夏往事 / 是辞 著
HUXIAWANGSHI

出　　版	长江出版社
	（武汉市解放大道1863号　邮政编码：430010）
选题策划	马飞
市场发行	长江出版社发行部
网　　址	http://www.cjpress.cn
责任编辑	钟一丹
执行编辑	李牧宸
装帧设计	吴彦 孙惋
印　　刷	武汉鸿印社科技有限公司
版　　次	2025年4月第1版
印　　次	2025年4月第1次印刷

开本	889mm×1230mm　1/32
印张	9
字数	240千字
书号	ISBN 978-7-5804-0055-0
定价	46.80元

版权所有，翻版必究。如有质量问题，请联系本社退换。
电话：027-82926557(总编室)　027-82926806（市场营销部）